Az örvényen túl

Braun Kriszti
Publio Kiadó
2016

Prológus

Tudod, hogy ha az éjszakai égre nézel és pár másodpercre behunyod a szemed, s majd újra kinyitod, már nem biztos, hogy ugyanazokat a fénylő pontokat látod mint előtte? A millió fényévekre lévő csillámló pontocskák kihunyhatnak egy pillanat alatt. Te a múltba tekintesz ha felnézel a csillagos égre, így akár nevezheted magad időutazónak is. Csak legyen kitartásod és egy pillanatra se csukd be a szemed, mert elveszíted az utat ami a csillagokhoz vezet...

1. Az első napok Torquay-ban

Az asztalon vibráló mobil arra figyelmeztetett, hogy Erik hívott ma már harmincadszor. Tudtam, hogy nem fogom megúszni az indulás előtt ezt az utolsó, haragos, könyörgő és sértődött beszélgetést. Nem akartam többé vele beszélni. Kihunyt, elhamvadt kapcsolatunk boncolgatását, a miértektől a „ki miatt"-okig unom már és kívülről ismerek minden egyes szót ami a szájából elhangzott. Erik azt hiszi miatta költözöm Angliába néhány hónapra, mivel annyira el van magától szállva, hogy úgy gondolja, ott akarok majd felejteni. Pedig ebből egy szó sem igaz. Márciusban kaptam ezt az ajánlatot és már akkor rábólintottam, hiszen tudtam, ez rendkívül jó lehetőség a nyelvtudásomnak a megalapozására valamint az angol csatorna élővilágának megfigyelésére. A dél-devoni Torquayban már évek óta működő Living Coasts munkatársa leszek. A tengeri állatkerben fókák, több pingvinfajta és madarak kaptak helyet, miközben túristák százai figyelhetik meg őket mindennapi életükben. Itthon is tengeri állatokkal foglalkoztam, az állatkertben apám mellett dolgoztam, aki állatorvos ott már vagy harmincöt éve. Ezt a választást Erik viszont nem volt hajlandó elfogadni és inkább a drámai, filmekbe illő "menekülés a kötöttségek elől" című verziót erőltette. Két hónapja elköltöztem tőle és már valóban menekültem utána, de inkább a folytonos szemrehányó üzenetek és hajnali telefonok elől. Egy laza mozdulattal hozzáértem a kis piros virtuális gombhoz majd kivettem a telefon simkártyáját és a WC kagylóba dobtam. Ez az igazi mulatság! Az angol számom mindenkinek megadtam aki számított és akivel beszélni óhajtottam néhanap.

Végignéztem a csomagjaimon és elégedetten nyugtáztam, hogy itthon hagyok minden olyan műnőies cuccot amit Erik annyira kedvelt, a magassarkú cipőktől a koktélruhán keresztül a kis piros Loui Vuitton táskáig amitől el kellett volna ájulnom amikor Erik szülei az orrom alá tolták karácsony másnapján. Edit az édesanyja korát meghazudtoló kinézetével úgy nézett ki a vele egykorú férje mellett mintha Barbit krumplibácsi mellé tették volna egy játékbolt kirakatában. Drága ajándékok cseréltek gazdát a drága nappaliban amely a három méteres fenyőfával olyan volt mint egy pláza. Két alkalmazott szolgált ki minket és százéves portóit ittunk a vacsorához.

Tehát csakis sportos, kényelmes és kellemes viseletet fogok hordani az új munkahelyemen.

Puncs törleszkedett a lábamhoz jelezve, itt a vacsora ideje. A vörös macska egyik szeme zöld, a másik világosbarna volt. Folyamatosan "beszélt" amíg a vacsorára kibontott csirkés pástétomot a tányérjába tettem és apró darabokra tördeltem a villával. Puncs fog legjobban hiányozni. Leguggoltam és a macska sűrű bundájába simítottam a kezem miközben az nekilátott az ételnek. Éva fog a kislakásban addig lakni amíg külföldön leszek, így a lakbér is megoldva, a virágok a halak és Puncs sem pusztulnak éhen.

Reggel, miután egy gyors kapucsinót bedobtam, felvettem a legkopottabb farmerem egy zöld pulcsival és egy sárga sállal, majd barna makrancos göndör hajam egy gumival összefogtam s ezzel elintézettnek is tekintettem a készülődést. Belenéztem a tükörbe és megállapítottam, hogy ráncok vannak a szemem körül. De hiszen ez teljesen normális, hiszen harminc éves vagyok! Grimaszt vágtam a szeplős tükörképemre. Megcirógattam Puncs bundáját, majd felkaptam a sporttáskát, a bőröndöt és lementem a szeptemberi párás hajnalba, hogy taxiba üljek. Nem akartam, hogy kikísérjen apa a reptérre. Két napja mindenkit végiglátogatottam és elbúcsúztam.

- A reptérre legyen szíves! - ültem a hátsó ülésre, miután a bőröndöt a csomagtartóba tette a sofőr.

- Nyaralás? - mosolygott jóindulattal a szakállas taxis, majd bekapcsolta a taxiórát.

- Nem egészen, de majdnem.

Jó lett volna most nem beszélgetni, csak nézni az elsuhanó házakat, a reggeli napsütésben fürdőző parkokat. Behunytam a szemem amikor a nap egy kanyar után szembejött velem és bearanyozta az utat az autó előtt.

- Francba, hogy ilyenkor nem látok semmit. - bosszankodott a taxis és lehajtotta a napellenzőt, de az sem sokat segített.

Aztán mintha belepörgettek volna a filmbe, egyik pillanatról a másikra a repülőn találtam magam, ami fokozatosan emelkedve hagyta el a földet. Két és fél óra múlva a bristoli reptéren, bőröndöm magam után húzva kiléptem a váróba ahol egy magas szemüveges fiatalember Tania Almasi feliratú, fejjel lefelé fordított táblát tartott maga előtt és vizslatta a kifelé áramló utasokat. Kék, Living Coasts feliratú overallban, egy valamikor fehér vászoncipőben, kockás sálban toporgott és kissé halszagú volt. Miután kitaláltam, ő az én emberem, széles mosollyal léptem oda hozzá.

- Helló! Én vagyok Tania!

A fiú először megfordította a táblát, hogy elolvassa milyen név is szerepel rajta, majd mosolyogva elfogadta a felé nyújtott kezem.

- Örülök, hogy megismerhetlek. Paul vagyok, a Living Coasts munkatársa és engem küldtek, hogy fogadjalak és Torquayba vigyelek.

Ezt egy szuszra darálta el, miközben folyamatosan rázta a kezem. Nagyon kellett figyelnem, hogy minden szót megértsek, mert az általam tanult angolban ez az akcentust még ismeretlen volt. Ugyanis a devoni, ha nagyon gyorsan beszélnek, száműz minden "T" betűt a szavakból.

- Örülök én is, hogy megismertelek Paul, de bocsáss meg, picit lassabban beszélnél a kedvemért? Kissé még nehezen beszélek, de remélem egy kis idő múlva már jobban fog menni.

- Ó, persze, természetesen. - mondta elvörösödve Paul. Neharagudj! És már vette is át a nehéz sporttáskát a vállamról és elindult a parkoló irányába. Szürke, borongós volt az ég és legalább tíz fokkal volt hűvösebb mint otthon.

- Délutánra kisüt a nap. - kapta el az égre vetett pillantásom Paul. - És Torquayban melegebb is van.

A kétüléses Vauxhall Van hátuljába egy rekeszbe tettük a táskákat majd beültünk az autóba.

- Oh, de furcsa, hogy az anyósülés itt a vezetőülés. - Nevetettem, pedig eldöntöttem, hogy itt is fogok vezetni, mert nem akarok ráutalva lenni másokra, és buszmenetrendekhez igazodni. - menni fog...biztos.

Paul sokat mesélt Torquayról és a tengeri állatkertről ahol dolgozik, és a fókákról, meg a tengerről és az óriási forgalomról amit a Living Coasts bonyolít az év minden szakában.

- Hidd el alig van pihenés. Ráadásul folyamatosan figyelnünk kell a látogatókat, mert több ponton az állatok között sétálgatnak és vigyáznunk kell, hogy ne tegyenek kárt bennük.

- Már alig várom, hogy lássam. Hány fóka van?

- Jelenleg kettő, s abból az egyik vemhes. De Torquayban láthatsz szabadon élő fókákat is. Sokszor odamerészkednek a sziklákra, és onnan figyelik, hátha csurran cseppen egy-egy hal nekik is etetéskor.

- Fantasztikus!

Közben a tájat csodáltam, ahogy a lassan kibukkanó napfényben a dimbes dombos zöld legelőkön tarka tehenek és birkák legelnek. A legelőket kőkerítések választották el egymástól, így lehetetlen volt az hogy az állatok keveredjenek, vagy az utakra tévedjenek. A zöld hihetetlen sok árnyalatát fedeztem fel ebben a csodás környezetben. Miután elhagytunk egy Newton Abbot vége feliratú táblát, feltűnt egy virágokból kirakott pálmafa az egyik dombon, valamint ugyancsak virágokból egy felirat: English Riviera! S innentől kezdve igazi angol házakat, pálmafákat, egyenruhás iskolásokat, emeletes kék és narancssárga buszokat láttam. Paul folyamatosan mondta, hol járunk.

- Ez itt a Newton Road, itt találsz néhány hipermarketet, most a Riviera Way-en megyünk, jobbra vonatállomás van. Föl és le gurultunk folyamatosan. Torquay nagyon dimbes dombos volt.

- Közeledünk a kikötőhöz, ez itt a Torbay road. Jobbra az Abbey Sand. Mutatta Paul a hosszan elnyúló vörös homokos tengerpartot.

Balra kávézók, Fish and Chips éttermek, pálmafasor az út kétoldalán, jobbra modern fehér többemeletes épület, aljában kiülős kávézók, tele turistákkal.

- Most épp apály van. Magyarázta Paul. Ha jön a dagály, a lépcsőkig feljön a víz. - mutatta a partot, amely magas kőfallal védi az utat a dagálytól. Gyönyörű park, hosszú promenád, tengerbenyúló móló.

- Ez a Princess Pier! Nagyon öreg ám! Még Agatha Christie is koptatta a gőrkorijával. Meséli és hitetlenkedve nézek rá.

- Agatha Christie? Hogy került ide?

- Ó, hát itt született, gyerekeskedett majd elkerült innen de időskorában visszatért és egy óriási parkot vásárolt, nyaralóval. Greenway a neve. Most múzeum és látogatóközpont van ott. Sok ezren jönnek el megnézni az író otthonát. Évente szeptemberben fesztivált is rendeznek a tiszteletére és akkor tele lesz a kikötő a huszas, harmincas évek ruháiba öltözött éltes hölgyekkel, szól a zene és még a Poirot felügyelőt alakító színész is eljön. Gőzmozdony jár nap mint nap Greenway felé egészen Kingswear-ig. Nagyon látványos.

- Meghiszem azt. - Suttogtam.

Aztán megláttam az óriáskereket is.

- Az ott a Living Coasts. - mutatott Paul a következő dombtetőn a kikötő fölött átlátszó fekete acélhálóval fedett építményre. A háló alatt színes madarak röpködtek, a háló fölött sirályok köröztek. Az építmény egy magas sziklán fekszik, alatta a tenger és egy apró tengerpart, amit egy nagy szálloda az Imperial követett. Fenséges látvány volt a maga nemében. Szemben a meredek út mentén egy kisebb szálloda egy Elephant house nevű sárga, lépcsőzetesen emelkedő társasház és a Torbay Yacht Club hófehér épülete követték egymást. A Living Coasts fölötti útról a tenger látványa - ami zölden szikrázott a napsütésben - lélegzetelállító volt. Lent a yachtkikötő, ezernyi kisebb és nagyobb hajóval. Kinyújtózkodtam miután kiszálltam az autóból és körülnéztem.

- Ez, egyszerűen gyönyörű! - mondtam szinte csak úgy magamnak.

- A cuccokat csak hagyd az autóban! - szólt Paul - Körbeviszlek és utána megmutatom a szállásodat.

- Rendben Paul, te vagy a főnök. - mentem szófogadóan utána, aki szemérmesen elmosolyodott, mint aki kevés ilyen figyelmet kap másoktól.

Kövér, az ötvenes éveiben járó nő sietett elénk. Overallja hasonló volt mint Paulnak, haja fiúsan rövidre volt nyírva, homlokáról izzadságcseppek folytak a szemébe. Arca csupa mosoly és kedvesség volt ahogy kitárta a karját felém és megszorongatott mint egy régen látott rokont vagy barátot.

- Tania! De jó, hogy köztünk vagy! Hogy utaztál?

- Helló! Köszönöm kellemesen utaztam és én is örülök, hogy itt lehetek. - válaszoltam, miután a dundi hölgy megropogtatta a csontjaim.

- Én Renata vagyok, ennek a teamnek a vezetője. Sokat leszünk majd együtt. - karolt belém, majd bekísért a nagy kapun ami az állatkertbe vezetett.

- Paul! Fordult a fiúhoz. - menj le Dianához kérlek, mert picit szomorú lehet. Talán csak néhány napja van a szülésig. - fordult újra magyarázkodva hozzám, miután Paul lesietett egy kis csigalépcsőn egy alsóbb szintre, ahol feltehetőleg Diana medencéje volt.

- Őőőő...Diana egy fóka? - kérdeztem a tudatlanok ártatlan kifejezésével az arcomon.

- Hát persze hogy az kedvesem! - kiáltott nagyot Renata.

- Sejted ugye kiről kapta a nevét?

- Igen, gondolom Lady Dianáról. - mosolyogtam.

- Szeretném az összes állatot személyesen bemutatni neked, de most erre nincs idő, inkább csak gyorsan elintézzük a formaságokat és körbevezetlek aztán tiéd a délután! Nevetett Renata, és csak úgy rázkódott az egész teste.

- Az irodában felveszem az adataid, ruhaméret satöbbi és a menüt is megbeszéljük, és a napirendet amit általában betartunk.

Közben folyamatosan mentünk körkörösen le a sziklák között egy kiépített úton, fölöttünk különböző madarak röpködtek. Kopasz kisember jött szembe egy kis talicskát tolva maga előtt, nadrágszára kétszer is fel volt hajtva, mintha nem lett volna a méretében egyenruha.

- Á, Josè ! Hadd mutassam be Taniát aki nálunk fog dolgozni egy ideig.

A kisember letette a talicskát amiben valószínűleg az állatok alól kiszedett alom volt, megtörölte a kezét a nadrágszárába majd felém nyújtotta.

- Helló Josè! Örülök hogy találkoztunk.

- Részemről a megtiszteltetés szép hölgyem! Remélem jól fogja itt érezni magát- Majd mosolyogva továbbállt a rakományával.

- Josè a beszerzési igazgató - Magyarázta Renata, mire kikerekedett a szemem és picit elszégyelltem magam a férfi után nézve. Abban a hitben voltam, hogy Josè egy egyszerű segédmunkás aki az állatokat takarítja.

- Igen, igen drágám - mosolygott anyáskodva Renata. - Nem minden az aminek látszik. Itt mindenki, mindent csinál. Nincs hierarchia a tevékenységek között. A csoportvezetők és igazgatók is megfogják a munka keményebbik végét ha kell. Remélem ez nem jelent neked gondot? - Fordult szembe velem mikor az irodához értünk.

- Ó, dehogyis! Épp ellenkezőleg! - válaszoltam hevesen.

- Mi otthon is takarítottunk ha kellett. - Ami persze nem volt igaz, mert voltak kifejezett takarítók és voltak a gondozók valamint voltak ők, akik azzal foglalkoztak, hogy az állatok minél jobban érezzék magukat azon a helyen ahol vannak. Étrendek kialakítása és rendszeres pszichológiai felmérések az általános jó közérzetük eléréséhez. Nehéz volt összehangolni a gondozók és a takarítók valamint a saját munkámat, mert mindenki mást akart és mindenki azt hitte, az a jó amit ő gondol.

Az apró iroda, ahová beinvitált Renata, otthonos kis kuckónak tűnt. Kávéillat terjengett a levegőben. Színes bögrék a polcokon, mindenki nevével ellátva. A falon rengeteg kép a pingvinekről, fókákról, a munkálatokról, amikor az objektum felépült. Mosolygó karácsonyi csoportképek és egy nagy kép amelyen egy hatalmas régi épület állt, valószinüleg a Living Coasts helyén. Méltóságteljes és nagyon kecses volt ahogy a szikla tetején emelkedett, alatta a tenger. Sokáig néztem és elmerengtem a fantasztikus építményen. Vajon miért nincs már többé?

- Látom téged is megragadott a látvány - lépett mellém Renata és a képre nézett.

- Igen, nagyon szeretem a régi képeket és a régi épületeket. Hálás téma ha fényképezem őket. Ez az épület volt itt a Living Coasts helyén?

- Igen igen... révedt el Renata.

- Ez volt a Marine Spa. 1851-ben épült és száz évig ez a hely volt Torquay, sőt az angol riviéra közösségi életének központja. Óriási fürdő, hatalmas bálteremmel ahol folyton a nyaraló előkelőségek színe java megjelent. Fantasztikus panoráma volt a sunroom-ból a tengerre az öbölre. Cárok, grófok és hercegek, színészek és ünnepelt színésznők látogatták e helyet. Micsoda élet volt itt... - Tekintete a messzibe révedt, mintha ő maga is részese lett volna ennek az előkelő társaságnak. Néztem a képet és odaképzeltem a pávatollas hölgyeket és az elegáns urakat ahogy teázgatnak, táncolnak vagy napfürdőznek és pletykákat mesélnek egymásnak.

- Aztán 1971-ben lebontották egy sajnálatos, halálos baleset következményeként - ült le Renata és nagyot sóhajtott.

- Mi történt? - fordultam el a képtől.

- Egy fiút beszippantott a medence leeresztő pumpája...Guy Hendersonnak hívták. Iskolás fiú volt. Tűvé tettek mindent miután eltűnt a többiektől, aztán csak este találták meg miután leeresztették a vizet...szomorú, nagyon szomorú eset volt. Aztán építettek a helyére egy szórakozóhelyet és strandot 1977-ben amit Coral Island-nak neveztek el. Szép volt de valahogy mégse az igazi és 1997-ben lebontották azt is - Renata elmosolyodott.

- Ennyi a történet. 2003-ban nyitotta meg a Living Coasts a kapuját és azóta folyamatosan fejlődünk. Fókák, különféle pingvinfajták, halak, vidrák és madarakkal bővültünk évről évre. Ma már interaktív játékos módon tudjuk a gyerekeknek érdekesebbé tenni az állatainkat, hogy jobban megismerjék őket. Madárházunk legmagasabb pontja 19 méter. Az akvárium teljes kapacitása 1214 köbméter. Számos díjat nyertünk a bolygónk környezetvédelmére felhívva az emberek figyelmét. Röviden ennyi, de majd úgyis megismersz mindent és mindenkit.

- Tehát térjünk a száraz tények mezejére - Kapott fel egy tollat Renata és egy kérdőív fölé hajolt.

Még egy pillantást vetettem a Marine Spa elsárgult fotójára, majd válaszolni kezdtem Renata kérdéseire.

Egy óra múlva léptünk ki az irodából és néhány ott dolgozóval még találkoztam.

Bobbal a morcos gondozóval, aki az orra alatt mormogta el, hogy örül a találkozásnak majd sietett a madarai után. Kathy-vel, a szőke húszéves lánnyal, aki nemrég került ki a középiskolából és tele volt orr, fül és szemöldök piercingekkel és a barátjával Tommal a magas, szakállas, teletetovált ám szerény és kedves fiúval. Ők mindketten a pingvinekkel foglalkoztak. Pault már ismertem.

- Holnap találkozunk kedvesem, minden jót! - majd Renata mosolyogva távozott. Paullal beültem újra az autóba és néhány perc autókázás után egy kedves kis vidéki ház bejáratánál találtam magam.

- Ez a hely a Babbacombe Down. Itt béreljük ezt a házat, két lakrész van benne, teljesen felszerelt konyha és fürdőszoba. A másik lakrész most üres, jövő hónapban érkezik Japánból egy állatorvosnő akivel majd megosztoztok a közös helyiségeken - Mesélte Paul miközben kinyitotta a kiskaput és az apró murvával kirakott úton elindultunk a ház irányába.

- Vettünk néhány dolgot, hogy ne halj éhen, de természetesen találsz itt a sétányon éttermeket és beljebb van egy kis központi rész ahol boltok bankok és posta is van. Régen ez a magas rész még nem tartozott Torquayhoz, Babbacombe csupán egy kis település volt.

Követtem a fiút és azonnal beleszerettem a környékbe. A ház, ami noha kívülről régi, falusi kövekkel kirakott épület volt, belülről modern és felszerelt lakásokat rejtett. Középen konyha és nappali egyben, nagy tévé, nagy fürdőszoba. A villanykapcsolót viszont hiába kerestem.

- Itt Angliában nincs a fürdőszobában se kapcsoló se konnektor, csak a borotvának és a fogkefének - nevetett Paul. Majd egy, a plafonról lelógó zsinórt meghúzott és a világítás a páraelszívóval együtt bekapcsolódott.

- Hogy szárítok így hajat? - nevetettem és le föl kapcsoltam a villanyt.

- A szobában?

- Kénytelen leszek.

A szobám kellemesen nagy volt. Szép világos fabútorok, aminek külön örültem mert nem vagyok oda a modern fémbútorokért. Középen nagy ágy, jobbra szekrények, fiókok, polcok, világos szőnyegpadló és nagy tükör egy öltözőasztalon.

- Ez igen! Nem is álmodhatnék ennél szebbet.

- Ugye? - büszkélkedett a fiú, és letette a csomagokat.

- Holnap találkozunk Tania, jó pihenést! Az asztalon találsz egy kis füzetet, mi hogy működik és a fontosabb telefonszámok. Ha bármi gondod támadna akkor hívj nyugodtan. Ja, egy bringát is találsz a garázsban, ha szeretsz kétkeréken gurulni akkor nyugodtan használd akár munkába jövet is. Azért holnap még eljövök érted mert eltévednél - nevetett Paul.

- Hétkor itt vagyok.

- Köszi mindent, nagyon rendes vagy, hogy eljössz. - mosolyogtam rá, majd kikísértem kapuhoz.

- Viszlát reggel!

 Visszamentem a házba és ledobtam magam a nagy franciaágyra.

- Ha belémcsíp valaki hogy felébredjek, azt kinyírom! - Mondtam ki hangosan és szájam a fülemig ért.

A következő napok hihetetlen gyorsasággal teltek el. Annyi dolgom volt, és annyi mindent meg kellett tanulnom az állatkert házirendjéről, hogy csak úgy kavargott a fejem. Megismertem Dianát a kétéves fókát és Aladint aki a párja volt. Mindkettő nagyon szelíd és játékos jószág volt, Néhány óra alatt megszoktak és összebarátkoztunk. Diana kicsit fáradékonyabb volt, tekintve, hogy anyai örömöknek nézett elébe, de Aladint le sem lehetett állítani. Hőtartó vízhatlan ruhában órákat töltöttem az akváriumban, hogy az életkörülményeiket vizsgáljam. Mértem a víz hőmérsékletét, a PH értékét és a szűrők állapotát is felülvizsgáltam. Aladin mindig ott sertepertélt körülöttem mint egy hűséges kutya és mindenbe beleütötte azt a fényes fekete gomb orrát. Megismertem a karbantartókat és elbeszélgettem velük a medence állapotáról. Lassan mindenki tudta ki az a barnahajú külföldi lány aki nap mint nap feltűnik a fókáknál, és mindig mosolyog mindenkire. Pár nap múlva már két keréken gurultam be a kapun. Megjegyeztem az utat amelyen reggel nagyon mókás volt legurulni de este kemény munka volt feltekerni egy hosszú nap után. Azért szerettem ezt is, mert jobb volt mintha edzőterembe jártam volna. Otthon is sokat bicajoztam, de csak a városban. Itt viszont hajnalban a kikötőben végiggurulni fantasztikus élmény volt. Bevásároltam néhány dolgot a közeli Sainsbury's áruházban, és beszereztem egy konnektor átalakítót, mert rájöttem, hogy a telefonom sem tudom tölteni enélkül. Érdekes módon észre sem vettem, hogy egyáltalán nem használom csak néha, amikor esténként Évával vagy apuval beszéltem. Felhőtlen boldogság!

Reggelente együtt kávéztam Renata irodájában a többiekkel, ebédidőben a közeli fish and chips büfében ettem és bámészkodtam, mert mindig volt mit. A szabadnapom hétvégén volt és végre volt időm felfedezni a környéket. Kathy és Tom felajánlották, hogy körbevezetnek és megmutatják a látványosságokat. Kis motorcsónakkal körbehajóztunk az öbölben, majd ahhoz a partszakaszhoz mentünk ahol a Living Coasts is magasodott.

Tom a sziklák közelébe kormányozta a kis csónakot.

- Látod, itt engedik ki az elhasznált vizet az állatoktól. Mutatott egy nagy csőre.

Régen ezen a csövön engedték le az uszoda vízét is. Vigyázni kell mert itt a szikla alatt sok az örvény.

- Be lehet menni a szikla alá? Kérdeztem hitetlenkedve

- Mi már egyszer be is mentünk, ugye Tom? Dicsekedett Kathy.

- Be, de nem mennék be újra. Mondta a nagydarab fiú.

- Majdnem az életünkbe került. Kuncogott Kathy, mintha valami csínytevés lett volna az életveszélyes kaland.

- De miért mentetek be, ha egyszer veszélyes? Bár őszintén szólva tudtam a választ. Hiszen húsz évesen én is rengeteg ostobaságot követtem el és ha megkérdezték miért csináltam, csak annyit mondtam: miért ne?

És ahogy vártam, Kathy csak rántott egyet a vállán.

- Kíváncsiak voltunk mi van ott.

- Itt a kiáramló víz melegebb mint a tenger hőmérséklete, ezért a vadon élő fókák is itt szoktak tanyázni.

- Ide járnak fürdőbe! Nevetett Kathy és hátbavágta Tomot, hogy az majdnem belebucskázott a gumicsónak oldaláról a vízbe.

- Hé! Vigyázz mit csinálsz asszony! Szólt az egyensúlyát visszanyerve Tom.

- Tényleg idejönnek? Kémleltem körül. Most egy sincs itt sajnos.

- Ha még egy darabig itt várnánk, akkor biztos találkoznánk az egyikkel. De ha vadon élő fókát akarsz látni, akkor mutatok én neked. - s már kanyarodott is el a sziklabarlang bejáratától a csónakkal.

Még visszanéztem a fekete lyuk felé, ahol a víz zölden örvénylett egyre magasabban ahogy a dagály közeledett.

Néhány perc múlva egy festőien szép sziklafalat pillantottam meg. A hegy oldalában lefelé kanyargó meredek kiépített utat és egy csodálatos épület együttest.

- Ez a Cary Arms. Egy fogadó és étterem itt ebben az apró kikötőben.- Mondta Tom.

- Sokan itt a mólón horgásznak, ezért sűrűn látogatják a fókák az öbölt, mert mindig van egy-egy hal, amit visszadobnak.

És valóban, a hosszú betonmóló körül, ahol több horgász is ácsorgott, két jól megtermett fóka úszkált. Kiabáló gyerekek álltak a mólóról levezető lépcsőn vízhatlan ruhában vagy anélkül és néha bemerészkedtek a vízbe. Ilyenkor az egyik fóka közelebb úszott hozzájuk mire azok sikoltozva kirohantak. Ezt eljátszották néhányszor. Nagyon tetszett, hogy ezek a fókák teljesen a szabad akaratukból keresik az emberek társaságát, sőt játszanak is a gyerekekkel. Közelebb mentünk az egyikhez és Kathy kiáltott :

- Sammy! Sammy gyere ide!

Mire a nagy szürke test lebukott a vízbe és közvetlenül előttük bukkant fel újra. Szemével barátságosan hunyorgott és fújt egy nagyot majd a fejét a csónak egyik oldalára tette.

Kathy egy kishalat vett elő az egyik pad alól és a fókának dobta, aki mint egy cirkuszi mutatványt az orrán egyensúlyozta egy pillanatig majd feldobta és a hal a szájába pottyant.

Nevettem és megérintettem a fóka selymes bőrét, az pedig újra lebukott és eztán a csónak másik oldalán tűnt fel.

- Ha eljössz és néha hozol egy halat neki, akkor le sem fogod tudni rázni többé. Nevetett Kathy.

- Nyugodtan elkötheted a csónakot is ha van időd és kirándulni szeretnél. mondta Tom és lassan elindult vissza.

- De mindig használd a mentőmellényt! - figyelmeztette Kathy.

- Ez nagyon klassz, bár nem tudom, hogy merném e egyedül vezetni.

- Ugyan már! - mondta Tom és kezembe nyomta a kormányrudat.

- Most te vezetsz.

 Először picit megijedtem, de aztán egyre jobban élveztem az irányítást. Megtanultam beindítani a motort és a gyorsítás lassítás is könnyen ment mire visszaértünk.

- Azt javaslom, ha kimennél a csónakkal, azért a bokádhoz kösd az egyik madzagot ami itt a csónak oldalán van és elég hosszú. Ha véletlenül a vízbe borulsz akkor a zsinór megrántásával leáll a motor és te sem kerülsz távol tőle, vissza tudsz mászni rá.

Mosolygott Tom miközben kisegítette őket a vízből az állatkert apró kikötőjében.

- Hát nem tudom, hogy merném e de lehet, hogy majd egyszer kipróbálom. - Igértem neki.

2. Élet a Living Coasts-ban

Szeptember vége volt de még mindig kellemes langyos idő. Néha esett az eső de az sem volt egész napos. Megálltam a belső kikötőt átívelő cápafognak nevezett híd közepén és képeket készítettem egy kis halászhajóról, s az azon készülődő emberekről. A reggeli nap még laposan sütött, a hajó fölött sirályok köröztek hangoskodva.

Amikor beértem Paul ott toporgott az előtérben hogy elújságolja, Diana megellett hajnalban és egy kisfiúval örvendeztette meg az állatkertet.

- Azonnal megyek Paul, csak leteszem a bicajt. – kaptam le a sálam, sisakom és kesztyűm majd belegyömöszöltem a táskámba és Paul után siettem.

Az apró kis gombóc már ott úszkált Diana mellett aki néha visszafordulva ellenőrizte, hogy követi e a csemetéje.   A gombóc végén csak egy fekete orr látszott s a kis fej csak épp hogy kilátszott a vízből. Leguggoltunk tőlük néhány méterre és úgy bámultuk őket.

- Hát nem csodálatos? Hirtelen itt van egy kis lény a földön. – suttogtam

- De az! Gyönyörű! – suttogott Paul is. Megyek és szólok Renatának. Emelkedett fel, majd elsietett.

Még néztem egy darabig őket, majd fogtam a hőmérőt és beletartottam a vízbe, nehogy túlságosan hideg legyen.

Persze tudom, hogy a vadonban élő fókáknak tök mindegy a víz hőmérséklete, de a fogságban tartott állatok sokkal érzékenyebbek a hőmérséklet különbségekre. Szomorú volt kicsit, hogy Diana soha nem lehet vadon élő fóka, hanem élete végéig ide van bezárva, s hiába kap itt meg minden jót, azért ez mégsem olyan mint a tenger.

Vacsorára úgy gondoltam, kipróbálom a környék legjobb fish and chips take away éttermét a Hanisburry-t. Amikor gusztusos csomagolásban megkaptam a halat és a sajtos krumplit, elsétáltam a fantasztikus panorámával rendelkező Oddicombe-hoz, és a fűbe heveredve eszegetni kezdtem. Egyszer csak Josè huppant le mellém.

- Jó estét Tania. Látom megtaláltad a legjobb helyet ahol ezeket a fantasztikus halakat sütik.

- Helló Josè! – örültem meg a társaságnak – Igen, mondták, hogy csakis itt egyek, mert ez a legjobb.

Josè bölcsen bólogatott.

- A nagymamám is dolgozott itt ötven éve, de akkor még nem ez volt a neve.

- Errefelé laksz?

- Igen, itt lakom nem messze egy nagyon régi házban. Amikor a Cary Armshoz sétálsz le azon a nagyon meredek úton, van egy épületcsoport, egy udvarház. A múlt század végén maga Oscar Wilde is lakott benne néhány hónapig.

- Igazán? Ez fantasztikus! Szeretem Oscar Wilde-ot.

Josè két dobozos sort vett elő kabátja zsebéből s az egyiket felém nyújtotta.

- Bárminek ellen tudok állni, csak a kísértésnek nem! – Mondtam és kivettem a sört Josè kezéből.

- Egyszer szívesen megmutatom a helyet ahol lakott. No persze ezt ne vedd tolakodásnak, a nejem imádja a vendégeket.

- Köszönöm szépen, élni fogok vele – mosolyogtam és tekintetem a messzi tengerre tévedt.

- Ez a hely egyszerűen csodálatos! Azt hittem, nyomasztó lesz az itteni időjárás és a távolság a családomtól, de esküszöm úgy érzem örökre itt tudnék maradni.

- Ezt megértem. – nézett Josè is a tenger felé. A családom ötven éve Skóciából érkezett ide, és azonnal úgy döttek itt maradnak.

- Azt gondoltam volna, hogy a gyökereid inkább Spanyol vagy Portugál földön vannak.

- Jól gondoltad. A nagyapám skót volt, s amikor Spanyolországban dolgozott a vasútnál, összeismerkedett a nagyanyámmal, majd hazahozta. A nevem tőle kaptam.

Sokáig Edinburgh-ban éltek, de a kemény teleket nem nagyon bírta nagyanyám aki ugye a déli meleg éghajlathoz szokott. A szigetet viszont nem akarták itt hagyni, mert itt a munkalehetőségek jobbak voltak, így úgy döntöttek lejönnek ide ahol igazán enyhék a telek és melegek a nyarak. Ide született az apám, majd én is. Szeretek itt élni.

- Ilyen messze költözni az ember családjától nagyon embertpróbáló lehetett.

- Az volt. De a dédszüleim akkor már nem éltek csak nagyapám testvérei, és ha tudtak , akkor néhány évente találkoztak. Nagyanyám pedig árva volt, de gyönyörű szép nő! Úgy nézett ki mint a szinésznő a Desperadóból, na hogy is hívják...- csettintgetett az ujjával Josè, hogy beugorjon a név.

- Salma Hayek – mondtam

- Az! Salma Hayek! Még az angol férfiak is megfordultak utána amikor az állát felszegve, kosárkával az oldalán felgyalogolt ide a dombra, hogy az étteremben dolgozzon. Nagyapám nem egy, de nem is kettő orrot betört amiatt, mert megpróbálták megkörnyékezni a nejét. De annak nem kellett más csak a nagyapám aki magas, vöröshajú erős ember volt. Fél kezével fel tudta nagyanyám emelni még nyolcvanhét éves korában is! Kilencvenhárom éves volt amikor meghalt.

- Oh, nagyon sajnálom.

- Egy kocsmai verekedésben miután orrba vágta a nyolcvanhat éves szomszédját beverte a fejét a biliárdasztal sarkába és nyomban meghalt.

Kishíján elnevettem magam de még idejében észbe kaptam, hiszen ezen mégsem nevet az ember. No de egy kilencvenhárom éves ember kocsmai verekedésben haljon meg?

- Nevess csak bátran Tania. Bolond volt az öreg, de inkább így akart meghalni mint a kórházban. Istenemre sokszor provokálta a többieket. Nagyanyám még egy évig élt ezután majd meghalt ő is. De szép életük volt és teljes, szeretetben.

- Ez nagyon szép! Köszönöm, hogy elmondtad.

- És te Tania? Téged miféle szél hozott ide?

- Én, megpályáztam ezt az állást és ideutaztam.- válaszoltam egyszerűen.

- Család?

Nagy levegőt vettem.

- Férjem még nincs, az édesanyám tíz éves koromban meghalt agydaganatban. Apám nevelt ahogy tudott szegény – nevettem - elég nehéz gyerek voltam.

Nagyon elfoglalt ember még most is, az állatkertben állatorvos. A fizetése nem volt valami óriási, hogy bébiszittert fogadjon mellém ezért az ovi később a suli után az időm nagy részét az állatkertben töltöttem. Innen a tapasztalat. Majd én is állatorvos szerettem volna lenni, de nem ment valami jól az egyetem. Vagyis a gyakorlatban mindig tudtam ösztönösen hogy mit kellett volna tennem egy-egy szituációban, de az elméletben ezt nehezen tudtam levezetni. Az ösztönökre meg ugye nem adnak doktori címet, így inkább maradtam megfigyelő, tanácsadó, jólétügyi felelős – nevettem.

- Mi örülünk neked! – mosolygott Josè.

3. Születésnap némi meglepetéssel

November tizenkettedike van és ez a nap annyiban fontos számomra, hogy minden évben ezen a napon ünneplem a születésnapom. Hogy miért nem mondom, hogy ezen a napon van? Egyszerű a válasz: fogalmam sincs mikor születtem pontosan. Persze az év az stimmel, és a hónap is, de a nap az bizonytalan.

Életemet egy macskának köszönhetem. A gondos szülőanyám egy dobozban engem elhelyezvén születésem után úgy ítélte meg, hogy mindent megtett a jövőm megalapozása érdekében, és egy toronyház lépcsőházában sorsomra hagyott éjjel tizenegykor. Egy hajnalban munkába induló BKV sofőr majdnem átesett rajtam vagyis a dobozon amiben aludtam és egy vörös macskán aki mellém kucorodott s így a teste melegétől nem hűltem ki éjjel. Akkor pörögni kezdtek az események és végül a Heim Pál kórház csecsemőosztályán maradtam. Az anyukám is ott dolgozott és miután már jóval a harmincon túl volt és sajnos neki nem születhetett gyereke, így megbeszélte apával, hogy örökbe fogadnak és a Tania nevet kaptam mert apa nagyon szerette az orosz irodalmat . Egyértelmű volt, hogy ha nagyobb leszek akkor elmesélik kalandos születésem történetét és nekem nagyon tetszett. Volt, hogy többször is elmeséltettem velük. Tehát ez a nap amolyan megemlékezés arról, hogy kábé mikor születtem. Nem okozott lelki törést az életemben, hogy a biológiai anyámról semmit nem tudok. De miért is akarnék bármit megtudni róla, hiszen egyértelmű volt, hogy ő nem akar engem de azért rendes volt tőle, hogy nem húzott le a vécén, hanem adott egy esélyt.

Gondoltam meghívom azt a néhány munkatársam akivel összebarátkoztam az elmúlt hónapokban. A közelben volt egy jó kis romkocsma. A falakon milliónyi festmény, portré ismeretlen emberekről, talán néhány hagyatékból megmaradt darab.A magas mennyezetről egy gyárból összeszedett alumínium lámpák lógtak le. De óriási forgalmat bonyolított és isteni volt a forró csokijuk. Szóval ide, a Visto Lounge nevű helyre mentünk át munka után Paul, Renata, Josè, Kathy, Tom és jómagam.

- Ma mindenki az én vendégem! - mondtam miután kihoztuk az első üveg bort és a vacsorát.

- Nem is tudtam, hogy nyertél a lottón! - nevetett Josè.

- Nekem egy hölgy nem fizet! - kiáltott Tom.

- Egyetértek. - mondta Paul

- Oké, akkor ezt a bort én fizetem! - helyesbítettem hogy ne essen csorba a férfiak önérzetén.

- Ez már szebben hangzik. - válaszolt Josè

- Beszéltél már az apáddal? - kérdezte Renata miközben belepréselte magát egy fotelbe.

- Ó, igen már délelőtt felhívott hogy felköszöntsön.

- Akkor boldog szülinapot Tania! - harsogta Kathy, és magasba emelte poharát.

Néhány óra és több üveg bor után elszállingózott mindenki lassan.

- Tudom, hogy te nem ittál csak néhány pohárral Tania, de azért ülj csak taxiba hazafelé. - Anyáskodott Renata.

- Ne aggódj, hazatalálok. Nagylány vagyok. És tényleg csak két pohárral ittam, mégcsak a fejembe sem szállt.

Miután egyedül maradtam, végigsétáltam a kikötői sétányon ami felett színes villanykörték világítottak végig. Az óriáskerék is ki volt világítva és a vízen visszatükröződött a cápafog, a kikötő fölött átívelő híd. Kellemes este volt bár már picit hideg, tekintve hogy lassan tél lesz. Messziről a Living Coasts égbenyúló acélhálója sötétlett. Hosszú elnyújtott vonyítás vagy inkább ugatás hallatszott a sziklák felől.

Először azt hittem, hogy az állatkertben valamelyik fóka, de ahogy egyre közelebb sétáltam szinte bizonyos voltam benne, hogy valahonnan a tenger felől jön. Vagy inkább a Living Coasts sziklái alól. Megborzongtam amikor arra gondoltam amit Tom mesélt mikor először csónakáztunk arra. Az örvények veszélyesek és a barlang a szikla alatt és hogy ide járnak a vadon élő fókák is mert melegebb a víz.

A vonyítás újra meg újra megismétlődött, kissé akadozottan mint mikor a fókák panaszkodnak és tudtam, hogy bajban van egy. Közelebb mentem az állatkerthez és a kulcsommal kinyitottam a kis kaput majd az épület mellett egy keskeny lépcsőn levezető kikötőhöz mentem. A dagály még nem ért el a tetőpontjáig. Teljes sötétség volt de a hangot most szinte egészen közelről hallottam. Keserves, panaszos hang volt. - Cselekednem kell - gondoltam. A mobilomon bekapcsoltam a világítást, hogy valamit lássak.

Beugrottam a kis motorcsónakba, és a Tomtól tanultak alapján beindítottam. Kis gázt adtam és amilyen közel csak tudtam megközelítettem a barlang bejáratát. Leállítottam a motort és körbevilágítottam. Az egyik sziklamélyedésben egy fóka fejét láttam meg, majd egy másikat is picit beljebb. Nem tudtam mi lehet a baj, de nem tudott onnan elmozdulni. Lehasaltam a csónak oldalára és a kezemmel evezve megpróbáltam közelebb jutni hozzá. Rávilágítottam a telefonommal, akkor láttam meg, hogy a barlang bejáratát egy vékony drótháló védi, gondolom, hogy ne menjenek be apálykor a kiváncsiskodók, de valaki mégis lyukat vágott rajta. Gondolom ezen jöttek mentek ki s be a fókák is. Ez a szerencsétlen viszont fennakadt. Azon gondolkoztam, hogy hívni kellene Pault vagy Tomot de egyik sem volt túlzottan beszámítható a buli után. Ránéztem a telefonomra, semmi térerő. Minden bizonnyal a sziklák takarásában nincs fogható jel. Végül határoztam és a csónak aljában kotorásztam, hogy a mentőmellényt felvegyem. A pulcsim valamint a cipőm levettem a telefont a mellény egy vízhatlan zsebébe süllyesztettem. Ezután lassan beleereszkedtem a vízbe, miközben a csuklómra húztam a madzagot ami a csónakhoz volt kötve. A víz ugyan 15 fokos volt de számomra dermesztően hideg. - Vissza kellett volna menned a vízálló ruháért! - korholtam magam de már mindegy. Lassan odaúsztam a kerítéshez ahol a fókák voltak. Szemem már nagyjából megszokta a sötétséget, láttam, hogy valóban az egyik fóka uszonya fennakadt a hálón ami most élesen belevájt a bőrébe. Belekapaszkodtam a hálóba, a madzagot hozzákötöttem, hogy a kezem szabadon mozgathassam. Megpróbáltam szétfeszíteni és kihúzni a fóka uszonyát és kis idő múlva sikerrel is jártam. A szerencsétlen kissé féloldalasan de úszni kezdett s a másik követte őt. Elégedetten mosolyogtam és lassan visszaereszkedtem a vízbe. A lábam már lefagyott teljesen, és elkezdtem visszaevickélni a csónakhoz. Akkor jutott eszembe, hogy a madzagot a hálóra kötöttem. Halk káromkodást követően visszaúsztam. Már majdnem elértem a szélét, amikor erőteljes rántást éreztem a lábamon. Azonnal a Cápa című film jutott eszembe amikor a nő úszik a tengerben azt hiszi beütötte a lábát egy korallzátonyba és lenyúl a lábfejéhez de már nincs lábfeje...

- De itt nincsenek emberevő cápák! Kiáltottam szinte magamon kívül, majd újabb rántás következett és mentőmellény ide vagy oda.a víz alatt találtam magam. Épp hogy levegőt vettem. Az örvény! Gondoltam rémülten! Igen, az örvény hagyni kell hogy levigyen aztán újra feldob ha nem kapálózol. Itt nem olyan mély a tenger, néhány méter csupán...De még mindig pörögve húzott lefelé a víz, s én már azt sem tudtam fönt vagyok e vagy lent.

Meg fogok fulladni.ez volt az utolsó ami a gondolataimba kúszott majd elvesztettem az eszméletem.

4. Egy más világ

Halk suttogás, ruhák suhogása, ajtó csukódás. Meleg kéz az arcomon, levendula illat, puha takaró a testemen, klórszag, halk beszélgetés a fejem fölött.

- A közelben nem észleltek vészjelzést egy hajóról sem madame.Mondja egy füstös férfihang.

- Living Coasts.pedig ez van a mentőruhán doktor. Kérem lesz olyan szíves és utánanéz a kikötőben, hogy tudnak e ilyen nevű hajóról?

- Ahogy óhajtja Lady Thinder, de szabadjon megjegyeznem, hogy inkább kórházba kellene szállítanunk a hölgyet.még nem derült ki, hogy teljesen egészséges-e, és akár a pestist is hordozhatja.

- Ne nevettesse ki magát doktor Marlow.Ön azonnal észrevenné ennek a jeleit.

- Ön hízeleg Lady Thinder...

- A hölgy kifáradt, majdnem megfulladt midőn a személyzet észrevette a vízben és kihúzták. Pihenésre van szüksége, s jól figyeljen barátom, erről egyelőre egy szót sem ejthet senkinek. Bízhatom a diszkréciójában?

- Feltétlen híve vagyok ölédiségednek, titoktartásomban bízhat.

Ajtócsukódás. Halk csengettyű, ajtónyitódás.

- Oui Madame! - franciásan raccsoló fiatal hang.

- Francise! - szól ugyanaz a kellemes és kifinomult női hang, kérem hívja a Johnt, és a kocsimat. Átszállítjuk a hölgyet a nyári lakba.

- Oui Madame!.ajtócsukódás, levendula illat.

- Kedvesem, hogy van? - keze újra a homlokomon.

Tehát nem fulladtam meg.vagy csak majdnem és most valamilyen súlyos agykárosodás szövődményeként hallucinálok. Ezek a hangok, ez a furcsa beszédstílus. Amiért értem csak azért van mert az egyetemen picit jobban belemélyedtem a tizenkilencedik századi írók műveibe, és apám régi könyveit olvasgattam. Annyira mégsem súlyos az agykárosodásom, hogy most ezen gondolkozom. Kinyitom a szemem.

Gyertyákkal megvilágított tágas helyiség, inkább barlang mint ház. Visszhangzik minden szavam ahogy a fölém hajoló szépen ívelt szemöldökű hatvanas évei végén járó nőnek válaszolok.

- Hol,.hol vagyok? - A filmekben is mindig ezt kérdezik.

- A Marine fürdőszalonban kedvesem.

A nő most feláll és egy oroszlánlábú múlt századi asztalhoz lép ahol egy apró ezüstcsengőt megráz újra. Most távolabbról is meg tudom nézni őt, aki egy, a tizenkilencedik században divatos vörösbársony ruhában áll az asztalnál. A ruha nem dekoltált, inkább visszafogottan elegáns a hófehér szép gallérszerű sálnak kinéző felsőrésszel. Nyakán, már ami látszott belőle, fehér gyöngyöket viselt. Hasonlót a jobb csuklóján. Vékony ívelt orra méginkább nemesi formát ad az arcának, amely hófehér és makulátlanul finom. Elmehetne egy L'oreal hatvan fölöttieknek reklámban is.- Gondolom. - De mit is beszélek itt össze vissza...fogalmam sincs hogy csöppentem egy filmforgatás közepébe. Felemelkedek, de a fejembe nyilall a fájdalom, így visszahanyatlom a párnámra ami olyan mintha ezer tollpihébe tenném a fejem. A bóbitás, fekete ruhás szobalány újból belép két fekete kabátos libériás inassal.

- Csakhogy végre megérkeztek. Kérem, óvatosan emeljék Madame Zarát és ültessék a kocsimba.

- De én nem vagyok...

- Csitt barátném, most ne szóljon, majd később a teánál beszélgetünk. - fordul most felém a nő.

- De hölgyem, izé...

- Szólítson Georgiának, ahogy a barátaim szólítanak.

Ez már túl sok volt, az agyam majd szét hasadt úgy dolgozott a folyamatos fordításon, mivel annyira választékosan beszélt Georgia, hogy agykapacitásom nagy részét ez foglalta le és nem a gondolkodás a kérdések és válaszok értelmén.

A két inas megemel párnástul mindenestül és mint a gólya viszi a fiát játékban elkezdenek felfelé vinni egy lépcsőn. Most látom csak, hogy egy medence mellett megyünk el. Vize sötét. Ahogy felérünk a következő szintre egy széles folyosón találom magunkat, végig lámpák világítanak, balra egy ajtó félig nyitva, gőz száll ki a résen, bentről nyögések hallatszanak, majd egy haragos férfi hang - Edmond, ne térdeljen a hátamba! - majd halkabban mintha egy másik valakinek mondaná - A múlt heti masszőr sokkal finomabb volt...

Aztán ajtók, ajtók, majd újabb emelet, balra nagy barna szárnyas ajtó, rajta aranyszínű felirat: "Ballroom"majd egy másikon "Sunroom" aztán egyre világosabb lesz és egy ívelt, színes üvegekkel kirakott ajtón keresztül kijutunk a szabadba. Mélyet szippantok a friss kissé csípős levegőből s ettől megszédülök. Azt gondolom álmodok. Lehet, hogy kórházban fekszem és kómában vagyok. Az oxigénhiánytól kómába kerülhet az ember.és ez az egész csak a képzeletemben történik.

A két lovas konflis nagyon is igazinak tűnik a Beacon cove széles macskakövekkel kirakott úttestén. A gyönyörű fényes, fekete lovak orrlyukaiból párafelhő száll fel, patáik türelmetlenül kopognak a macskaköveken. A bakon egy cilinderes kocsis ül, hosszú fekete köpenyben. Amikor meglát bennünket leugrik a bakról, kinyitja a kocsi ajtaját és leengedi az apró lépcsőt amelyen feljutunk a konflisba, majd ott leültetnek egy piros bársony ülésre és az újdonsült pártfogómat is felsegítik, majd velem szemben helyet foglal. Hosszú fekete köpeny van rajta, fején elegáns kis főkötő (vagy nem is tudom hogy hívják azokat az alul megkötős fölül csipkés izéket,) kezében ébenfa sétapálca. Rám mosolyog.

- Így drágám, most elmegyünk a házamba, s majd ott kipihenheti magát, s illő ruhát is keresünk Önnek - majd megkopogtatja a kocsi tetejét, s az nagyot rándul ahogy a két ló nekiveselkedik.

5. Lady Thinder otthona

A konflis ablakán kitekintve útközben a szememnek alig hiszek. A régi házak most inkább újaknak hatnak. A kikötőben nagy a jövés menés. Halas és zöldséges kordékat tologató asszonyok, halászok. A belső yacht kikötőben most óriási kereskedelmi hajó áll. Hétárbócos izé. A pallóján jönnek mennek a nehéz terheket cipelő kikötőmunkások. Mindjárt jön Onedin kapitány s kiált az elsőtisztnek, hogy " - Bains! Az ördögbe is, mindjárt itt a dagály és kifutunk! "

Gyerekek játszanak valami golyókkal nem messze tőlük. Maszatos kis arcuk és rongyos ruházatuk van, mintha a Twist Oliver című film castingjára várnának. Elegáns asszonyok és cilinderes nagybajuszos urak sétálnak az üzletsoron. Svájcisapkás rikkancsfiú újságot lobogtat kezében. Hentesek, fűszeresek, halárusok üzletei sorakoznak a Torwood street emelkedőjén. Nagybajuszos köpönyeges, magas sisakos utcai rendőr posztol az utca sarkán. Kóvályog a fejem, csak úgy pörögnek előttem az élő film kockái, amiben most ÉN is benne vagyok. De hogy kerültem ide és miért pont én kerültem ebbe a helyzetbe? Olvastam már ilyen könyvet és mindig izgalmasnak tartottam a történetekben az időutazást, de két lábbal a földön járó ember vagyok és nem hiszek sem az ufókban, sem az angyalokban és nem hiszek istenben sem. Ez nem jelenti azt, hogy nem tisztelem a vallást, de azt is csak addig tudom tisztelni amíg ésszerű alapokon nyugszik és nem elvakult. Most viszont már semmiben sem vagyok biztos amiben eddig NEM hittem.Georgiára nézek, aki engem néz jóindulatú megértéssel a szemében. Nem tudom, hogy leolvasott e bármit is a meghökkent és hitetlenkedő arcomról ahogy a bepárásodott ablakon nézelődtem eddig, de megszólal.

- Ugye messziről került ide hozzánk kedvesem? - kék szeméből őszinte kíváncsiság tükröződik.

- Meglehetősen - válaszolom röviden és ő nem faggat tovább.

- Bocsásson meg, de miért szólított az imént Madame Zarának? - Próbálok minél szebben fogalmazni, bár úgy is tudtam, hogy elég hátrányos a helyzetem mert nemcsak külföldi vagyok hanem időutazó is...ezek szerint.

- Hiszen minden ruházatán ez a név szerepel. - válaszol.

- Módfelett különösnek tartottam ugyan némelyiken a nagy feliratokat amelyeket valamilyen újfajta, számomra nem ismert módszerrel helyeztek a szövetre, de manapság annyi minden új kerül be Európából, Ámerikából Angliába, hogy mindennap újat tanulhat az ember. - Mosolyog rám. - De talán nem ez a neve gyermekem? - Hangja olyan dallamosan hullámzik föl s le a magánhangzóknál, hogy öröm hallgatni.

- Nem hölgyem, a nevem Tania Almási.

- Oh, hát mivégből kerültek önre ezek a másik hölgy nevével ellátott ruhadarabok?

Nos, ezen még nem gondolkoztam. Mármint a háttérsztorin. Mivel ha nem akarom, hogy a bolondok közé zárjanak, kénytelen leszek úgy hazudni mint a vízfolyás.

- Oh, az hosszú történet - mondom csendesen, s ő bólint mintha mi sem lenne ennél természetesebb.

Kinézek az ablakon és a Babbacombe dombjait látom. Még olyan ritkán vannak a házak, hogy a tengert már messziről látni lehet a mélyben. A kocsi befordul pont arra ahol erdetileg, mármint 2016-ban éltem két hónapja. És a ház ott állt! Fantasztikus volt a felismerés, hogy ez az a ház! Bekanyarodunk a Babbacombe csodás panorámájú sétányára. Az én időmben itt ücsörögtem a zöld füvön és fish and chipset falatoztam. Most az egyik hófehér oszlopokkal szegélyezett hatalmas házhoz gördül be a konflis.

Nagy döccenéssel megáll s már nyitják is a kocsiajtót és a kis lépcsőt kihajtják. Magamra tekerem a takarót amelyen eddig ültem és Georgia után én is lelépek a lépcsőn melyről két inas segít le.

- Köszönöm! - mondom határozottan a szolgáknak, akik újra fel akarnak emelni.

- Már tudok egyedül is járni.

Lady Thinder hátrafordul s egy kézlegyintéssel elküldi őket, majd hív hogy kövessem. Pazarul berendezett ház előcsarnokába érünk, néhány szobalány és szolga serénykedik körülöttünk. A falakon csodálatos festmények, a lépcsőn szőnyeg, nagy ablakok, virágok mindenütt és pálmák.

- Gyönyörű! - bukik ki belőlem az elismerés.

- Köszönöm kedvesem. Most felkísérik a vendégszobába, majd kerítünk megfelelő ruhát. Addig is a rendelkezésére áll az egyik szobalányom. - Marie! - szól azonnal s egy középkorú kövérkés szobalány igyekszik felénk.

- Mutasd meg Almasi kisasszonynak a vendégszobát, hivd a szolgát fűtsön be a kandallóba, s készíts meleg fürdőt a hölgynek. Valamint bármit kér az olyan mintha én kérném tőled Marie.

- Igenis Madame0 - Pukedlizik a szobalány majd előttem mutatva az utat, elindul.

- Mire kész lesz a fürdővel kedvesem, a ruha ott várja majd a szobában s Marie segít öltözködni és rendbetenni a toalettjét. Később találkozunk a szalonban a teán- int, majd tovalibbent az egyik szobába.

A vendégszoba egy óriási krémszínű drapériával bevont királyi lakosztálynak tűnik. A korszakhoz képest a falon merész színezetű festmények, sőt néhol maga a textiltapéta is festve van. Egy csodálatos kandalló foglalja el az egyik fal felét, fölötte tükör. Nem IKEA termék... hanem csiszolt, foncsorozott nehéz darab. Egy óriási baldahinos ágy, megvetve tollpárnákkal, paplannal és vörösbársony ágytakaróval letakarva.

Süppedő keleti mintázatú szőnyegek mindenütt, egy szekreter, ha netán írni vágynék. Asztal székek, kis tálcán míves üvegekben színes italok, kristálypohár...

Egy ajtó nyílik a fürdőhöz, hatalmas oroszlánlábakon álló kád, csappal felszerelve, Marie már gyújtja is be a kis faszén tüzelésű tartályt hogy felmelegedjen a víz. Illatos fürdősót hint a félig megtelt kádba. Odakészít nekem mindenféle pacsulis üveget, amit még nem tudom mire fogok használni, majd egy nagy törölközőt.

- Szóljon Kisasszony ha készen van, és segítek törölközni. - mosolyog rám dundi, piros arcán két kis apró gödröcske jelenik meg.

- Semmi szükség rá Marie. Egyedül szoktam törölközni. Majd esetleg a ruhát segítsen.. - nézek csalódott arcára ami újra felderül mikor az öltözködést említem.

Miután Marie pukedlizve elhagyja a szobám, ledobom a takarót. Egy póló, egy melltartó és egy bugyi az össz ruházatom. De hová lett a nadrágom? - töröm a fejem, de közben hatalmas álló tükröt pillantok meg az ágy másik oldalán. Odapattanok és felfogom göndör hosszú hajam. Az asztalhoz lépek, beleszagolgatok az üvegcsékbe. Körömlakk...mondaná apám ezekre a női édeskés italokra. Azért kitöltök az egyik kristálypohárkába egy gyűszűnyit az egyikből. Dió és alma aroma árad szét a számban s amit a torkomon lefut az inkább mandula de nem kesernyés inkább édes mint a méz viszont tüzes is mert olyan mint amikor

Marie az előbb begyújtotta a tüzet, belobban tőle a mellkasom, aztán kellemesen szétárad bennem az alkohol. Na csak annyira ne áradjon szét! Ki tudja mikor ettem utoljára és lehet hogy ettől a csalafinta kis italtól megered a nyelvem. Azért kortyolok még egyet belőle bármi is legyen ez, majd belépek a fürdőbe, ledobom a cuccaim és a kád vízbe süllyedek ami pont olyan forró, hogy kellemesen elbágyadjak benne de nem égeti le a bőröm. Kis idő múlva hallom az ajtó nyitódását, majd halk kopogás a fürdő ajtaján.

- Madame?

- Hamarosan kész vagyok és kijövök Marie. - szólok ki a szobalánynak.

Törölközőbe csavarva vizes hajjal lépek ki a fürdőből. Még nem tudom, hogy szárítom meg a hajam, de hajszárító az biztos nincs.

A széken almazöld ruha, hozzá fűző, alsószoknya, pamutharisnya.

Az alsóruházatot valahogy sikerül röhögés nélkül magamra húzni. Tangámat térdig érő tundrabugyira cserélem, hosszú kombinéféleség után a fűzővel meggyűlik a bajom, de Marie egy határozott rántással fele akkorára csökkenti a derékbőségem. Ekkor jön a ruha ami pontosan passzol a fűzővel összepréselt derekamra. Még meg kell tanulnom levegőt venni ebben a páncélban. A ruha hárommilló apró gombbal van hátul összefogva, amihez valóban kell a szakszerű segítség Marie személyében. Kissé dekoltált, épp hogy finoman láttatva ami szép. A ruha ujja válltól könyékig kissé puffos de a könyökétől a csuklóig viszont teljesen ráfeszül az alkaromra. Millió gomb itt is a ruha saját anyagából természetesen.

Mire ezeket magamra öltöm, a hajam szinte száraz. Marie a kis toalett asztalkánál egy puha kefével átfésüli majd szakszerűen feltornyozza a fejemre az egész őserdőt úgy, hogy egyetlen makrancos tincs sem bújik ki a csatok alól. Ruhám ujjában apró, finom anyagból készült csipkés zsebkendő. Majd leejtem ha szükséges, így szokás. Színes üvegből finom illatpárát permetez rám a lány, talán jázmin és magnólia egyvelege, cseppet sem kellemetlen illat, inkább üde és friss mint a tavasz. A tükörbe nézve alig ismerek magamra. Imádom az újságok smink vagy divatrovataiban az ilyen volt ilyen lett képeket, melyekben az első képen egy szomorú, csatakos hajú, loncsos, boldogtalan háziasszony néz a kamerába, a másikon viszont egy mosolygós, divatosan felöltöztetett és hajvágott, majd sminkelt szexi nő kacsint ugyanoda. Na hát ez vagyok most én. Lady Tania Almasi sőt Almassy ha nagyon muszáj.

A cipő kicsit klaffog a lábamon de némi vattacsomóval kitömve és az oldalfűzőjét meghúzva már sokkal jobb.

Marie elégedetten tekint rám.

- Kisasszony ön gyönyörű lett.

- Igazán kedves tőled Marie. - fordulok felé s ő elpirul zavarában. Bemegy a fürdőbe, tesz vesz, elpakol majd mikor az ajtóhoz lépek azt látom, hogy a merevítős, fekete Victoria secret márkájú push up melltartóm forgatja a kezében, és azon törheti a fejét, hogy ez vajon mi lehet?

6. Az első este

A szalon felé sétálva először is meg kell tanulnom a ruhámban közlekedni, mert folyton a két lábam közé csúszik a sok anyag és a harmadik lépésnél már szinte terpeszbe kell állnom vagy lenyúlni majdnem a bokámig és a temérdek szoknyát kihúzni a két lábam közül. Ez ugyanolyan érzés mint a neylon harisnya és a műszálas szoknya találkozása, soha nem gabalyodsz ki belőle. Nos, az kétségtelenül nem nőies ha folyton a szoknyát ráncigálom a lábaim között ezért megpróbálok úgy lépni hogy az egyik lépésnél mindig egy kicsit belerúgok a szoknyába, persze csak egy lehelletnyit, így elkerülöm az anyag alattomos becsúszását. Ez a vendégszobától a folyosón keresztül a lefelé vezető lépcsőig már nagyjából megy is. A lépcsőn viszont meggyűlik a bajom vele, mert nem lépkedhetek úgy le mintha egy díszszázadban menetelnék, ezért picit meg kell emelnem oldalt a ruhát s így sikerül lejutnom a hallba. Közben azon gondolkozom, hogy milyen történetet adjak elő Georgiának, ami hihető is és nem bonyolódom túlzottan bele. Hirtelen eszembe jut, hogy a mentő mellényem vízhatlan zsebében lapul a telefonom. Vajon megtalálták? Valahogy meg kell szereznem. Ekkor érek a szalonba ahonnan halk beszélgetés zaja szűrődik ki. Még egy gyors pillantást vetek a nagy tükörbe, mely a hallban egy fél falnyi helyet foglal el és még mindig alig hiszek a szememnek. Biccentek Marie-nak aki eddig mutatta az utat, és annyi méltósággal amennyi csak telik tőlem, belépek a helyiségbe. Lady Thinderrel szemben két hölgy ül, egy hasonló évjáratú mint a Lady és egy ötven év körüli. Mindkettő nagyon elegáns. Apró porcelán csésze kezükben, előttük kis tányérban édes zsemle és lekvár az angol ötórai teázások elmaradhatatlan csemegéje.

- Ó kedvesem! Ön rendkívül figyelemreméltó ebben az öltözetben! - áradozik Georgia. - Foglaljon helyet köztünk! John! Még egy csészét hozzon kérem. - utasítja a komornyikot aki azonnal cselekszik.

- Köszönöm Madame, Ön túloz, de jólesik hallanom. - mosolygok amilyen előkelően csak tudok. Szerencsére imádom a kosztűmös filmeket és azokban csupa ilyen közhelyekkel traktálták egymást a társaságban.

- Mrs. Falkenstein és Mrs Hawthornden - mutatja be a két hölgyet Lady Thinder, s azok finoman felém biccentenek s én is vissza nekik.

- A fiatal hölgy aki a vendégem Miss Tania Almasi, ha jól értettem kedvesem, néz rám pártfogóm s én bólintok jelezve, hogy helyesen mondta.

- Miss Almasi igen különös módon csöppent közénk ahogy hallottam. - mondja az idősebb hölgy, aki világoskék szolídan csipkézett ruhát és ugyanolyan főkötőt viselt. Arca vékony, orra pisze és picit piros mintha meg lenne hűlve.

Mielőtt válaszolnék belekortyolok a teámba amit az imént John adott a kezembe. Iszonyúan keserű, de itt nem illik köpködni. Inkább leteszem és megkeresem a cukortartót a szememmel.

- Nos, igen. Ez valóban különös történet. - Próbálom az időt húzni miközben három kanál cukrot pottyantok a teámba, s elkezdem kevergetni.

- Óh szegénykém, élet és halál között lebegett amikor a cselédek a vízből kihúzták. Meséli a Lady és a két hölgy részvéttel néz rám.

- Az apám Almási gróf... (pff.. hirtelen az Angol beteg c. film jutott az eszembe s önkéntelenül a gróf titulust használtam. Istenem, imádtam benne Ralph Fiennes-t!)

... egyik hajóján utaztam az egyik kuzinomhoz aki itt él a szigeten, s közben a hajó viharba került s elsüllyedt. A néhány túlélővel mentőcsónakban menekültünk de a viharos tengeren felborult a csónak is és csak a mentőmellénynek köszönhetem, hogy túléltem és most itt lehetek. Megpróbáltam egy ideig úszni de mivel erőm elszállt már csak a tenger sodort a partok felé.

A három hölgy dermedten figyeli a történetet, csészéjükben lassan kihűl a tea.

- Nem tudom mennyi idő telt el mert hol ébren hol ájultan sodort a víz de szerencsére Lady Thindernek köszönhetően szárazföldre kerültem s most itt lehetek Önök között. - teszem le elégedetten a csészém az asztalra majd egy csipesszel a kistányéromra egy zsemlét rakok.

- Hihetetlen szerencse, hogy életben maradt Miss Almasi! - kiált fel a fiatalabbik hölgy, vélhetőleg Mrs. Hawthornden.

- Miféle mentőruházat mentette meg az életét? - érdeklődik Mrs.Falkenstein

Köhögni kezdek, de nem fulladok a teámba.

- Egy egészen újfajta biztonsági mellény Ámerikából. - Nézek körbe az érdeklődő arcokon. - Még nincs igazán kereskedelmi forgalomban, úgynevezett próba darab de megállta a helyét. Oh, Georgia, ugye visszakaphatom hamarosan? Szeretném apámnak visszajuttatni.

- Természetesen, intézkedni fogok, hogy felhozzák a fürdő szalonból kedvesem.

- Oh, hát igazán csodálatraméltó megmenekülés - mondja Mrs.Hawthorden.

- Mely városban él a kuzinja kedvesem? Esetleg küldhetnénk levelet az édesapjának s a rokonának, hogy megnyugtassuk a biztonsága felől.

- Oh, igen az jó lenne. A kuzinom...Bath-ban lakik.

- S az édesapja? Gróf Almasi?

- Az atyám Magyarországon él. Magyar vagyok.

- Igen igen! Fordul Mrs. Falkenstein Lady Thinder felé hogy majd kilöttyent a teája. - hallottam Magyarországról! A férjemnek volt ott egy nagyon kedves barátja...hogy is hívják...no.. egy építész, aki csodálatos épületeket tervez...Nicholaus ha jól emlékszem.

- Ybl Miklós – mondom - Igen, ő egy nagy építész volt valóban. A csodálatos operaházunkat is ő tervezte.

- Pontosan ez a neve! - mosolyog a hölgy. Nagyon kedves ember! Ismeri talán? – néz rám érdeklődve.

Ebben a pillanatban iszonyatosan viszketni kezd attól a borzasztó pamutharisnyától a combom. Már kiskoromban is utáltam ezt a ruhadarabot és vörösre vakartam estére a lábam ha hordani kellett. Most iszonyú kínokat állok ki, mert nem vakarhatom meg.

-Sajnos nem volt szerencsém hozzá.

- Miss Almasi mivel tölti az idejét a hazájában? - teszi fel a kérdést Mrs.Hawthorden. Legszívesebben sikítanék, de mosolyogva ránézek.

- Apámmal szoktam utazgatni, és részt veszek a társasági életben. De legkedvesebb elfoglaltságom az, hogy megfigyelem az állatokat. Apám sok fajta egyedet hozott vidéki birtokunkra és én a viselkedésüket, természetüket tanulmányozom s azt papírra vetem, hogy mások is megismerjék ezeket az élőlényeket szerte a világból.

- Felettébb izgalmas tevékenység! - mondja Georgia, s szeme felcsillan.

- Igen, Angliába is azért szerettem volna jönni, hogy az itt élő fókákat megfigyeljem.

- Erről még mesélnie kell kedvesem! Holnap vendégeket várok! Egy kis társasági élet itt is van tudja. Van kedve még egy keveset nálunk vendégeskedni? Talán még fókát is találunk a kikötőben. Holnap sürgönyzünk édesapjának s a kuzinjának is a hogyléte felől.

- Köszönöm a kedves meghívást Lady Thinder. Élek vele, ha nem vagyok terhére.

- Oh dehogy! Egy kis színt lop a mi vidéki életünkbe, s ezért inkább mi vagyunk hálásak, igaz? - kérdezi Georgia a vendégeitől, s azok egyetértően bólogatnak.

- Engedjék meg hölgyeim, hogy visszavonuljak. Igen kimerült vagyok.

- Természetesen! Ó milyen önzők is vagyunk barátném! Azonnal csengetek Marie-nek, hogy segítsen önnek lepihenni.

Biccentek a hölgyek felé és egyenes tartással kivonulok a szalonból, majd az első kanyarban a lépcsőn felérve heves vakarózásba kezdek. John köhint mögöttem, mire lever a jeges veríték, majd megpróbálok méltósággal bevonulni a szobámba. Marie segít levetkőzni s egy gyapjú hálóruhát ad, amit miután a lány elpakol és jóéjszakát kívánva kimegy, azonnal ledobok magamról s meztelenül bújok a tollpaplan melegébe majd szinte azon nyomban elnyom az álom.

7. Találkozások és ismeretségek

Halk kopogás a tölgyfa ajtón, majd még egy.

- Kisasszony...

Szemem még félig csukva, a lehelletem meglátszik ahogy kifújom a levegőt. Magasabbra húzom a pehelypaplant, egészen az orromit. Különös a teljes csönd, egy autózajt se hallok.

Kinyúlok az éjjeliszekrény felé, hogy a mobilomon megnézzem hány óra is van, de hiába tapogatózom nem találom.

- Kisasszony... halk szöszmötölés az ajtón. Megdermedek, és mint egy film előzeteseként lepereg a tegnapi nap előttem. Felülök, valahogy erőt veszek magamon és kibújok a meleg nyoszolyából. Felkapom a tegnap ledobott hálóinget és odamegyek az ajtóhoz, hogy a reteszt elhúzzam rajta. Majd szélesre tárom Marie-nak.

Marie szemlesütve pukedlizik, majd elnézést kér, hogy megzavart nyolc órakor, de be kell a kandallóba gyújtani mert nagyon hideg van odakinn.

Visszaugrom az ágyba s a takarót magamra húzom.

- Az asszonyom azt üzeni, hogy ha megírná a levelet amelyet édesapjának és kuzinjának küldene, akkor a piacra menet fel tudnám a postán adni.

- Köszönöm kedves Marie, de magam is elboldogulok a levél feladással, menj csak nyugodtan a piacra. Még meg sem írtam a levelet. - Töröm a fejem kinek is címezzem a kamulevelet amit még meg kell írnom. Ha a postaládába csak úgy bedobom és nem találják a címzettet, még képesek lesznek visszaküldeni a feladónak. Eldöntöm, hogy arra a címre küldöm a levelet amelyen először laktunk, a Tárnok utcába a várban. Az még ebben az időben is létezett. Kiugrok újra a meleg ágyból s magamra kapom a gyapjú köntöst ami az ágy szélére van készítve. Odalépek a szekreterhez, és a kis kulcsot elfordítom, hogy kinyissam az asztalt. Ezernyi apró díszes régiség. Töltőtoll, címeres levélpapírok, tintásüveg, illatos boríték, ezüst kígyófejes levélbontókés. Leülök, papírt és tollat fogok, majd elkezdek írni.

Kedves Szüleim!

Fáznak a füleim! Küldjetek sapkát!

Csókolom a macskát Tania

Háromrétbe hajtom majd a borítékba helyezem a levelet.

- Remélem itt komolyan veszik a levéltitkot. - kuncogok magamban és a borítékot lezárom, majd ráírom a Tárnok utcai címünket.

Majd a másik levél következik:

Kis Petrovom,

Remélem megbocsátja, hogy búcsú nélkül hagytam el magát!

Tudom, hogy Ön Sybillnek jó barátja, s egy jó barát az mindent megbocsát!

Őszinte híve:

Tania Almási

Jakobi Viktor operája anyukám kedvence volt. Sokszor hallottam dúdolgatni a konyhában a vasárnapi ebéd készítése közben.

Majd egy Bath-i címet írok rá, remélhetőleg létezőt, hogy ne küldjék vissza azért.

- Óhajt fürdőt venni? - áll meg mellettem Marie illedelmesen.

- Köszönöm, nem. Reggel úgyis csak zuhanyozni szoktam... - válaszolok gondolkodás nélkül. Aztán, hogy nem kapok választ felnézek.

Marie hasonló arckifejezéssel áll mellettem, mint tegnap amikor a melltartóm titkán gondolkozott.

- Bocsásson meg, de nem értem. - pirul el a tudatlanságán.

- Oh, szóval úgy értem, hogy reggel csak mosakszom és este fürdök. - mosolygok rá, majd gyorsan témát váltok.

- Van már valami hír a mentőmellényemről?

- Az asszonyom korán elküldetett érte a fürdőszalonba valakit.

- Kérlek, hogy azonnal szólj, ha megérkezik, és tudod mit? Vidd el kérlek mégis ezt a két levelet a postára.

 - Igenis. majd elveszi a kezemből a leveleket.

- Vigyázz rá nagyon kérlek, mert nagyon fontos levelek.

- Úgy lesz kisasszony. A reggelijét itt fogyasztja el vagy lent az étkezőben?

- Lemennék, de mit vegyek fel?

- Az asszonyom küldött ruhát is.

- Az jó. Segítesz ugye?

Fél órával később egy kellemes fehér felső és egy egyszerű sötétkék szoknya társaságában és egy kissé nagy de kitömve még jó cipőben levonulok az étkezőbe. Hajam most csak hátra van fogva egy kék pánttal. Picit jobban érzem magam ebben az egyszerű ruházatban mint tegnap este a teázáshoz viseltben. John kinyitja nekem az étkező ajtaját s én azt gondolom talán Georgiát is ott találom, de a helységben a reggelizőasztal mellett egy férfi ül és épp a számomra odakészített pirítósokat keni meg vajjal. Beléptemre felnéz és szemöldökét kissé felhúzva pimaszul végigpásztáz rajtam majd így szól.

- Georgia kissé elfogult volt amikor azt mondta, maga gyönyörű! De ezt betudhatjuk a korának is, hiszen ennyi idősen már kevéssé lát az ember. - majd nagyot harap a pirítósból.

Meghökkenek ezen a nem várt fogadáson, köpni nyelni nem tudok nemhogy válaszolni elsőre. 2016-ban talán bemutatok neki egyet a középső ujjammal majd jelzem, hogy az az én reggelim. De most hirtelen csak ennyi jut eszembe:

- Lady Thinder nem említette, hogy látogatói akik a megmaradt reggelit elfogyaszthatják, de szeretném a figyelmét felhívni, hogy az ott az én pirítósom. Amennyiben azt remélte, hogy az iménti sértése nyomán zokogva hagyom el az étkezőt, úgy tévedett. Ugyanis éhes vagyok. Így leülök a kissé meghökkent pasassal szemben, és elveszek egy pirítóst majd - Bocsásson meg, erre szükségem van. - A kenőkést kihúzom a kezéből, majd a vajat és a dzsemet is elhúzom előle és elkezdek reggelizni.

- Istenemre, de felvágták a nyelvét. Bár az akcentus nagyon ismeretlen számomra.

- Fel sem pillantok. Eszemben sincs szóba elegyedni ezzel a paraszttal, miután sértegetett.

Miután látja, hogy nem válaszolok feláll és az ablakhoz sétál, így vetek rá egy oldalpillantást.

Negyvenes aranyifjú, szőkésbarna haja majdnem a válláig ér de folyton hátrasimítja. Magas, karcsú, valami lovagló cuccban van és csizmában. Száját folyton durcásan csücsöríti. Az égre emelem a tekintetem. Ha még egy normális ürge lenne, talán szimpatikus is lehetne... de egy bunkó sajnos. Ez a bajom az én világomban is a pasikkal. Vagy béna de kedves, vagy helyes de bunkó, vagy férfias kinézetű, de meleg... ez úgy látszik régen is így volt. Rám néz, elkapom a tekintetem. Georgia lép az étkezőbe, kezében levelek, újságok.

- Jó reggelt Tania! - érdeklik a mai hírek? - mosolyogva teszi elém a helyi újságot.

- Jó reggelt Lady Thinder - mosolygok vissza rá. - Köszönöm, érdekel.

- André, bemutatkoztál már az ifjú hölgynek?

- Ó igen! - előzöm meg a válaszát az Andrénak nevezett úrnak.

- Bemutatkozott! De mennyire!

- Ennek felettébb örülök. - ül le az asztalhoz Lady Thinder. - Tudja Tania, néha olyan kiállhatatlan az unokaöcsém.

- Ez meglep. - mormogom magam elé, majd az újságra téved a tekintetem.

1893 november 13. Péntek....Valaki egyszer azt mondta, óvakodjak kimenni ezen a napon az utcára...

A helyi társasági hírekkel, lovakkal, reklámokkal teli hasábok. Ez sem változott száz év alatt.

André közben megfordul és nekitámaszkodik az ablaknak s karbafont kézzel néz hol rám hol Lady Thinder-re.

- Mi járatban kedvesem? Kérdi tőle Georgia.

- Azért jöttem, hogy elmondjam, amit rám bíztál még nem tudtam teljesíteni, sajnos nem akadtam egyelőre Dalton atya nyomára.

- Ne adjuk fel André. Bár nem sok remény van a...

- Nem lehetne ezt inkább négyszemközt? - Tekint sokatmondóan rám a faragatlan fickó. - majd gyorsan témát vált.

- Hétfőn behajózok, várnak a francia partok. Mosolygott fanyarul a férfi, majd hozzám intézi kérdését.

- Volt már Párizsban kedves Tania? - hangjában eltúlzott kedvesség.

- Igen, volt szerencsém tíz éve. - mosolygok vissza gúnyosan, hogy Georgia ne lássa az arcom.

- És mit szeretett benne?

- A Szajna parti estéket, a Notre Dame-ot, a Diadalívet, a Montmartre-t az Eiffel tornyot... sorolom a látványosságokat

Andre arcán megrökönyödés - Eiffel? Tíz éve még el sem kezdték építeni azt a vas szörnyeteget.

- Azt mondtam tíz? Úgy értettem tíz éve voltam először ott, majd később is volt alkalmam ellátogatni. És az Eiffel torony nagyon szép.

- Borzalmas... veti oda André.

- Én még nem láttam de szeretném megnézni egyszer. Bár nem hiszem, hogy lesz alkalmam erre. - mondta Lady Thinder.

- Ugyan miért nem? - kérdezem

- Az én koromban már nem szívesen utazik hetekig az ember.
—

- Badarság Georgia! Fiatalabb vagy mindnyájunknál.

- Oh, igen igen. Tania, a mentőmellényt felhozattam Johnnal, a szobájában van.

Felpattanok ültömből hirtelen, majd észbekapok, hogy most nem a mekiben vagyok hanem egy Lady étkezőasztalánál és igyekszem módosítani a gyors reagálást.

- Megbocsát Georgia?

- Menjen csak, menjen. - később van kedve lejönni velem a városba?

- Oh, boldoggá tenne!

Elhagyom a szobát, a bunkó unokaöccsnek csak biccentek, az meg elhúzza a száját. Esküszöm, mielőtt visszamegyek a huszonegyedik századba még képen törlöm.

Vissza? De hogyan? Hiszen azt sem tudom hogy jutottam ide. És ha az az ára hogy újra a hideg vízben fulladozzak akkor itt fogok megöregedni.

Ettől picit megrémülök, de elhessegetem a gondolatot, hiszen még csak most jöttem, bármi jöhet még. Szoknyámat magasra emelve kettesével szedem a lépcsőfokokat, felérve a lépcső tetejére Johnnal futok össze aki kissé döbbent arccal néz rám. - Basszus, mindig előtte bukik ki belőlem a rosszmodor. Lelassítok és rámosolygok.

- Jó reggelt John!

- Jó reggelt Kisasszony!

A szobámba érve bereteszelem az ajtót és lerúgom a cipőm majd a székre helyezett mentőmellényre bukom és kikotrom a belső vízhatlan zsebéből a mobilom. A telefon csontszáraz, és még működik is. Persze nincs térerő, ami természetes, de például fényképeket tudok vele készíteni. Elhatározom, hogy hetente írok apának üzenetet és ha egyszer visszatérek az én időmbe majd megmutatom neki.

Lady Thinder újabb ruhát küldött fel Marie-val, és ezúttal sem a legkényelmetlenebbet . Sötétkék ruha, alsószoknya, pamutharisnya!! Utálom de muszáj felvennem különben még felfázom. Vajon mikor találták fel a neylon harisnyát?

Bokáig gombolható cipőt kapok, persze kitömködve. Meleg gyapjúkabát simul rám, karcsúsított derékkal, s egy diszkrét sötétkék kalap. Egy kis szütyőkét kapok a zsebkendőmnek s egyéb dolgaimnak és zsebek híján ide rejtem a mobilom. Ha esetleg lesz alkalmam akkor készítek néhány képet.

A kikötőben kiszállunk a konflisból s gyalog megyünk tovább. A nap szépen süt, de hideg szél fúj a tenger felől. Apály van és a belső kikötőben néhány kishajó az oldalára dőlve várja a dagályt. A parton sorban állnak a taxi konflisok a Queen's Family Hotel előtt ami az én időmben egy Mambo's bar nevű szórakozóhely. Mi a Fleet street felé vesszük az irányt és ámulva nézem, hogy milyen hangulatos utca volt ez ebben az időben. Tele kis üzletekkel ahol anyagok, szalagok, selymek és pántlikák vannak. Aztán kalapos és cipőkészítő. Méretet vesznek a lábamról. Az inas meglepetten nézi a pamutharisnyától megfosztott lábfejem, és az UV zöldre festett lábkörmeim de nem szól semmit, majd este otthon a vacsoránál: "Te asszony, annak a nőnek olyan zöld volt a körme mint a hatnapos vizihullának... esküszöm én még nem láttam ilyen rusnyát!"

Aztán alsóruházatot is kapok és méretet vesznek, hogy egy illő estélyi ruhám is legyen.

Hiába szabadkozom, hogy nincs szükségem ruhákra, Georgia csak mosolyog és megnyugtat, hogy neki külön örömöt jelent az, hogy itt vagyok és öltöztethet, mert itt minden tele van savanyú unalmas vénasszonyokkal, úgyhogy ne fosszam meg ettől az örömtől. Tehát hagyom.

Beülünk egy kedves kis teázóba és onnan nézzük az utcát, ami nekem olyan mint egy némafilmes mozi, csak kihangosítva, és minden amit régen fekete fehérben láttam a filmeken az most színes és élettel teli. Nagyon élvezem ezt a miliőt.

- Clara! Int kezével most Lady Thinder.

Molett hölgy lép az asztalunkhoz, mellette apró szőke fürtös kislány az ujját szopja.

- Minő öröm Lady Thinder, hogy itt láthatom! - mosolyog ránk a hölgy.

- Clara, bemutatom egy kedves barátom, Tania Almasi kisasszonyt.

- Örvendek a szerencsének Miss Almasi. Agatha mutatkozz be szépen a hölgyeknek! Feddi meg a kislányt a nő, mire a kislány pukedlizik és azt mondja

- Jóreggelt hölgyeim, a nevem Agatha Mary Clarissa Miller. Majd gyorsan visszadugja az ujját a szájába.

- Ó de illedelmes, okos kislány! - mondja Georgia

Ledöbbenek a felismeréstől, ahogy a kislány a nevét sorolja, hiszen nemrég mikor Paul elhozott Torquay-ba, elmesélte, hogy itt született Agatha Christie a híres írónő és akkor ez annyira felcsigázott, hogy még este a Wikipedián elolvastam a rövid életrajzát. Tehát ez a kis szőke bodros hajú csöppség az írónő maga!!!

- Bizony nagyon okos - meséli az anyja - már felismeri a betűket!

- Hihetetlenül tehetséges! Vigyázzon rá, mert egy kis kincs ez a gyermek! Igazam van Tania kedves?

- Osztom a véleményét Lady Thinder, ez a kislány nagyon tehetséges és okos! Ki tudja egyszer talán híres író lesz belőle ha így folytatja.

- Ne túlozzon kisasszony - pirul el az anyja.

Hamarosan elköszönnek, s én csak nézem, hogy a világirodalom egyik legnagyobb krimi írója elhagyja a kávézót s majdnem hasraesik a küszöbben.

8. A születésnapi estély

Délután négy felé jár mikor visszaérünk a házba. Meglepetten látom, hogy az előcsarnok szépen fel van díszítve, a szalon ajtaja nyitva áll, és a cselédek sürögnek forognak a két helyiség között. Óriási vázák tele virágokkal, süteményes tálcák, kristálypoharak, szalagok, szőnyegek és minden, minden mozgásban van.

- Oh, mennyire elment az idő a vásárlással kedvesem. - mondja Georgia, miközben John lesegíti rólunk a kabátot.

- Menjen hamar és készülődjön. Sok vendéget várunk ma. - fiatalos lendülettel, kipirultan néz körül. Láthatóan imádja a pörgést és a partikat.

- Milyen alkalom... - kérdezném de egyszer csak meglátok egy tortát rajta sok sok sőt még több gyertyával.

- Ó csak nem születésnap?

- De az, és ha azt hiszi kedvesem, hogy miattam tettek ennyi gyertyát a tortára akkor letagadok belőle legalább huszat. - kacsint rám, majd bevitorlázik a szalonba, hogy mindent ellenőrizzen.

Bennem fele annyi a tettvágy és az energia mint partiarc barátnőmben, így amikor már senki se lát a cipőm lehúzva, harisnyában trappolok végig az emeleti folyosón mert a hülye gombolós cipőtől vízhólyag nőtt a sarkamon.

John már egyáltalán nem lepődik meg ezen amikor az ajtóm előtt összefutok vele. Már én sem kapok tőle frászt, mert megszoktam, hogy minden aljas kis huszonegyedik századi rossz szokásomról tudomást szerez. De nem egy pletykás típus.

Miután fürdőt vettem és illatosan elterülök az ágyon, Marie figyelmeztet, hogy készülődnöm kell. Egy igazán mutatós vörös selyem ruhát kapok, amiből kilátszik a vállam, fehér stólát is kaptam hozzá amit ráteríthetek. Marie hajkoronát varázsol újfent a bozontomból. Esküszöm, nem tudom hogy csinálja...! Arcom üde, hamvas és egy fantasztikus fülbevalót s a hozzá illő nyakéket csatol a nyakamra. Füttyentek egyet, majd hirtelen Marie arcára ugrik a tekintetem aki elneveti magát, így én is vele nevetek. A cipőm most is nagy de már megszoktam, bár jó volna egy tapasz, hogy a vízhólyagot lefedjem.

Lentől már zsongás hallatszik, egyre többen érkeznek. Az ablakon kinézve azt látom, hogy végig az utcában konflisok sorakoznak és csak jönnek, jönnek az emberek kirittyentve mint a szaros Pista Krisztus nevenapján. Ezen a hasonlaton jót mulatok újra, nagyapám mondta ezt mindig amikor valaki nagyon készült, hogy jól nézzen ki. Belekortyolok a mandula és dió likőrömbe és kimelegszem tőle egy pillanat alatt. De legalább bátrabban lépek ennyi ember közé, hiszen idegen vagyok és biztos sokakat érdekel a személyem.

Kikukucskálok az ajtón és az egyik hatalmas oszlop takarásában körülnézek nincs e a közelben John az inas, majd a mobilom előveszem és egy képet készítek a szalonban gyülekező színes társaságról. A vakut természetesen nem használom, mert még felhívnám magamra a figyelmüket.

Lemegyek a lépcsőn és megpróbálok elvegyülni a tömegben.

Ó micsoda tollas kalapok, ruhacsodák és ékszerek gyűltek itt egybe. Megpróbálok a büfé asztal felé osonni, mert bekapnék egy szendót vagy valami sütit ha nincs más. Nagy a zsivaj, mindenki egyszerre beszél, Georgiát nem is látom de a büféasztalhoz sikerül odaférkőznöm. Fogok egy tányért és bizonytalan arccal próbálom kideríteni mi micsoda. Nehogy valami tonhalas vagy halikrás neadj'isten rákos, kagylós izét kapjak be mert ezeket utálom.

- Az ott tonhal saláta - szólal meg a hátam mögött egy ismerős hang. Hátrapillantok. Tudtam! André áll mögöttem. A gúnyos mosolyt az arcán szívesen letörölném egy fémtálcával, de most finom hölgyet kell játszanom.

- Miből gondolta, hogy nem tudom? - mondom neki annyi megvetéssel a hangomban amennyire csak tőlem telik.

- Csak abból, hogy megpiszkálta a villával, aztán megszagolta a villát és azt suttogta miközben kinyújtotta a nyelvét, hogy blee. - suttogja a fülembe.

Ilyet csináltam volna? Észre sem vettem...

- Nos, nem szeretem a halat és a tenger gyümölcseit. - próbálom visszaszerezni elveszett magabiztosságom.

- Az ott sonka és aszpik, mellette burgonyapüré és pulykasült. - mutogat a tálakra.

- Önöknél mit tálalnak az estélyeken? - kérdezi újra élcelődve.

- Majd ha egyszer meghívom egy estélyünkre akkor meglátja. - mosolygok rá.

- Úgy érzem úgy kell majd meghalnom, hogy ez örökre titok marad.

- Erre mérget vehet. - lépek el mellőle.

Néhány falat után Georgia lép elém egy világoskék estélyi ruhában, nyakában csak úgy szikrázik a nemtommi talán gyémánt vagy csak sima strasszkövek? Mindenesetre nagyon mutatós.

- Ó hát végre megleltem az én barátnőm. Hadd mutatom be Monsigneur Pierre Legrant-ot francia konzult aki épp Torquayban tölti a szabadságát.

- Monsigneur Legrant, ez a hölgy itt egy kedves ismerősöm Miss Tania Almasi.

Magas őszes úr lép hozzám s kezet csókol vagyis lehel...

- Madmoiselle, boldog vagyok, hogy megismerhetem.

- Örvendek a szerencsének Monsigneur Legrant.

- Hallottam kegyed Magyarországról látogatott erre a gyönyörű helyre.

- Igen, úgy is mondhatnám monsigneur. Hogy tetszik Torquay? Ugye milyen szép?

- Fantasztikus hely! - lelkesedik a pasas - nem véletlen egyszer Napóleon is járt itt és páratlannak nevezte.

- Ó valóban? - álmélkodom.

Georgia elnézést kér a franciától és ígéri, még lesz alkalma velem társalogni és tovább sétál belémkarolva.

- Az ott Tulon tábornok Londonból és a felesége Sarah, Lord Petterson és a két lánya, no várjunk csak... Emily és Anne.

És mindenkihez odakísér s bemutat egyenként vagy húsz embernek. A londoni maraton kutyafityisz ahhoz képest amennyit gyalogolok.

Másfél órával és két pohár borral később egy pálma mögött leülök egy fonott karosszékbe hogy vegyek egy kis levegőt. Ekkor egy fiatalember lép hozzám.

- Almási kisasszony?

- Igen?

- Engedje meg, hogy bemutatkozzam - kicsit meghajol - Szeremley Ignác.

Csuklok egyet de azért a kezem nyújtom a férfinak aki magyarul mutatkozott be.

- Örvendek a szerencsének. - mondom szintén magyarul. - Mi szél, hozta erre kedves Ignác? - próbálom visszanyerni a hangom a meglepetés után.

- Megengedi, hogy leüljek?

- Csak tessék! - mutatom a szemben lévő helyre.

- Köszönöm. - Szeme csak úgy sugárzik. Úgy huszonkét-három évesnek saccolom.. Jó felépítésű, kellemes kinézetű fiú.

- Hallottam milyen sajnálatos balesetnek köszönhető, hogy ön itt van.

- Bizony annak.

- Én két éve itt az exeteri egyetemen végzem tanulmányaim, és apám ismert az otthoni nemesi körökben. Amennyiben felhatalmaz szívesen sürgönyzöm neki, hogy keresse fel a grófot és mondja el, személyesen volt szerencsém önnel találkozni és jó egészségben találtam.

Akkor jól kicsesznél velem öcsi, gondolom, de ezt mondom:

- Köszönöm kedvességét, de már sürgönyöztem apámnak hogylétem felől. Nincs szükség a fáradozásaira.

- Megengedi, hogy amíg itt tartózkodik, felkeressem néha?

Uhh, nem szeretem a rámenős pasikat, ráadásul ha még fiatalabbak is nálam.

- Nos, igazából nem nagyon érek rá...

- Oly jó lenne néha magyarul beszélgetni valakivel. Annyira megörültem magának amikor hallottam...oh bocsássa meg, hogy ezt mondom....

- Semmi gond, hiszen szívesen beszélgethetünk néha...néha...

Azonnal kezet csókol és boldogan köszönetet mond.

Azt hiszem szereztem magamnak egy hódolót.

- Ugyan, ugyan. - Húzom ki a kezem a szája alól. - Ha nem haragszik, most van egy kis dolgom pattanok fel. Erre ő is felugrik és fülig ér a szája. Tévedtem nem huszonhárom hanem tizennyolc legfeljebb... Kicsit idegesítő a nyomulása. Átmenekülök a szalon másik oldalára ahol a két, már előzőleg megismert barátnőmmel Mrs. Hawthordennel és Mrs Falkensteinnel kezdek beszélgetni. Amikor kimerítettük az időjárás és egyéb rendkívül izgalmas témákat, elnézést kérek és kioldalgok a szalonból, át az előcsarnokon a télikertbe ami most sötét, kihalt és lerogyok egy nagy fotelbe. Lenyúlok, cipőmet lehúzom és felteszem egy székre a lábam.

- Aaaa, de jó végre...

John lép mellém, ránézek. Miért nem csodálkozom, hogy pont most van itt?

Leveszem a székről a lábam, visszadugom a cipőbe, mindezt fapofával nézi végig.

- Igen John?

- Lady Thinder kérte, hogy keressem meg kisasszony. Látni szeretné Önt.

- Rendben John, azonnal megyek. - Miután az inas távozik felállok és visszamegyek a szalonba. Georgia áll középen a torta mellett és elfújja a gyertyákat, amit taps követ.

- Köszönöm szépen kedves barátaim. Tania kedvesem! Nyújtja felém a kezét.

- Nagy botorság lenne lenne azt kérni, hogy játsszon a kedvemért valamit?

- Hogy a..hogy én? De mivel játszak? - kérdezem halkan Georgiától.

- Hát a zongorán! Mi máson? - Mosolyog kedvesen.

Utoljára három éve zongoráztam és hogy egyáltalán valamennyire tudok - ami nem sok - azt annak köszönhetem, hogy anyám nagyon szerette volna ha mindenféle hangszeren tudok játszani. De mivel csak egy öreg pianino volt otthon, hát azon tanítgatott amíg élt szegény. De semmiféle ehhez a korhoz illő dalt nem tudok. Csupa Máté Péter és Szenes Iván dalt ismerek. Ég az arcom, de mindenki várakozón néz rám. Ebben a korban minden jómódú fiatal lány tudott zongorázni.

Leülök a hangszer elé és belefogok a születésnapi indulóba: Happy birthday to you...., Szinte hallom ahogy az ujj izületeim nyikorognak a rozsdától.

Egész jól sikerült. Felnézek az arcokra amiről nem lehet leolvasni mit gondolnak.

- Ez...egészen...újszerű. - oldja a feszültséget Georgia. Köszönöm!

Hirtelen eszembe jut, hogy jól tudom a Ballada pour Adelin-t is Claydermantól. Anyu születésnapjára titokban gyakoroltam, mert ez volt a kedvence. Ez már sokkal jobban megy, az ujjaim szinte maguktól mozognak, becsukom a szemem és anyu jut eszembe ahogy játszom és ő mosolyogva néz a fotelből. Kicsordul a könnyem az emlékre pedig már tíz éve nem sírtam ha eszembe jutott. Amikor befejezem, tapsolni kezdenek. Felnézek és a pillantásom Andréra esik aki most nem mosolyog gúnyosan. Szemében inkább szánalom fedezhető fel.

Elkapom a tekintetem, majd Georgiára nézek.

- Ez gyönyörű volt kedvesem! Ki ennek a fantasztikus muzsikának a szerzője?

- Egy Clayderman nevű francia zeneszerző. - mondom némi gondolkodás után.

- Hallja monsigneur Legrant! Szól oda a férfinak. - Ismeri tán a művészt?

- Madame, hazámban oly sok a tehetség és a modern zeneszerző, hogy bocsássa meg hogy nem ismerem az összeset. De rendkívül figyelemreméltó!

- Bizony az. - mondja Georgia. - Köszönöm drágám, hogy megajándékoztál vele. És magához ölel, ami szokatlan megnyilvánulás egy angol hölgytől.

9. A végrendelet

Ma reggel ébredéskor már sokkal jobban be tudtam magam azonosítani melyik korban is vagyok. Az előző esti néhány pohár bor és előtte a dió-mandula likőr pici fejfájást okozott, de túléltem már nagyobb hangovert is. Marie kopogtat és az ajtónyitás után rengeteg holmit, dobozt és csomagot hord be a szobámba.

- Mik ezek Marie? - kérdezem, és kíváncsian bontogatni kezdem az egyiket. Fantasztikus estélyi ruha omlik a kezemre, smaragdzöld és ezüst díszítéssel. Tyű a mindenit. A többi csomag tartalma:

Lovaglóruha (pff soha nem tudtam lovagolni de ezt jól eltitkolom majd), cipőőőőők!!! Istenem a saját méretemben!!! Alsóruházat és könnyű ingek és pamutharisnyák (pfuj). Kalapok és apró kiegészítők.

Marie úgy csomagolja és mutatja mintha ő maga varrta volna személyesen az összes ruhát.

- Meg kell köszönjem Georgiának! - mondom Marie-nek és magamra kapom a meleg köntöst és a papucsot majd kiosonok a szobából. A papucs kétszer akkora mint a lábam, ezért csaknem hasra esek a dolgozószoba előtt. Már épp készülök feltápászkodni amikor indulatos hangokat hallok a helységből.

- ...de ezt mégsem tehetik meg! - hallom Georgia hangját.

- Tisztelt hölgyem...

- Lady Thinder vagyok, ha megbocsát!

- Lady Thinder, én csak a dolgomat végzem. Lord Arthur Thinder előző házasságából született gyermekei jogosan követelik a jussukat miután édesapjuk meghalt.

- Meg is kapták azokat. A birtokot és ezer font éves járadékot fejenként! Miért nem elég ez nekik?

- Mivel a Lordnak újabb végrendelete nem lévén, őket illeti minden ingó és ingatlan valamint vállalkozás és az abból származó jövedelem a halála után.

- Mégis mit képzelnek? Ki akarnak tenni a házamból?

- Attól tartok igen, asszonyom...

- A férjemnek volt még egy végrendelete uram. - mondja Georgia, hangjában szomorúság.

- Igen, hallottam róla.

Kis szünet, majd Georgia hangja újra:

- Sajnálatosan a tavaly Londonban történt tűzesetben megsemmisült a széf és minden ami benne volt.

- Akkor erről nincs mit beszélnünk...

- De volt még egy példány uram!

- Ó valóban? És hol találom meg ezt az iratot?

- Egy jó barátjánál helyezte el, ha bármi történne a másikkal.

- Ki az az úr?

Ekkor André hangját hallom:

- Csak nem gondolja, hogy elmondjuk? A végén még sajnálatos módon őt is valami baleset érné!

- Na de uram!... - hallom a pasas felháborodott hangját.

- André kérlek! - próbálja csitítani Georgia is a férfit.

- Miért? Az ügyvéd úr nem találja furcsának, hogy mindkét példánya a végrendeletnek valamilyen furcsa véletlennek köszönhetően eltűnt?

- Hát erről én végképp nem tehetek... a sajnálatos véletlenek...

- Véletlenek?! Azt mondja véletlenek?!! - André hangja egyre fenyegetőbb.

- André kérlek, ennek semmi értelme! - szól határozottan a Lady.

- Kérem, ha tudomásuk van egy létező példányról, abban az esetben haladékot kérhetnek a bíróságtól, legfeljebb két vagy három hónapot is kaphatnak amíg be tudják mutatni a hiteles okiratot.

- Meg fogjuk tenni ezeket a lépéseket. - mondja újra André már kissé higgadtabban

- És most ha kérhetem, akkor távozzon a házból. - mondja határozottan.

Sebesen elsasszézok az ajtótól és beugrok a szobámba, s a résnyire nyitott ajtóban figyelem ahogy egy kopasz, kövér jól öltözött pasas kilép a dolgozószobából homlokát egy óriási zsebkendővel törölgetve.

- Higyje el uram, nekem a legkellemetlenebb ezzel foglalkoznom hiszen jól ismertem Lord Thindert.

- Ugyan, ne tegye magát nevetségessé - mondja André. - Viszont a hiénáknak akiknek nem elég évi ezer font mondja meg, hogy ha meglesz a hiteles okirat, akkor felére csökkentjük az éves járadékukat.

Viszontlátásra! - tessékeli le a lépcsőn, majd John a kabátját, kalapját, sétabotját a kezébe adva ajtót nyit neki.

André hirtelen az ajtóm felé néz.

- Ha azt hiszi, hogy jól elbújt, akkor tévedett kedves zongoraművésznő! - hangja gúnyosan visszhangzik a folyosón. Becsukom gyorsan az ajtót. Észre sem vettem, hogy a nyitott ajtóból fénycsík szűrődött ki végig a padlón, és ezzel elárultam magam.

Megfordulok és az ajtónak támaszkodom. Marie döbbenten néz rám, majd mikor ránézek, sebesen elkezd a szekrénybe pakolni.

Nagy gáz van itt. Ha jól értettem, a lord meghalt. Georgia a második felesége volt. Gondolom az első meghalt vagy nem tudom. Ekkor még nem volt szokás elválni valakitől, de ki tudja. Mondjuk azt, hogy meghalt. Van két felnőtt gyereke abból a házasságból. Amikor a Lord újra megnősült, készített egy másik végrendeletet de abból az egyik eltűnt az ügyvédje lakásából a másik egy lakástűzben elégett, de a másolata valamelyik barátjánál van elhelyezve. Nos nem kell Poirotnak lennem, hogy ne érezzem ebben a dologban bűzlik valami.

Valószínűleg Andrét bízta meg Georgia, hogy keresse meg a passat, de eddig nem akadt a nyomára. Elképzelhető, hogy azért megy Franciaországba, mert lehet, hogy ott van. Szegény Georgia! Milyen elveszettnek érezheti most magát. Azok a fukar és önző gyerekek az egész vagyont akarják, mindent! Nem elég nekik az évi ezer font! Istenem, az nagyon nagy pénz volt ebben az időben, ráadásul a kisujjukat sem kell mozdítani, és csak élnek mint Marci hevesen.

Később lemegyek az étkezőbe de csak az undok Andrét találom ott. Az előző napból okulva, most nem ette meg a reggelim, így leülök az asztalhoz.

- Lady Thinder? - kérdezem a faltól

- Nem érzi jól magát. - mondja André az ablaknak. - lepihent.

- Amiatt a pasas miatt? - upsz, már nem tudom visszanyelni amit kimondtam. Gyorsan a teámba kortyolok ami tűzforró, és leégetem az összes ízlelőbimbót a nyelvemről.

- Milyen szó ez? - fordul meg André hirtelen

- És egyáltalán honnan jött kisasszony? Olyan furcsán beszél és viselkedik, mintha egy másik bolygóról pottyant volna ide.

Így is mondhatjuk, mondom magamban.

- Egy másik országból jöttem és egy modern nő vagyok. Használok modern szavakat. Maga még nem hallotta ezt a szót, hogy PASAS?

- Nem, nem hallottam mert én egy VIDÉKI PASAS vagyok! - kiállt rám s nekem megáll a számban a falat.

Elfordul úgy mordul oda.

- Neharagudjon, kissé ideges vagyok. És igen én is amiatt a PASAS miatt.

Na ezt a szót jól meg fogja jegyezni ez a sündisznó, gondolom magamban.

- Nagy a baj? - kérdezem

- Eléggé. De nem mondhatok többet, igazából azt sem tudom ki maga. Lehet, hogy pont annak a két hiénának kémkedik - karbafont kézzel az ablaknak dőlve vádlón néz rám. Szeme kiismerhetetlenül pásztáz. Nem tudom, hogy most ezt viccből mondta, vagy komolyan gondolja. De nem látok egy szikrányi gúnyt sem a tekintetében, ezek szerint halálosan komolyan gondolja amit mondott.

- Nem vagyok kém. Az, hogy itt vagyok a véletlen műve és nem én akartam itt maradni, a nagynénje marasztalt. Semmi joga és oka nincs, hogy sértegessen abban a házban ahová nem ön hívott meg. Az, hogy eddig tiszteletlenül viselkedett és folyamatosan sértegetett még valahogy elnéztem. Nem vagyok egy túlzottan érzékeny nő, legalábbis megnézem ki mondja azt amit mond és ha nekem az az illető semmit nem jelent, hát az lepereg rólam, uram. De a vád amit az imént hozzám vágott igenis sértő és határozottan kikérem magamnak! Felállok, visszadobom a félig elfogyasztott pirítóst a tányéromba és emelt fővel kivonulok az étkezőből. Remélem most jól elszégyelli magát ez a pocsék alak. Na most már én is kezdek így beszélni, ahelyett hogy azt mondanám ez a nagy tahó. Sajnálatosan viszont ez a tahó az aki talán kihúzhatja Georgiát a csávából.

Vajon én hogy tudnék rajta segíteni?

Néhány napig nem láttam Andrét, és Georgia is sokat volt a saját szobájában. John-t kérte meg, hogy levigyen a városba. Megnéztem a Cary Parkot, az óriási Rock Walk-ot ami még nem volt járható, csak egy magas hegy volt a tengerparti sétány mellett. Sétálgattam a napsütésben a gyönyörű tengerparton. Volt, hogy Marie-t is magammal vittem és kértem, meséljen nekem amit tud a városról.

Közben André elutazott Franciaországba, s az ügyvédjüket megbízták, hogy kérjen haladékot a lord végrendeletének érvényesítése előtt.

Már két hete vagyok itt és annyi szépet láttam, s olyan sok érdekes dolgot tudtam meg erről a városról és az angol emberek szokásairól. Még azonban nem tudom, hogy tudok majd visszamenni a saját időmbe. Elképzelem, hogy apám és a barátaim lehet, hogy el is temettek már, hiszen nem találtak rám, csak az üres csónakra és a ruháimra a Living Coasts kikötőjében. Érdekes módon, csak ez az egy bánt, valahogy nem hiányzik semmi és apán kívül senki. Na jó...Puncs is hiányzik. De attól tartok neki annyira nem hiányzom. De mégis az az én igazi otthonom.

Egy komoly problémám viszont akad, miszerint fogalmam sincs mit használtak ebben az időben a nők amikor havi vérzésük volt? Valahogy meg kell tudnom Marie-tól. Ő még abban a korban van amikor még esedékes. Nekem pedig ha jó számolom, akkor egy héten belül szükségem lesz valamire. Igen kínos.

 Amikor Marie reggel tesz vesz a szobámban akkor megkörnyékezem.;

- Marie, te mit használsz amikor vérzel?

- Hogy érti kisasszony? Néz rám ártatlanul. Ártatlanul!!! Egy negyven éves nő!

- Hát, tudod, ami havonta előfordul nálunk nőknél...

Marie paprikapiros lesz egy másodperc alatt és elfordul.

- Ugyan már Marie, hiszen mindketten nők vagyunk - mondom neki.

- Az a helyzet, hogy nekem nincs itt semmi amit használhatnék, tudod, úgy halásztak ki a tengerből... Lady Thindert meg csak nem kérdezem erről. Te vagy az egyetlen reménységem. - fogom kérlelőre a dolgot.

- Hát...van aki rongyot használ...

- Rongyoooot????

- De a patikában lehet rendelni egy olyan övet aminek az alján van egy olyan izé...szóval egy tartó, ahová vattát lehet rakni...és azt cserélni...- hal el a hangja a mondat végére.

- Értem. - dünnyögöm. - korabeli intim betét pff. Tíz éve a tampon rabja vagyok és sikítani tudnék még a legmodernebb Always ultra sensitive extra vékony csodákért, s most egy övet csatolhatok a derekamra a bő bugyogóm alá és legyek kedves türelmes kislány.

- Tudnál nekem rendelni ilyen izét?

- Jaj, kisasszony ne kérjen tőlem ilyeneket! - majdhogynem keresztet nem vet a szerencsétlen.

- Rendben, akkor csak mutasd meg, hogy hol lehet rendelni és én majd megteszem.

Na, most van az első pillanat amikor visszasírom a huszonegyedik századot...

Délelőtt üzent Georgia, hogy vacsoránál szeretne velem beszélni, lehet, hogy megtudok többet is a végrendelet körüli balhéról.

Már a saját ruhámban lépkedek lefelé a lépcsőn az étkezőbe. Georgia vacsorára vár. Két személyre van terítve, az asztalon hófehér damaszt terítő, csodálatosan díszített porcelán étkészlet, ezüst evőeszközök. A világítást egy gyönyörű ötágú gyertyatartóban hófehér gyertyák adják. Minden olyan kellemesen otthonos és ünnepélyes. Georgia már ott ül az asztalnál s rám vár.

- Kedvesem, bocsásson meg nekem, hogy az utóbbi időben úgy elhanyagoltam. Üljön le kérem.

- John! Szervírozhatják a vacsorát kérem.

Az inas perdül fordul a maga módján és hozza az ételt.

- Semmi gond Georgia, hallottam, hogy sok a gondja mostanában.

- Igen igen, - mered maga elé, majd folytatja. - Tudja Tania, egy éve halt meg Lord Thinder és azóta csak a gondok jönnek. Tudtam, hogy az előző Lady Thinder nagyon fiatalon halt meg. A Lord előbb tisztességgel rendelkezett a gyerekek sorsa felől, jó iskolákba járhattak, semmiben nem szenvedtek hiány, s később is midőn felnőttek tisztes járadékot kaptak és végrendeletében is több birtok és üzlet szállt reájuk halála után. Timothy egy ügyvédi irodában dolgozik, Anne pedig férjhez ment és két gyermeke van. Amikor egybekeltünk már egyikünk sem volt fiatal, így gyermekáldásról szó sem esett.

Új végrendeletében gyermekeiről sem feledkezett meg, de a vagyonának fele engem illet. Ez a ház is.

Azonban a halála után az új végrendelet amely az ügyvédünknél Mr. Henry Whitehouse-nál helyeztünk el, egyszerűen eltűnt. A másik példányt a londoni lakásunk széfjében helyeztük el de mielőtt hozzájuthattunk volna, a ház sajnálatosan leégett...de a Lord elmondta nekem, hogy egy nagyon jó barátjának, Dalton atyának adta az egyik példányt megőrzésre. Amikor szegény Arthur végleg lehunyta a szemét, Andrét megkértem, keresse meg Dalton urat aki egykor New Hampshire-ben élt. Azonban nem találta őt a megadott címen az unokaöcsém. Ekkor nyomozni kezdett és valakitől megtudta, hogy egy francia rokonához ment Bretagne-ba. André most odautazott és remélem sikerrel jár, mert ha nem...

- Biztos sikerülni fog neki! - mondom teljes meggyőződéssel.

- Ha nem találja meg három hónapon belül Dalton atyát, akkor semmim sem marad, földönfutó leszek a maradék néhány évemben kedvesem. - Néz most rám könnyes szemmel.

- Annak az egy dolognak örülök nagyon Tania, hogy ön itt van és egy kis színt hoz az én szürke életembe. Oh, most jut eszembe, sikerült a levelet édesapjának elküldeni?

- Természetesen már másnap feladta Marie.

- Ez megnyugtató. Remélem nem rendeli haza hamar!

- Neeeem, ezt nem gondolnám. - mosolygok rá.

10. A bonyodalom

Ma december 12-e van és nemsokára karácsony. Picit furi belegondolni, hogy ebben a környezetben ünneplem meg, mert tuti, hogy nem kerülök haza előtte, amit nem is bánok, mert kíváncsi vagyok, hogy végül sikerül e megszerezni az érvényes végrendeletet vagy sem. Ha most visszacsöppennék az én időmbe, az olyan lenne mintha egy könyvnek az utolsó tíz oldalát valaki kitépte volna. Georgiával voltunk operában és meglátogattuk a húgát, aki az undok és elviselhetetlen André édesanyja. Ő Plymouth-ban él és nagyon kedves asszony. Nem is tudom, hogy tudott egy ilyen nagyképű férfit felnevelni mint André. Akinek hamarosan meg kell érkeznie.

Végszóra kinézek az ablakon és egy lovaskocsi áll meg a ház udvarán majd André száll ki belőle.

A hátam közepére nem kívánom, hogy beszélgessek vele, de azért lerohanok a szalonba, hogy megtudjam a fejleményeket. Épp hogy lefékezek és leülök egy székre amikor a bejáratot nyitja John.

Felkapok egy újságot mintha már órák óta itt időznék.

André besüvít a szalonba és amikor meglát felveszi a fapofát pedig látom, hogy teljesen fel van dobva valamitől.

- Ah, hát itt van a mi kis üdvöskénk! Hajol meg kissé, s az irónikus mosoly amit már egy hónapja nem láttam szerencsére, az arcára ül.

- Milyen volt Franciaország? - kérdezem. - sikerrel járt?

- Nem kötöm az orrára hölgyem. Már elmondtam az álláspontom ezzel kapcsolatban - néz rám kitaróan, de ismerem ezt a játékot és mindig én szoktam nyerni mert öt percig is bírom pislogás nélkül.

Georgia belépése zavarja meg a szemcsatánkat.

- Ó André, de örülök, hogy itt vagy! Mesélj gyorsan mi hírt hoztál nekem?

- Talán menjünk a dolgozószobába Georgia, pillant felém a mocsok.

- Oh nem, nem Tania már mindenről tud és valószinűleg ugyanolyan lelkesen várja a híreid mint jómagam!

Összehúzott szemmel rámosolygok, majdhogynem nyelvet öltök de nem teszem mégsem. Látom, majd felrobban a bosszúságtól.

- Ám legyen. Foglaljunk helyet - húz ki egy széket Georgiának nekem tüntetőleg nem teszi, sőt pofátlanul szinte háttal ül le nekem.

- Ahogy kérted áthajóztam és elmentem Bretagne-ba, és ott elég sok időbe telt, hogy Dalton atya rokonát megtaláljam, aki egy Julie nevű hölgy. A hölgy elmesélte mikor érdeklődtem az atya felől, hogy valóban járt ott s hónapokig élvezte a húga vendégszeretetét azonban nem ez volt a végcélja az atyának, hanem a terve az volt, hogy csatlakozzon egy misszióhoz, mely Kairóba ment.

- Ó te jó ég és így is tett?

- A húga szerint két hét előtt mielőtt odaértem elindult a misszió Kairóba, vagyis az egyiptomi sivatagba, hogy ott kórházat építsenek.

- Kairó, érdekes hely. Kétszer jártam ott apámmal. - mondom szinte csak magamnak, visszaemlékezve az egyenként két hónapos utunkra. Pusztán felvágásképpen akartam megemlíteni ezt a tényt, hátha Andrénak leesik az álla. Némi nyelvtudásra is szert tettem, mert nem túl bonyolult a kommunikációjuk.

Georgia rám néz, majd feláll és odalép hozzám. Felpattanok, nem igazán érzem a pillanat fontosságát. André is zavartan pislog, ő sem tudja hova tenni a dolgot. Feltételezem az iménti mondatom indította el a lavinát amit már nem áll módomban visszafordítani.

- Drága barátném! Ha istent ismer megteszi azt amit most kérek öntől!

- Nagyon szívesen, bármit! - Pillantok hol Andréra hol Georgiára.

- Menjen el kérem, kísérje el Andrét Kairóba! Ő még nem járt ott, de ön már kétszer is volt ahogy az imént mondta. Jobban ismeri a helyet, talán ketten sikerül megtalálniuk Dalton atyát!

- No neeeem Georgia! - mordul fel André - Nem gondolod hogy elviszek magammal egy nőt, akit pesztrálhatok egész úton! Még azt se mondtam, hogy én elmegyek te pedig rám akarsz sózni egy málhát is?

- Hát nem mész el? - Fordul kétségbeesetten a férfi felé Lady Thinder.

- Jaj, dehogynem megyek! - pattan fel André és idegesen járkálni kezd.

Azt sem tudom köpjek e vagy nyeljek de megáll bennem az ütő. Hogy én? Menjek 1893-ban Kairóba? Egyiptomba? Oké. Minden további nélkül szívesen, de nem ezzel a lópokróccal aki itt pakolja magát mintha én lennék a plusz teher a vállán.

- Én szívesen megtenném, de látja az unokaöccse nem szimpatizál velem..

- Ez a szó igen finom ahhoz képest ahogyan Ön iránt vélekedek! - mordul André s még gyorsabban rója a köröket.

- Andrét bízza rám kedvesem! Most félre kell tenni a személyes érzéseiket. Bőségesen ellátom mindennel amire szükségük lesz az úton.

- Drága Georgia   - mondom és megfogom a kezét - megmentette az életem és úgy bánik velem mintha a saját lánya volnék. Mindent megteszek ami módomban áll, hogy segítsek önnek.

- Hallod André! - szól a kilométerhiányos unokaöccséhez.

- No hiszen! - morran egyet az.

Georgia rám néz. - Minden rendben lesz, kedvesem. André dühösen kiviharzik az étkezőből.

11. A döntés megszületik

André sértődötten elrohant, engem pedig Georgia megkér, hogy ebéd után üljek le a szobámban és írjam össze, mire lesz szükségünk az utunk során. Amennyiben a méregzsák unokaöccse hajlandó lesz áldozatot hozni és magával vinni. Ha nem akar, akkor menjen egyedül! Remélem a Nílusban egy krokodil leharapja az egyik lábát vagy a kezét, mindegy.

Most itt ülök a rózsafa szekreter elött, egy szép fehér papír fölött görnyedek.

A huszonegyedik században mindenféle oltásokra volt szükségem amelyek megakadályozták, hogy bármiféle ottani betegséget elkapjak. Vajon volt ilyen a XIX század végén? A Rejtő könyvekből merítem a tapasztalataimat, tehát a kinin nevű gyógyszer biztos kell. Megfelelő ruházat, szóval nem lovaglógatya pukkancskám! Pénz: sok. Az én időmben repülővel mentünk, itt erre nincs lehetőség, ezért vagy hajóval, vagy vonattal és hajóval megyünk. Utána kell nézni mikor és honnan megy hajó. Pff. Hol néztek utána? Mert 2016-ban ott volt az internet, a mindentudás hálózata. Szerintem már Londonból megy hajó India felé és az a Szuezi csatornán keresztül halad, tehát Egyiptom érintésével, onnan meg nemtom, vonat? Szekér? Dromedár? A telefonomban el van mentve angol, francia, spanyol és arab szótár, csak úgy kell használnom, hogy André ne vegye észre. A google térkép elérhető offline állapotban is, sőt iránytűm is van amihez nem kellenek műholdak és hálózat sem. Igaz a térkép nem mutatja meg a valós pozíciómat mivel ahhoz GPS vétel szükséges lenne no és a műholdak de legalább használhatom oly módon mint egy normál térképet. Azért gondolom beszerezhető ott valamiféle papír térkép is. Most legalább értelme van az Iphone applikációknak, mert egyébként nem használtam soha. Egyet sajnálok, hogy a töltőm otthon maradt, mert villanyáram már van. Szerencsére majdnem teljesen fel van töltődve ezért ha minden más applikációt kikapcsolok, és takarékos módra váltok és csak akkor kapcsolom be ha muszáj, talán sokáig ki fog tartani. Listát írok tehát a gyógyszerekről és a ruházatról, azt viszont nem tudom, hogy milyen költségvetéssel bírunk majd. Fogalmam sincs mennyibe került egy hajójegy? Szálloda? Mindenesetre ezekkel már lehet valamit kezdeni. Hallom, hogy André visszajött, mert hevesen vitatkozik Georgiával a dolgozószobában ami csak két szobányira van tőlem. Óvatosan kinyitom az ajtóm és mezítláb odasettenkedek az dolgozószobához.

-...vagy ilyen makacs kedvesem? - hallom Georgiát

- De hát ki nem állhatom! - vág vissza André

- Ugyan, ugyan, hiszen nagyon okos, intelligens és jószándékú hölgy.

- Amiről te beszélsz azt úgy nevezik, tudálékos, mindenbe bele üti az orrát és ráadásul ő is utál engem!

- Kedvesem, most félre kell tenned ezeket a dolgokat, hiszen a segítségével sokkal magabiztosabban kereshetnéd Dalton atyát.

Néma csönd.

- Fáradt vagyok André, nincs erőm ehhez a harchoz. De te még harcolhatsz és látod ez a hölgy, akit csak néhány hete ismerek, azonnal felajánlotta a segítségét pedig semmi érdeke nem fűződik hozzá. Légy olyan jó és menj el vele Kairóba, aztán meglátod mire hazaértek addigra összebarátkoztok.

- Ezt erősen kétlem Georgia. Ha muszáj hát megteszem de egy porcikám se kívánja ezt az utazást.

- Köszönöm kedvesem! - mondja Lady Thinder boldogan.

Sötét árnyék vetül rám s egy fényesre lakkozott cipő lép az orrom elé. Már hiányoltam.

- Óh, John! Szép napunk van! - pattanok fel és visszalépek a szobámba.

Kiverekszem magam a ruhámból egyedül és kényelmes köntösbe bújok. Esik az eső, úgyhogy ma már nem hiszem, hogy bárhová is elmegyünk. Visszaülök az asztalhoz és átnézem a listát. Ha szerencsénk van, Kairóban megtaláljuk az öreget, ha nem akkor szívás mert muszáj lesz embereket fogadni, akik átvisznek a sivatagon vagy a Nílus mentén valamelyik városba vagy oázisba. Tapasztalt vezetőt kell találni aki hasznunkra válik. Minél előbb indulnunk kell, ha vissza akarunk érni mondjuk legkevesebb február végéig. Nem is tudom, hogy fogom addig kibírni egy olyan fazon társaságában, aki utál.

Kopogtatnak az ajtómon. Letakarom a listám, elteszem egy fiókba a telóm és kiszólok.

- Szabad!

André lép be egyedül, úgyhogy felveszem a fapofát.

- Miben segíthetek? - tartásom fejedelmi, akár Cleopátráé.

- Szóval, csak elnézését kérem a reggeli kirohanásom miatt.

Néz rám, talán vár valami feloldozást de mivel nem mozdulok s nem szólok, így folytatja.

- Nem szokásom ez, és tudja be kérem a mostani helyzet súlyossága okán.

Csűri csavarja, a végén mégis úgy hozza ki, hogy én leszek a hülye. Továbbra is csak nézek rá szótlanul, nem könnyítem meg a helyzetét, amit valószínűleg nem önszántából vállalt, hanem a Lady nyomására.

- Igazán megköszönném, ha segítene a tapasztalatai megosztásával az ügyben. - szűri a fogai közt. - pislogok egyet de továbbra is játszom a néma leventét.

- Az isten verje meg hát megszólalna végre?!! - kiált rám André

- Vártam, hogy mikor dobja le az álarcát. - mondom közömbösen.

- Nem igazán volt hihető ez az alakítása - állok fel, s így majdnem egy szintbe kerülök...a mellkasával.

- Vallja be, hogy Georgia küldte.

- Igen ő, mert annyira erőszakos és úgy látszik nem úszom meg ezt az utat a maga rendkívüli társasága nélkül - szeme újra szikrákat szór.

- No hát végre itt a régi jó vidéki pasas stílus. - mondom fanyarul

- De most jól figyeljen tisztelt "jajdeokosvagyok"! Én sem lelkesedek azért, hogy egy levegőt szívjunk az utazás során, de most nem magunkra kell gondolni hanem a nagynénjére, akit néhány hónap múlva azok a hiénák kiraknak a saját házából, hogy az ön becses szavaival éljek. Tehát most mindenki, vagyis még egy olyan nőnek a segítségét is el kell fogadni akit idesodort a tenger valahonnan nagyon, nagyon messziről. - S itt a mellkasára bökök, amitől újra vörös színben játszik az arca.

Hirtelen megfordulok és a listámat felkapom.

- Összeírtam egy listát mire lehet szükségünk. Mikor indulunk?

A hirtelen váltás meglepi, s ösztönösen válaszol, mellőzve a gunyoros és sértő megjegyzéseket.

- Úgy gondoltam, hétvégén indulnánk Londonba, ahol minden szükséges felszerelést megvennénk. - megfordul és leül egy székre. Mégis ki kínálta hellyel?

Úgy tudom, kedden indul az Arcadia gőzös amellyel két hét alatt érnénk Egyiptomba, majd ott fogalmam sincs hogyan tovább, ez már az ön tapasztalain múlik. - kérdőn tekint rám.

- Az édesapjával is ezen az útvonalon közelítették meg Kairót?

- Ööö...igen, valahogy így... - motyogom. Leszámítva, hogy három óra alatt átrepültük fél Európát és a Földközi tengert majd egy taxiba szálltunk és a szállodához hajtottunk. Később tevegeltünk is. De persze ezeket titokba tartom André előtt.

- S ott hogyan tovább? - néz most rám őszinte kíváncsisággal.

Megfordulok s az ablakhoz lépek, hátha az üvegen lévő esőcseppekből kiolvashatom a választ.

- Kairóba könnyen eljutunk, kocsit fogadunk, majd ha esetleg tovább kell keresnünk, kénytelenek leszünk vezetőt bérelni akinek tevéi és megfelelő tapasztalata van a sivatagi körülményekben. Valami közelebbit tud arról, hogy Dalton atya pontosan hová is tartott a misszióval?

- Az atya húga csak annyit tudott mondani, hogy a misszió neve Farafrah..mond ez a név önnek valamit?

- Talán igen. Elképzelhető, hogy magát a települést hívják így. Tudunk vajon térképet is szerezni?

- A gyarmatokról valószínűleg vannak részletes térképek Londonban, de szerintem egy egyszerű Egyiptomi térkép is megfelel majd. - Felel elgondolkozva.

- Szerintem ezzel felesleges Londonig várnunk. Úgy láttam a megboldogult lordnak igen nagy könyvtára van. Csak akad egy térképgyűjtemény.

- Valóban. - pattan fel gyorsan. - Nyomban megyek és megnézem.

- Én is megyek. - s már ugrok is utána a nyitott ajtón át.

Nem nagyon zavar, hogy egy köntösben és papucsban vagyok és a hajam is csak hátra van fogva, most csak próbálok lépést tartani az öles léptekkel a könyvtárba igyekvő Andréval.

Amikor nagynehezen találunk egy óriási könyvet tele térképekkel a szoba közepén lévő asztalra teszi és lefújja a port róla. Sebesen lapozgatva megkeressük Egyiptom térképét és viszonylag gyorsan megtaláljuk. És nem tévedtem! Farafrah egy oázis neve! Közel 200 mérföld még Kairótól lefelé haladva. Elégedetten egyenesedek ki.

- Igen, ahogy gondoltuk. - nézi a térképet. A pofátlanság tetőpontja ez a többesszám, hiszen egyedül én gondoltam ezt, de most inkább nem kötözködöm.

- Szóval szombat reggel indulunk? - kérdezem.

- Két nap múlva, igen. Nos, akkor viszontlátásra szombaton. - morogja háttal nekem még mindig a térkép fölé hajolva. Legszívesebben jól seggberúgnám, de attól tartok ez nem javítana a kapcsolatunkon.

Kivonulok a könyvtárból fel a szobámba és ellenőrzöm hogy a google térképen is fent van e még a kis település. Tehát két napom van az indulásig. Megírom apának néhány sorban a fejleményeket. Ez picit olyan mintha folyamatosan kapcsolatban lennék vele, csak nincs ideje válaszolni...

12. Vár Egyiptom földje!

Ma délelőtt miután megreggeliztem Georgiával egyeztettünk az indulás időpontjáról és elmeséltem a tegnap esti beszélgetésünket az unokaöccsével. Ekkor John lépett be és egy látogatót jelentett be.

- Ignac Szeremley úr szeretné tiszteletét tenni.

- Jöjjön csak jöjjön. - mosolyog Georgia.

- Az az érzésem kedvesem, hogy az úr önt óhajtja látni. - És rám kacsint.

- Kérem Georgia ne hagyjon vele túl sokáig egyedül, mert kissé kellemetlenül érint a túlzott lelkesedése. - könyörgöm a Ladynek.

- Oh, értem. Ebben az esetben nem megyek túl messzire. - Azzal int egyet és kisétál a szobából.

A fene egye meg. Most hallgathatom a kis ficsúr bókjait, amihez most vajmi kevés kedvem van. Már bánom, hogy ma azt a csinos tengerészkék kivágott ruhát vettem fel. Az ablakhoz sétálok és kinézek az út fölött kéklő tenger felé, a bodrozódó felhők irányába. Az ablak visszatükröződésében látom, hogy Ignác belép az ajtón és először a másik irányban keres, majd megfordul és észrevesz az ablaknál.

- Oh, kedves Tania, annyira örülök, hogy látom! - és úgy indul el felém mintha valami olimpiai sportágban épp a kezdő nekifutást gyakorolná. Szerencsére lefékez egy méterre tőlem s a felé nyújtott kezemre cuppan.

- Örülök hogy látom Ignác! - mondom, majd észrevétlen megtörlöm a kézfejem a szoknyámba. - A kézcsóknál gusztustalanabb szokást el sem tudok képzelni.

- Remélem jól van! - folytatom a csevegést mert csak bámul rám. Mi a fenének jöttél ide ha most megkukultál öregem?

- Tania! Be kell valljam napok óta nem tudok aludni! - lángoló tekintet.

- Talán megfeküdte valami a gyomrát? - Kérdezem aggódó arccal.

- Nem azért, hanem ön jár a fejemben...

- Jaj de szomorú...

- Miért mondja ezt Tania?

- El tudom képzelni milyen kevés itt a szórakozási lehetőség ha egy önnél tíz évvel idősebb nő jár a fejében. - mosolygok rá együttérzőn.

- Hogy mondhat ilyet? Hiszen ön nem lehet idősebb nálam!

- Nos feltételezem ha ön még egyetemre jár, akkor húsz éves?

Ignác csak bólint, majd...

- Tizenkilenc...- süti le a szemét.

- Akkor nem is tíz hanem tizenegy! - nevetek és leülök egy székre. -

- Nem számít! - s letérdel elém.

- Remélhetek? - mindjárt kitör belőlem a röhögés.

- Sajnálatosan holnap után egy hosszabb utazásra megyek és csak hónapok múlva térek vissza kedves Ignác.

- Várok önre! - ragadja meg a kezem, és egyre kínosabb a helyzetem.

- Feledjen el! - mondom, mert a régi filmekben is mindig ezt mondják.

Ebben a pillanatban beviharzik a szalonba André, és miután észrevesz minket meghökkenve lép egyet vissza.

- Elnézést, ha valamit megzavartam. - mondja kissé gúnyosan.

Felpattanok és rámosolygok, ennyire még soha nem örültem a jelenlétének.

- Engem keres? Nem zavar André! - Ignáchoz fordulok aki közben felállt a padlóról.

- Bocsásson meg de fontos megbeszélésem van André...André...- most jövök rá, hogy fogalmam sincs mi a vezetékneve. - Szóval ezzel az úrral. - mutatok André felé majd odasietek és kitessékelem a szobából.

- Viszlát Szeremley úr!

Andréba karolva rávillantom a szemem aki hirtelen kapcsol és odaszól Ignácnak.

- Oh, igen. Nagyon fontos híreim vannak - majd mosolyogva odaköszön a faképnél hagyott gavallérnak és átrobogunk a könyvtárszobába.

- Ki volt ez? - kérdezi miután becsukom a súlyos faragott ajtót és a kulcslyukon figyelem, hogy elment e már a fiú.

- Á, csak egy kisfiú, aki játsza itt a hősszerelmest! - nevetve megfordulok és majdnem összeütközöm Andréval, aki most leszkennel a szemével és felhúzza a szemöldökét.

- Mit tesz a ruha... - hümmögi, majd megfordul és átmegy a szobán hogy a másik ajtón kimenjen.

- Most meg hova megy? - kiáltom utána. - És ezt meg hogy értette? - kiáltom hangosabban.

- Georgiát keresem de maga is jöhet ha akar. - Szól vállrándítva hátra.

- Egyébként a nevem André Francis Cowper. - folytatja hátra sem fordulva.

A pofátlan mindenit! Már kezdtem örülni, hogy kimentett és most meg úgy viselkedik mint...mint mindig.

Átrobogok én is a könyvtárszobán az ebédlőn majd végül a télikertben találom őket ahogy ott ülnek a napsütésben a pálmák alatt. Melléjük érek és belehuppanok az egyik kényelmes öblös fotelbe. Már azon vagyok hogy a lábam magam alá húzom, mint általában ha leülök, de gyorsan észbekapok és illedelmesen keresztbe teszem a lábaim.

- Ó kedvesem! Remélem nem haragszik, mert elfeledtem, mit ígértem? De itt ültem a napsütésben és elnyomott az álom. - bocsánatkérően néz rám.

- Szerintem nagyon élvezte a fiatalember társaságát Tania. - mondja André. - Amikor beléptem épp szerelmet készült vallani az ifjú úr.

Nem szólok inkább semmit csak megpróbálok lesújtó pillantást vetni rá.

- Tehát azért jöttem, mert holnap el kell indulnunk. - mondja komolyra váltva.

- Hogyhogy? - kérdezzük egyszerre Georgiával

- Az Arcadia szombaton este kifut, s ha nem indulunk holnap korán el, nem lesz időnk beszerezni a fontos felszereléseket, valamint nehéz lesz az utolsó pillanatban elsőosztályú jegyet venni.

- Márpedig másodosztályon menni igencsak megalázó... - mondom szarkasztikusan, de André rámvillant egy csúnya pillantást és inkább hallgatom tovább.

- Reggel hétkor indul a vonat, amivel Londonba megyünk. Valamikor este ér be a városba. Ott megalszunk a húgomnál majd másnap reggel mindent, beleértve a hajójegyet is el tudjuk intézni időben. Megfelel ez így hölgyem? - néz rám szemtelenül udvariasan.

- Én igazodom az ön menetrendjéhez uram - mondom mosolyogva. - Most megyek s készülődöm. - ezzel felállok s elhagyom a társaságot.

Kiérve a látókörükből megpördülök, és sasszézva ugrálok a lépcsőig. John természetesen a lépcső tetején fensőbbséges tartással kissé szánakozva néz le rám.

- Helló John! - mosolygok rá mikor mellé érek - Holnap indulok Kairóba!

- Tudom kisasszony, én viszem ki önöket a pályaudvarra. Hajol meg kissé majd elmegy a dolgára. Úristen! Holnap egy különleges utazásra megyek, és gőzösön fogok behajózni Egyiptomba! Annyira izgalmas ez az álom, hogy remélem sokáig nem ébredek még fel belőle! És még az sem érdekel, hogy az undok Andréval kell hetekig utazgatnom. Várnak a kalandok! Vár Egyiptom földje!!

13. Az Arcadia gőzös

Miss Almasi!...Tania ébredjen! - valaki rázza a vállam, de nagyon nehéz a mélyből a felszínre evickélnem. - Tania az ördögbe is! A frászt hozza rám! - ráz fel végre a mély álmomból kedvenc útitársam André.

Kinyitom a szemem és aggódó szürke szempárral találom szemben magam.

- André Francis Cowper... mondom halkan.

- Az vagyok az ördög vigye el... mondja és feláll, hátralép a kabinban.

- Mit keres itt? Ülök fel az ágyban, nyakamig húzom a takaróm. Gyorsan körülnézek, a telefonom biztonságban van e, de szerencsére este a párnám alá rejtettem.

- Mit keresek itt? Azt kérdi én miért vagyok itt ebben a kabinban? - kérdi egyre haragosabban. - Kénytelen voltam kinyittatni a stewarddal a kabint, mert úgy sikítozott és kiabált, mintha épp nyúznák. És itt vagyok már tíz perce, de nem volt hajlandó felébredni. Csak dobálta magát és számomra ismeretlen nyelven kiabált.

Az arcomhoz érek ami csupa víz, vagy könny... nem is tudom. André nem folytatja, hátralép és az arcomat nézi.

- Jobban van? - kérdezi végül.

- Igen, köszönöm. Elnézést, ha megijesztettem és felébresztettem, egy rossz...egy rossz álmom volt csupán, semmi több. - folytatom. - kicsit sok volt ez a két nap utazás, a vonat, London aztán ez a hajó is...

- Értem - mondja és az ajtóhoz lép. Reggel találkozunk. Jóéjt! - kilép az ajtón.

Az utóbbi hónapban ez volt az első és egyetlen beszélgetésünk ami komolyabb vita, piszkálódás és sértegetés nélkül folyt le.

Először álmodtam ennyi ijesztő dolgot mióta itt vagyok a múltban.   Most ahogy itt ülök ezen az ágyon és szinte alig érezhetően emelkedik és süllyed alattam ez az óriási luxusgőzös miközben messziről a gőzgépek duruzsolása is hallatszik, most olyan egyedül érzem magam ebben a világban mint még soha. Nem vagyok egy depis típus, de most annyira messze van minden tőlem, hogy picit el vagyok keseredve. Ami történt elméletileg lehetetlenség de mégis most élem meg épp és nagyon is valóságos az egész. Össze kell szednem magam, mert nem szeretném ha André valóban egy nyűgnek érezne a nyakán ezen az úton. Felállok az ágyból, a kabinom szép mint egy nagy szoba. Faragott bútorok, fésülködő asztal, puha szőnyeg. Kinézek a kerek ablakon, és csak a teljes sötétséget bámulom és az égbolton a millió csillagot. Milyen furcsa is, hogy ugyanezeket a csillagokat láttam 2016-ban is a szobám ablakából, de lehet hogy tévedek, hiszen a fényév távolságra lévő égitestek születnek és meghalnak, mint mi magunk is. De lehet, hogy ez sem igaz, hiszen időutazás sincs s én mégis itt vagyok. A hold meg talán tényleg sajtból van.

Andréval nem sokat beszélgettünk az idefelé vezető úton. Csak a legszükségesebb mondanivalókra szűkítettük a társalgásainkat. Végigrohantunk a városon és néhány szükséges ruhát és felszerelést megvettünk. Aztán a húgánál töltöttük az éjszakát, aki nagyon kedves teremtés. Öt éve él Londonban a férjével aki a Lloyds banknál tisztviselő. Szépen megélnek a keresetéből. Két aranyos kisfiúk van. André a húgával nagyon kedvesen beszélt. Úgy látszik csak engem tisztel meg a bunkó stílusával, de én meg tudom védeni magam ha kell.

Két napja hajózunk és még további tizenkét hosszú nap vár ránk míg Alexandria kikötőjébe érkezünk. A vacsorát a hajó hatalmas éttermében költöttük el. A nagy kerek asztaloknál gazdag és nemes emberek ültek, sztorikat meséltek egymásnak. Flörtöltek, ismerkedtek, sőt táncoltak is, hiszen vacsora közben és után kellemes zene szólt. Jó volt csak ott ülni és nézni ezt a színes szélesvásznú filmet amiben én is játszom. Egy kedves francia idős hölggyel, a társalkodónőjével egy angol tiszttel valamint a feleségével ültünk egy asztalnál. André a francia hölgy, Madame Trumier társalkodónőjével csevegett akit Brigitte-nek hívtak. André engem mint az unokahúgát mutatott be. Brigitte magas, barna hajú, végtelenül karcsú és finom modorú lány volt. Talán húsz éves lehetett, nem több. Persze André franciául beszélt vele, és egy szót sem értettem belőle, de a testbeszédhez nem kell tolmács, láttam, hogy a lánynak csapja a szelet az meg hagyja magát. Vacsora után elnézésüket kérve a kabinomba jöttem és tervezgettem a Kairói kirándulást, írtam a telefonomba aztán átöltöztem és lefeküdtem aludni. Ez kábé három és fél órája volt. Vissza kellene feküdnöm, de nem jön álom a szememre. Inkább felkelek, felveszem a köntösöm és kisétálok a fedélzetre. Mikor kilépek, a steward rámköszön.

- Minden rendben hölgyem?

- Igen köszönöm, csak egy kis friss levegőre van szükségem.

Odasétálok a korláthoz és lenézek a mélybe. A fehér habokat látom csak ahogy a hajó oldalán megtörnek. Eszembe jut a Titanic. Még szerencse hogy nem 1911-be pottyantam vissza a múltba. Arra a hajóra két ökörrel sem lehetett volna felvontatni. Igaz nem is Indiába tartott. Még vagy tíz percig ácsorgok aztán visszamegyek mert kezdek igencsak fázni. Visszasétálok a kabinomba. A halványan megvilágított folyosóra érve, egyszercsak egy különös árnyat veszek észre. Mintha André ajtajánál állna volna s amikor hallja a lépteim hirtelen elindul a másik irányba. Persze nem biztos, hogy ott ácsorgott, mert épp akkor lépett el amikor én a folyosóra értem. Egyenruhában volt, talán a hajó személyzetéhez tartozott. Odamegyek André szobájához és pofátlanul behallgatózom én is. Nem hallok bentről semmit. Feltételezem alszik már. Mindenesetre furcsának találom az esetet de lehet hogy túl sok krimit olvasok. Visszamegyek a szobámba és végre sikerül elaludnom. A gépek folyamatos zümmögése végül álomba ringat.

Korán reggel André bekopog az ajtón.

- A reggelinél találkozunk! - hangja most különösen nyugodt. Nincs benne a gúnyos hangsúly mint azelőtt.

Megmosakszom és felöltözöm majd átmegyek az étkezőbe, ahol már mindenki a reggelizőasztalnál ül. André elmélyülten beszélget Brigitte-vel. Most látom csak, hogy kapa foga van a lánynak és mintha egy kicsit elállna a füle...

Reggeli közben Madame Trumier hozzám fordul.

- Anglia mely részéből jött kedvesem? - kérdezi kissé raccsolva.

- Nem vagyok angol - válaszolom egyszerűen - magyar vagyok.

- Ó, hát magyar! Imádom a magyarokat! - mondja az asztaltársaságnak.

- Nagyon sok magyar ismerősöm van! Ott van például Liszt Ferenc! Fiatalkoromban sokat hallottam őt Bécsben játszani! Fantasztikus ember!

- Igen, valóban az volt.

- Volt? Miért már nem él? - kérdezi aggódva.

- Csaknem tíz éve elhunyt.

- Oh. Sajnálom. - mondja kissé elszomorodva de folytatja.

- Aztán vannak még magyar ismerőseim! Tudja a férjem a Sorbonne egyetemen tanított. Nagyon sok tehetséges magyar tanítványa volt!

- Igazán? Ez nem lep meg. Sok tehetséges magyar ember van szerte a világban. - mosolygok rá.

- Igen ezek a fiatalemberek nagyon figyelemreméltóak!

Erre válaszolok.

- És a magyar hölgyek is nagyon tehetségesek!

- Természetesen, ezt nem is vontam kétségbe, hiszen ők nevelik fel ezeket a fiatalembereket!

- Tudja madame nagyon sok magyar hölgy is megérdemelné, hogy egyetemen tanulhasson. Véleményem szerint ezt nemtől és társadalmi rangtól függetlenné kellene tenni. - Magyarázom neki.

- Hiszen mindenkinek jogában áll továbbtanulni. Nagyon tehetséges emberek vannak a világon akik nem férfiak hanem nők és sokan szegények nem gazdagok, s ha nincs aki támogassa a tanulmányaikat, akkor sajnos lehetőségük sincs erre.

Most hogy befejezem amit mondtam, körülnézek és azt látom, hogy az asztalnál mindenki engem néz. Beleértve Andrét és a társalkodónőt is. André megszólal:

- Tehát szerinted kishúgom (Ezt jelentősen kihangsúlyozza), a társadalmi rangtól függetlenül be kellene engednünk az embereket az egyetemre?

- Igen pontosan erre gondolok.

- És mégis akkor ki fog dolgozni? - neveti el magát.

- Hogy hogy ki fog dolgozni? Mindazok akik a kétkezi munkát szeretik, maradnak még bőven. Viszont ha valaki tanulni szeretnének azoknak engedni kellene, s nem azt kellene nézni, hogy ki az apja és mennyit fizet. Tulajdonképpen ingyenessé kellene az egyetemeket tenni kedves bátyám (ezt jelentősen kihangsúlyozom) Andréra mosolyogva.

- Hahh! - az angol tiszt felhorkan - Micsoda badarság! - mondja a feleségének, aki csak szánakozva mosolyog rám.

Kissé felbosszantom magam.

- Megbocsássanak, kimegyek a levegőre. - állok fel a helyemről. Nem akarom a fejükhöz vágni, hogy igenis száz év múlva mindenki aki tehetséges és ambiciózus az egyetemre mehet, és az állam támogatja őket függetlenül attól, hogy gazdag e vagy szegény az illető. Angliában is kapnak ösztöndíjat, és még azok is továbbtanulhatnak akik szeretnének továbbfejlődni és éppenséggel nem zsenik.

És nem vághatom a fejükhöz azt sem, hogy nem minden a pénz és a társadalmi rang.

Kisétálok a napsütötte fedélzetre ahová napozószékek vannak felsorakoztatva. A hölgyek és urak nyakik bebugyolálva ülnek s élvezik a napsütést. Kicsit erősebben fúj a szél de azért én is leülök az egyik székre s magamra terítem az odakészített takarót. Süttetem magam a nappal, ami ugyanaz mint száz év múlva. Ugyanolyan melengető. André sétál mellém és leül a másik székre. Fél szemmel ránézek s látom hogy kissé bosszús.

- Mi a baj?

- Ez meg mire volt jó? - kérdezi.

- Mire gondol? - mondom ártatlanul.

- Ez az egész egyetemi marhaság a szegényekkel és gazdagokkal és a társadalmi rangokkal?

- Miért? Nincs igazam?

Nagyot sóhajt, hátradől és becsukja a szemét.

- Lehet, hogy van benne igazság, de szerintem ez semmiképpen nem helyénvaló, így kijelenteni nyíltan...

Most, hogy csukott szemmel napozik, jól meg tudom nézni magamnak közelről is. Szép íve van a szájának amikor épp nem csücsörít. Sűrű a szemöldöke, az orra kissé nagy de nem bumszli, inkább szépen ívelt. Határozott álla erőt sugároz. Félig kinyitja a szemét s én gyorsan becsukom az enyém.

- Miért? Szerintem pont a megfelelő helyen mondtam a megfelelő embereknek. Kinek mondjam el? A szegényeknek? Azoknak kevés a beleszólása ebbe. Akik ezért tehetnek valamit, azok ott bent ülnek és itt körülöttünk. S nézze ennek a hölgynek például a férje egy egyetemen tanít. Lehet, hogy elmeséli neki amit mondtam. S a férje elgondolkodik azon, hogy ez nem is olyan rossz ötlet.

- Ó igen - húzza el a száját - Ön biztos megváltja a világot. - majd fél szemmel rámsandít.

- Annyira...annyira különös.

- Micsoda? - nézek rá.

- Az egész személyisége. Magyarországon is ilyen polgárpukkasztó módon viselkedett?

- Hát...lehet mondani. Bár ott kevésbé fogadják ilyen mereven a véleményem mint itt Angliában - mondom kissé provokatív módon.

- Chhh... - ennyit mond csak és úgy látszik nem tudom ma felbosszantani.

- Tudja szívesen járnék én is egyetemre, ha lehetne. Állatokat gyógyítanék...

Felnevet, kivillannak egészséges fogai, szemfogai kissé hegyesebbek.

- Sajnos még egy kis időnek el kell telni, hogy ez lehetséges legyen. Tehát, hogy a nőknek is legyen a tanuláshoz joguk, ne csak anyák és csillogó ékszerek legyenek egy férfi jobbján.

- Ha maga mondja... ön a jövőbe lát...

Témát váltok.

- Tegnap egy furcsa érzésem volt amikor éjjel visszajöttem a fedélzetről.

- A fedélzetről? Mit keresett ott?

- Nem tudtam aludni miután, volt az a rémálmom és kimentem egy kis friss levegőt szívni. Amikor visszatértem a szobájánál állt valaki.

- Ki?

- Nem tudom sajnos. Bár egyenruhában volt...mintha a személyzethez tartozott volna, csak olyan furán viselkedett mintha hallgatózna.

- Rémeket lát. Biztos csak ellenőrizte az utasokat.

- Lehet. - mondom egyszerűen - De azért jobb vigyázni.

- Mégis mi bajunk lehetne?

- Az ördög nem alszik - mondom neki, és felállok.

- Milyen szellemes mondás! Ezt még nem is hallottam.

- Örülök, hogy valami újat is mondhattam.

- Nos rendben, akkor viszlát később - Válaszol és ő is felpattan hirtelen. Hátrapillantok. Brigitte épp most lépett ki a fedélzetre, felénk int. Szóval erről fúj a szél. Nézem ahogy André már ott is van, az belekarol s a hajó orra felé sétál vele. Remélem nem kitárt kézzel fogják a szélbe beleordítani, hogy " Én vagyok a világ uraaa!" Persze ez nem a Titanic és André nem Leonardo Di Caprio. Ó mintha egy kicsit csámpás lenne ez a francia lány....és nem is olyan magas...

14. Poirot mit tenne?

Másnap kissé haragosabb a tenger. Nem mondom, hogy a gyomrom szereti a föl-le liftezést, de nem vagyok egyedül ezzel a problémával. A reggelinél a megszokott kis társaságból csak madame Trumier és természetesen az ő kedves társalkodónője Brigitte van jelen. Az időjárásról és efféle felszínes dolgokról beszélgetünk. Napközben inkább a szalonban vagy a fedélzeten tartózkodom mert így könnyebb elviselni a hullámok okozta szédülést. Sétálok, megnézek minden zegzugot. Majd vacsoránál tombolát hirdetnek. Minden vendég kap egy számot, az enyém a harmincas. Pont harminc vagyok, így ez lesz a szerencseszámom. Brigitte nagyokat kacag André szellemes megjegyzésein. Láthatóan jól érzik magukat, újra. Vacsora után felkéri táncolni a lányt, s elvegyülnek a tömegben. Úgy döntök, megvárom a tombolát majd lefekszem aludni. Valószinű, hogy a tombolánál izgalmasabb dolog ma már nem történik velem. Madame Trumier egy üveg pezsgőt nyer, André egy vadászkést, én semmit nem nyerek de ezen egyáltalán nem csodálkozom. Egyetlen egyszer nyertem életemben tombolán. Középsuliban szilveszterkor egy malacot... Szerencsétlen úgy visított a villamoson hazafelé mint akit nyúznak. Aztán bedugtam az ágyba és úgy aludtunk. Másnap aztán elvittem apához az állatkertbe, de csak azzal a feltétellel hagytam ott nem etetik meg az oroszlánnal. A malac bekerült az afrikai csüngőhasú malacok közé és egész jól elvolt ott mint különlegesség. Hosszú boldog élete volt. Ez volt az egyetlen tombolanyeremény amit eddigi életem során kaptam.

Tíz körül elköszönök madame Trumiertől. Mástól nem tudok mert eltűntek valahol a táncolók között, majd elindulok a kabinomba. Reménykedem abban hogy ma nem fognak rémálmok gyötörni. De nem jön álom a szememre újra. Teszek veszek a szobámban, aztán eszembe jut, hogy készíthetnék egy fotót a fedélzetről. Tolvajként settenkedek ki kezemben a telefonnal és fogalmas sincs miért. Ha a kezemben telefon van akkor mindig úgy érzem mintha valami csínyt követnék el itt ebben a világban,.

Körülnézek és amikor látom hogy üres a fedélzet, készítek néhány fotót. Eléggé ki van világítva, hogy ne kelljen a vakut használnom. Visszaosonok a folyosóra ahol a kabinom van de ekkor meglátok valakit aki épp André szobájából jön ki. Megtorpanok és visszalépek a kanyarba, hogy az illető aki a személyzet egyenruháját hordja, ne vegyen észre. A férfi körülnéz majd óvatosan behúzza az ajtót majd eltűnik a következő kanyarban. A gyomrom a torkomban de most nem a hullámzás okozta mozgás miatt. A folyosó végéhez futok de már senkit nem látok. Csudába! Bemegyek a szobámba, és hallgatózom mikor jön André hogy elmondjam mit láttam. Ki lehetett ez és mit keresett a szobában? Hamarosan hallom hogy nyílik a kabinja. Kinyitom az ajtóm és odalépek André ajtajához aki épp becsukná azt.

- André!

- Most nem érek rá, neharagudjon. - és már csukná be az orrom előtt az ajtót.

- De nagyon fontosat akarok mondani!

- Majd később! - Feleli - később! - bentről mozgás hallatszik majd Brigitte hangját hallom - André?

Tehát innen fúj a szél. Gondolom.

- Kérem, hallgasson meg - Suttogom - valakit láttam a...

- Most nem! - és becsukja az orrom előtt az ajtót.

A fene egye meg ezt a hülye pasit! Istenem bármilyen korszakba is van az ember a férfiakat mindig egy dolog vezérelte, a farkuk....

Gondolom közvetlen veszély nem fenyegeti, ezért visszamegyek a szobámba és várok, hátha később meggondolja magát és kíváncsi lesz mit láttam.

Egyszer csak nyílik André ajtaja és kirohan valaki a folyosóra:

- Steward! Segítsen! A hölgy elájult a szobámban! Hívjon orvost azonnal!

Kirontok a szobámból, André falfehéren áll az ajtóban.

- Mi történt?

- Brigitte rosszul lett és elájult.

Jön az orvos és mindannyian bemegyünk a szobába.

Brigitte a földön hevert, teljesen eszméletlen.

A doki föléhajol, megnézi a pulzusát. - Azonnal az orvosi szobába kell vinnünk, alig van pulzusa.

Miután elviszik a lányt, Andréhoz fordulok.

- Mit csinált vele?

- Hogy én? - kérdi felháborodva. - Mégis mit gondol? Beszélgettünk, épp felnyitottam egy üveg bort amikor hirtelen elterült a földön....

Körülnézek, valamit keresek csak nem tudom mit.

- Valaki volt a szobában.

- Ezt honnan veszi?

- Láttam, és pont ezt akartam közölni önnel amikor kilökött a szobájából...

- Az ördögbe... - csak ennyit tud mondani.

Megpróbálok detektív szemmel körülnézni. Poirot most biztosan tudná mit keressen...

Az asztalon nagy tálcán gyümölcsök. A tetején óriási szőlőfürt, ami meg van kezdve...a földön is néhány szem . Odalépek és megszagolom a megkezdett gyümölcsöt.

- Mit csinál? - kérdezi André és mellém lép,

- Shhhhh - mondom

Nem kell zseninek és kémikusnak lennem hogy megállapítsam a szőlőnek igencsak keserű mandula illata van. A detektív regényeknek köszönhetően tisztában vagyok azzal, hogy a cián nevű méregnek is ilyen illata van. Tehát...

- A szőlőt ciánba mártották! - mondom egyszerűen.

- Ezt meg honnan veszi? - majd beleszagol ő is.

- Adja a zsebkendőjét! - a szőlőt belecsomagolom André vitorla méretű zsebkendőjébe majd a kezébe nyomom.

- Most menjen gyorsan az orvosi szobába és mondja el, hogy a hölgy valószinüleg ebből a mérgezett gyümölcsből evett, talán nem túl sokat és tudnak tenni valamit, hogy semlegesítsék...tejet itatnak vele vagy kimossák a gyomrát....nem tudom. Aztán menjen és keresse meg a hajó detektívjét ha egyáltalán van ilyen.

André a csomaggal a kezében gyanakvó pillantást vet rám.

- Tania, maga...

- Ahh, most ne engem próbáljon meg jelzőkkel ellátni! - Fakadok ki. - A sértő megjegyzéseit tartogassa későbbre kérem. Most menjen! Menjen gyorsan mert egy élet múlik a gyorsaságán! - S ezzel kilököm a szobából.

Néhány óra leforgása alatt sikerül az egész hajó személyzetét haptákba állítani, hogy az állítólagos merénylőt megtalálják aki André szobájában járt és a mérgezett szőlőt elhelyezte az asztalon. Sajnos a terve nem vált be, hiszen valószínű, hogy nem az "ártatlan" kis Brigittet akarta az útból eltakarítani hanem a kedves útitársam, Andrét. Mivel eme terve kudarcba fulladt, így számíthatunk arra, hogy további próbálkozásai lesznek. És nem biztos, hogy mindegyik kudarcba fullad, ami azt jelenti, hogy André és esetleg még én is feldobjuk a talpunk. Mivel szeretném a hajlott és idős koromat megélni, hogy összehaverkodjak Alzheimer barátunkkal és a többi német vagy holland nevű sráccal, résen kell lennem és nem ebben a korban szeretnék porrá és hamuvá lenni ahogy a költő is mondaná. Brigitte szerencsére nem volt túl falánk és csak néhány szemet evett meg a szőlőből, amitől rosszul lett ugyan, de nem volt halálos adag a ciánból. Megjegyzem az elkövetőnk is kicsit lúzer volt, mert miből gondolta, hogy valaki leül és megeszik egy ültő helyében egy fürt szőlőt holott már az ötödik szemtől is csillagokat lát s elalél. Remélem mindenben ilyen béna, s legközelebb nem egy mordállyal támad ránk, mert az nem biztos, hogy elfelejti megtölteni,

André beszélt a kapitánnyal és elmondta amit láttam és tapasztaltunk, tehát, hogy sejtésünk szerint merénylő van a hajón aki szeretné megakadályozni, hogy Kairóba eljussunk s megtaláljuk Dalton atyát. A kapitány kezeskedett, hogy saját kezűleg fog intézkedni, de sajnos detektívvel nem szolgálhat. Annyit mindenesetre elértem, miután hajnalban teljes menetfelszerelésben megjelentem a kapitányi hídon (szoknya, cipő, pamutharisnya, kalap, sál és szütyőke a telefonommal), hogy az egész legénységet a tisztekkel együttvéve felsorakoztatta a folyosón. Ezek után szemlét tartottam, jól megnézve mindegyikük arcát,majd hátulról is megnéztem őket, hátha ráismerek az egyikben az emberünkre, de sajnos nem volt köztük. Egyébként sem gondoltam, hogy igaziból a személyzethez tartozik a férfi, hiszen bárhonnan szerezhette az egyenruhát, s így senkinek nem tűnt fel, hogy a folyosókon mászkál. Miután mindenki holtfáradtan visszatért a helyére a kapitány biztosított arról, hogy a szobáink mellé őrszemeket állít s folyamatosan váltani fogják egymást egészen Egyiptomig. Ez kissé megnyugtatott de nem teljesen.

Bekopogok André ajtaján.

- Ki az? - szól ki álmosan.

- Tania. suttogom s rámosolygok a két szoba között szobrozó hasonlóan álmos matrózra. Remélem nem gondol rosszra, tekintve hogy újra köntösben vagyok.

- Jöjjön be... - nyitja az ajtót André megadóan, mert tudja, hogy nem szabadul tőlem egykönnyen. Szeme alatt nagy sötét karikák. Bizonyára nem ilyen éjszakára számított, és nem hiszem, hogy velem kívánta megtekinteni a tenger horizontján lassan kiemelkedő napot.

Lerogy egy székre s a másikra mutat, hogy üljek le.

- Kávét? - ásít és a frissen hozott kannára mutat.

- Igen, köszönöm. - mondom illedelmesen

- Szolgálja ki magát. - ásít újra - és nekem is hozzon egyet, kérem.

Na szép! Ez legalább nem változott. Megmentem az életét és ez a hála: kiszolgálhatom kávéval.

Miután helyet foglalunk újra a csészékkel a kezünkben, megengedem magamnak, hogy kényelmesen magam alá húzzam a lábam, ha már otthon érezhetem magam. André felhúzza az egyik szemöldökét, mint amikor valami furcsát és oda nem illőt tapasztal, rajtam leginkább, de lenyeli a csípősnek szánt megjegyzését.

- Van fegyvere? - kérdezem, miután egyet hörpintek a löttyből.

- Hogy micsodám? - nyílik ki a szeme.

- Valamilyen fegyvere, amivel meg tudja védeni magát... magunkat. Ha nem vette volna észre, az életére törtek...

Ezen eltűnődik, majd vállat von.

- Nincs fegyverem.

- Milyen férfi maga? - mondom felháborodottan. - Régen minden pasasnak volt fegyvere...

- Milyen régen? - kérdezi szinte alig odafigyelve a megjegyzésemre. De nem mondhatom neki, hogy az ezernyolcszázas években, mert hülyének néz, így inkább szó nélkül hagyom a kérdését.

- Be kell szereznie egy pisztolyt.

- Mit képzel hol vagyunk? A vadnyugaton? Itt nem lehet csak úgy pisztolyt szerezni.

- Hátha mégis.

- Nem lehet és kész.

- Próbálta már? - kérdezem élesen. Vagy mivel akarja megvédeni magát? A tombolán nyert vadászkésével?

- Nem rossz ötlet. Ezért jött? - kérdezi lapos pillantással.

- Azért jöttem, hogy megbeszéljük, mi legyen ezután. Egy merénylővel utazunk egy hajón, ami kábé tíz nap múlva ér Egyiptomba és addig valószínűleg végezni szeretne önnel, aztán talán velem is. Meg kell találnunk azt az embert mielőtt újra megpróbál valamit.

- Helyes. Akkor mostmár aludhatok? - és ledobja a köntösét, ami alatt egy sötétkék selyem pizsama van. Ledobja a felsőt...az alsót nem szerencsére és az ágyhoz megy.

Ilyenkor van a filmekben, hogy a nő elpirul látván a férfi meztelen felsőtestét ami nem holmi elcsökevényesedett tüdőbetegé hanem egy karbantartott negyvenesé. De én mivel a huszonegyedik századból jöttem, csak a kávét nyelem félre, és azt is csak azért mert nem figyelem mikor öntöm a számba a nedűt és azt rosszkor nyitom ki, mert nem akarok egy képkockát sem kihagyni a filmemből.

- Tehát? - kérdezi az ágyból.

- Tehát mi? - kérdezem tőle.

- Lefekszünk végre?

- Hogy mi? Úgy érti én meg ön együtt? - miért vékonyodik el a hangom? Utálom ezt az énemet...

André gondolkozni látszik. Talán a ló és a szamár aspektusából közelíti meg a kérdést, majd válaszol.

- Nem, úgy értem, én a saját ágyamban, és ön is a saját ágyában. Könyörgöm hajnali négy van és hulla fáradt vagyok. Ön pedig kiforgatja a szavaim.

- Én? Hiszen teljesen kétértelműen beszél. - felállok és leteszem a csészét majd az ajtóhoz lépek.

- André! - mondom halkan.

- Egen?..

- A kést... a kést tartsa azért a párnája alatt.

- Jó éjszakát Tania. - mondja.

Kilépek és újra rámosolygok a halkan bóbiskoló matrózra, aztán eszembe jut a kávé és visszamegyek André kabinjába.

- Mi van már megint? - kérdezi kissé ingerülten.

- Semmi, csak viszek egy kis kávét az őrszemünknek.

- Rendben, vigye a kését is, csak hagyjon aludni.

Kitöltöm a kávét és egy hirtelen gondolattól vezérelve a másik csészét a csésze aljával együtt fogom és ahogy kifelé megyek az ajtóba teszem, hogy ha valaki be akarna menni André szobájába akkor belerúgjon s ezzel felébressze őt. A kávét a meglepett matróz kezébe nyomom és jóéjt kívánok neki.

Apának írok néhány sort, épp csak a legfontosabbakat, aztán ágyba bújok.

Reggel csörömpölésre ébredek majd elfojtott szitkozódásra.

15. A haláltánc

Vacsoránál találkozunk újra az asztaltársasággal. Brigitte feltünően szótlan és nem nagyon beszélget Andréval, aki hasonlóan nem túl beszédes. Ó, úgy sajnálom, hogy ez a románc ilyen csúnyán, még csírájában meg lett mérgezve a szó legszorosabb értelmében. Nem vagyok túlzottan éhes, inkább legszívesebben jól berúgnék. No persze csak a magam módján, miszerint két pohár pezsgő után forogni kezdene a világ majd a harmadik felénél már elálmosodnék. Legalább jól fogok aludni, gondolom s a pincér által kínált pezsgőt elfogadom. André felhúzza a szemöldökét, tudom miért és nem érdekel. A pezsgő hideg és jólesik. A zenészek kellemes melódiát játszanak, a viharos idő már a múltté, szinte alig érezni a hajó mozgását. Az angol tiszt s a felesége korán elköszön és elhagyják az étkezőt. Felállok, majd további jó étvágyat kívánok s átlibbenek a szalonba. A gyönyörű vörös bársonyruhám van rajtam a fehér stólával amit Lady Thindertől kaptam. A hajam sajnos nem olyan tökéletes mint amikor Marie gondos kezei tették kontyba, de azért elmegy. Egy nagy csattal fogom össze az egészet a tarkómon, így inkább lezsernek tűnik de mégis elegáns. A szalon ajtaját kinyitja nekem egy pincér, látom a pillantásán, hogy úgy nézek ki ahogy most érzem magam, tehát csinos vagyok, s ezt az óriási tükrökben is látom amelyek a szalon két oldalán helyezkednek el. Itt is kellemes zene szól, néhányan táncolnak illedelmesen, s én leülök az egyik kis asztalhoz. Már ott is terem egy pincér s pezsgőt kínál, amit elfogadok.

Olyan vagyok mint a szivacs és ez már a harmadik pohár, s cseppet sem érzem magam mámorosan szédültnek. Egy jólöltözött férfi lép az asztalom mellé, de rosszul öltözött nem is lehetne, hiszen ez a gazdagok szintje...hehe... gondolom magamban.

Szőke haja fényesen tapad a fejére ahogy valami kencével hátrasimította. Fekete frakkban van. Arca simára borotvált, olyan velem egykorúnak saccolom.

- Felkérhetem egy táncra madame? - kérdezi bársonyos hangon, amiben cseppnyi akcentust vélek felismerni, tehát nem született angol. Lehet, hogy holland vagy német.

- Nem is tudom, már nagyon rég nem táncoltam. - mondom a férfinak, de igazából nem hogy rég de bazi rég nem táncoltam pláne ilyen kéz a kézben vagy a vállon szóval olyan nagymamám korabeli táncot. Odanézek a parkettre, nem tűnik nagyon nehéznek, így ráállok, hogy a három pohár pezsgőt összeturmixolja bennem egy kis forgás és keringés.

A férfinak hideg a tenyere, mintha most jött volna kintről és egész délután a vaskorlátot markolászta volna, de jól vezet. Jó az érzékem ha valaki tud vezetni, tehát nem lépek a lábára. A harmadik perc után érzékelem, hogy a buborékoknak sikerült az agyamba felliftezniük, és ott egy kis rendetlenséget csinálnak, tehát kezdek szédülni.

- Bocsásson meg, azt hiszem elég volt. - mondom a pasasnak, de az mintha nem is hallaná, csak pörget tovább és egyre jobban forog a világ, de közben kitáncolunk a teremből, ki a fedélzetre. Jól esik a friss levegő, de szívesen megállnék. A pasas meg csak néz rám, most látom milyen jeges és hideg a tekintete, körülöttem meg forog minden. Odapörgünk a korláthoz és egyre közelebb a tenger. Ekkor elenged s én megszédülve pördülök még egyet. Elkapnám a korlátot de elvétem és csak a levegőbe markolok. Távolról látom, hogy ott áll a férfi és nem lép utánam, hogy segítsen, nehogy átessek a korláton. Akkor észreveszem Andrét ahogy felém fut és mielőtt átbuknék a hajó korláton magához ránt. A válla fölött látom ahogy a szőke pasas eltűnik a fedélzet sötétjében, mintha ott se lett volna.

- Tania! - mondja André - Mi az örgöd van magával? Elment az esze, hogy itt táncol a fedélzeten, méghozzá részegen?

- Nem vagyok részeg! Három pohár pezsgőt ittam és az a pasas aki megtáncoltatott, az akarta hogy kiessek. Ez lett volna az én haláltáncom... - mondom halkan

- Hol van? - kérdezi, de nem enged el. Valahogy úgy érzem mindjárt összeesek, a lábaim kocsonyásokká válnak alattam és nem akarnak engedelmeskedni.

- Ott volt még egy perce az ajtótól jobbra, de amikor maga jött akkor eltünt.

- Rosszul van? - tart még mindig erősen

- Ugye nem hiszi azt, hogy diret...direk...diretk.. csinálom. - kuszálódik össze egyre jobban a nyelvem.

- Kapaszkodjon a nyakamba, a kabinjába viszem. - azzal felkap mint egy tollpihét, és végiggyalogol velem a fedélzeten, le a kabinok felé. Bűnös gondolatok pörögnek az agyamban, de ezt betudom a pezsgőnek és annak, hogy már hosszú hónapok óta úgy élek mint egy apáca...

Nagyot szippantok a gallérján lévő szivar és szappan összekeveredett illatából.

- Ugye nem fog a nyakamba hányni. - mondja mogorván, s ezzel kijózanít.

- Nem vagyok részeg. Mondtam már, csak három pohárral ittam. Valami lehetett a pezsgőben, talán a pasas tette bele aztán bele akart táncoltatni a habokba. - nevetni kezdek, mert mulatságosnak tartom ezt a fajta módját a meggyilkolásomnak. Szóval összefutottam a kis méregkeverőnkkel. Az arcát mindenesetre soha nem felejtem el, legfőképp a szemét nem.

A kabinomhoz érünk s az őrszemünk készségesen segít ajtót nyitni Andrénak, aki letesz az ágyra és valamit mond de nem értem mert összefüggéstelenné válnak a szavak az illatok és a színek. Most csak egy dologra próbálok fókuszálni, a szájára ahogy beszél hozzám.

- Ne csücsücsörítsen...szép a szája André Francis Cowper...

- Minden rendben lesz. - mondja. Hozzak egy kávét?

Erre kitör belőlem a nevetés.

- Tegnap este is kávéztunk... nem lehetne ma végre továbblépni a kapcsolatunkban? Tudja, hogy én is pizsi nélkül alszom? - suttogok rekedten.

- Remélem nem lesz tartós az állapota. Meglehetősen idegesítő ez az oldala. - próbál gorombáskodással magamhoz téríteni.

- Hajoljon közelebb kérem. - suttogom kissé nehezen forgó nyelvvel.

- Tessék...- hajol közelebb, s kihasználva az alkalmat lehúzom a fejét és megcsókolom.

- Na, erre voltam kíváncsi már régóta. - mondom azután, és a párnámba süllyedek.

Távolról hallom ahogy halkan becsukódik az ajtóm.

Nem mondom, hogy volt már ennél komolyabb hangoverem, mert nem volt. A fejem egy nagy tök és apró manók egy Prodigy számot kalapálnak benne. "I'm a firestarter..".Vizes törölközőt pakolok rá miután eljutok a fürdőszobáig. Szólok a matróznak aki épp az ügyeletes őrszem, hogy ha látja a stewardot szóljon neki, hogy nem megyek le reggelizni. Andrét nem láttam ma még, de jobb is. Nagyon ciki amit csináltam, mert sajnos mindenre pontosan emlékszem. Vajon miért nem olyan jótékony a memóriám, hogy töröl minden alkoholmámorban töltött percet? André most valószínűleg nagyon nem szeretne velem találkozni, lehet hogy már azt is megbánta, hogy megmentette az életem. Igaz is, megmentette az életem. Tegnap éjjel majdnem haleledel lett belőlem. És a kis bérgyilkosunk itt van a hajón. Apropó! Ugrok fel és szinte felüvöltök a fejembe hasító éles fájdalomtól. - A kurva életbe! Káromkodom el magam hangosan magyarul. Majd sokkal óvatosabban újra felülök és lassan felállok, felveszem a köntöst és a szekreterhez csoszogok. Papírt veszek elő és mivel ceruzát nem találok egy tollal megpróbálom felidézni a szőke táncpartnerem és lerajzolni. Elég jól rajzolok. Kiskoromban mindig olcsón megúsztam a születésnapi és karácsonyi meglepetéseket mert elég volt egy képet magam elé tenni és anyut vagy aput lerajzolni, és a rajz nagyon is élethűre sikerült. Később aztán az állatkertben is rajzolgattam az állatokat. Többen mondták, hogy menjek inkább a képzőművészetire és miért is nem mentem? Akkor most nem ülnék itt...

Amikor végzek, eltartom magamtól a rajzot és megszemlélem. Egész jól sikerült. Most már csak össze kell magam szedni megfürdeni és felöltözni, hogy a kapitányhoz vigyem a rajzom.

Gyors két óra múlva sikerül a reggeli rutinon túlesnem s akkor már majdnem dél van. Tükörbe nézek, elég fehér vagyok és a szemeim karikásak. Teszek rá! Gondolom. A tegnap esti merényletem jut eszembe és azonnal vörös leszek. Pedig nem vagyok az a pirulós fajta. Kilépek a kabinból, s miután intek az őrszemünknek, elindulok a kapitányt megkeresni. A fedélzeten találok rá.

- Üdvözlöm kisasszony! - Kezet csókol.

- Kapitány úr tegnap este megtámadott valaki. - mondom egyszerű méltósággal.

- Igen miss Almasi, mister Cowper tájékoztatott róla reggel.

- És mit szándékozik tenni?

- Igazán sajnálom, ami történt hölgyem. Mindent megteszünk ami tőlünk telik, hogy kézrekerítsük azt az embert.

- Azért jöttem, hogy ebben segítségére legyek Kapitány úr. - mondom és a kezébe adom a rajzomat.

- Ezt ön készítette hölgyem? - kérdezi, arca meglepettséget tükröz.

- Igen, jól megjegyeztem az arcát és tudok rajzolni.

- Rendkívül tehetséges! - udvarol.

- Köszönöm, de nem azért hoztam, hogy eldicsekedjek a rajztudásommal hanem azért, hogy megkérdezzem, ismerős e önnek ez az arc?

- Hm, rendkívül különös. - mondja újra.

- De mi a különös uram? A kapitány rám néz.

- Hölgyem, akit ön ide lerajzolt...az Franz von Lichtenstein gróf, a német katonai attasé, aki két hónapja halt meg egy sajnálatos vadászbalesetben...

16. Magad uram, ha szolgád nincsen

Visszatántorgok a kabinomba és lerogyok egy székre. Egyszerűen nem értem, hogy most mi van. Bár megfogadtam, hogy ezután a kalandom után semmiben nem kételkedem. Tehát a német katonai attasé tegnap felkért táncolni, függetlenül attól a ténytől, hogy bő két hónapja elhalálozott. De nem elég, hogy dőreségek jártak a megboldogult fejében miszerint megpörget egy piros ruhás frauleint, gondolta a haláltáncával múltidőbe is helyezi. De vajon ugyanez a kísértet akarta Andrét is megmérgezni? Kopognak az ajtón.

- Bújj be...- mondom, vagyis -Tessék!

Belép az egyik matróz, kezében tiszta egyenruha lóg, valószínű, most hozta a mosodából.

- Bocsásson meg hölgyem, azt hiszem eltévesztettem a kabint. - arca vörös, toporogva várja, hogy útjára engedjem miután semmiségnek titulálom a tévedését.

A ruhára nézve egy pillanat alatt egy ötlet suhan át a fejemen.

- Jöjjön be kérem! - utasítom szigorúan a fiút. Belép és csupa kérdőjel az arca.

- Mondja csak, - Állok fel és körbesétálom - kié ez a ruha?

- Az másodtisztté kisasszony! - feleli haptákba vágva magát, mintha már a másodtiszt említésére is vigyázba kellene állnia.

- Megtekinthetem? - s már nyúlok is hogy a méretet lássam. A fiú bizonytalanul nyújtja felém, szegény mit gondolhat.

Úgy látom nem túl nagy. Magamhoz tartom, a magasság szinte teljesen megegyezik az enyémmel. Lehet, hogy a nadrágba kell majd valamit kötnöm mert a dereka széles lesz, de meg tudom oldani. És szerencsémre a teljes egyenruha az aranyzsinóros sapkával együtt itt van.

- Fiatalember, ajánlok egy üzletet...

Egy órával később a tükör előtt állva megállapítom, hogy tök jó pasi lennék. A hajamból muszáj volt vágni. Mondjuk úgyis zavart már a hossza. Most a vállamig ér és így pont bele tudtam tuszkolni az egészet a sapka alá. A nadrágba belehúztam egy selyemsálat így nem csúszik le a derekamról és szerencsére a fehér zakó jól takar. A melleimet kicsit le kellett nyomnom egy másik sállal mert túlságosan kidomborodtak a zakó alatt. Szemembe húzom a sapkát és tisztelgek. A fiút megkértem hogy egy cipőt is szerezzen, így egy negyvenkettes lakkcipőt szerzett a harmincnyolcas lábamra, de kitömtem jól. Ezt már megszoktam a ladynél, hiszen ott is jóideig két három számmal nagyobb cipőket hordtam. Mélyítem a hangom, ha nagyon halkan beszélek nem feltűnő. A sapka szemellenzőjét amennyire tudom a szemembe húzom, zsebembe csúsztatom a telefonom és elindulok. Szerencsére a folyosón egy lélek sincs. Az étkezőnél néhány hölggyel futok össze, kezem a sapkához emelve üdvözlöm őket. Végigmegyek az étkezőn s minden asztaltársaságot szemügyre veszek. Meg kell találjam az attasét vagy aki annak látszik, mert azért a szellemekben mégsem igazán hiszek. Egyszercsak Madame Trumier, Brigitte és André sétál felém. Tisztelgek mint rendesen majd gyorsan továbbmegyek. Köszönnek, de néhány méterrel miután elhagyom őket, André megtorpan. - Megbocsátanak hölgyeim? - szabadkozik majd utánam indul. Sebesebben lépkedek de utólér.

- Uram? Mondja amikor mellém ér.

- Parancsol? - kérdezem mély hangon szinte suttogva de nem nézek rá.

- Ó, tudtam! - Mondja mellettem lépkedve

- Mondja, mi az ördögöt művel? - Fogja meg a karom.

- Eresszen! - suttogom neki, majd szembefordulok vele és egy beugróba rántom magammal.

- Ha tudni akarja, akkor épp nyomozok! - suttogok

- Ki után? És mi ez a maskara? - néz végig a ruhámon

- A másodtiszt váltóruhája de most még nem kell neki, de majd visszakapja.

- Maga teljesen megőrült? Reggel szóltam a kapitánynak és majd ő intézkedik.

- Maga még hisz a mesékben André Francis Cowper? Reggel lerajzoltam a támadóm s készségesen a kapitányhoz vittem az igen jól sikerült portrét. A kapitány közölte velem, hogy aki a képen van az Franz von Lichtenstein gróf a német katonai attasé aki két hónapja alulról szagolja az ibolyát.

- Hogy mit csinál?

- Meghalt, a gyengébbek kedvéért.

- Tehát a férfi, ez a Lichtenstein gróf volt aki már nem él?

- De gyorsan vág az esze. - mondom szarkasztikusan.

- Tehát jelenleg egy kísértetet keresek aki meg akart ölni. Úgy gondoltam ebben a ruhában észrevétlenebb vagyok mint a sajátomban és így a fedélközbe is lelátogathatok ahol a szegényebb utasok vannak.

- Ezt felejtse el! - tiltakozik. Hangja ellentmondást nem tűrő, pedig fel sem emelte.

- Mióta tartozom elszámolással arról mit szándékozom tenni?

- Egyenesen egy gyilkos karjaiba akar futni? - feje már vöröslik, száját szigorúan összeszorítja.

- Aggódik értem? - kérdezem meglepetten. A szájára esik a pillantásom. Észreveszi. Elvörösödöm én is. A tegnap este jut eszembe.

- Ha önnek baja esik, akkor nehezebb helyzetben leszek Kairóban. A maga helyismerete...

- ...fabatkát sem ér! (Szart akartam mondani, de nem akartam túl alpári lenni)

- Most pedig engedjen. - furakszom ki mellette.

- Megyek magával. - lép mellém.

- Alig lesz feltűnő! Maga az első számú hullajelölt! Egy óra múlva találkozunk a kabinjában. Ha nem lennék ott, akkor jöjjön utánam! De csakis akkor!

André megtorpan, és hagyja, hogy elmenjek mellőle, tehát beleegyezik. Győzelem!

Visszanézek, arca aggodalmat tükrözik. Fenébe is! Nem szabad túlromantizálnom ezt a dolgot, hiszen tényleg csak egy eszköz vagyok számára. Egy eszköz aminek a segítségével megtalálhatja Dalton atyát és a végrendeletet.

17. Nyomunkban a "Pápa"

Végigjárom az egész fedélzetet s majdnem az összes közösségi helységet de nem találok még csak hasonló fazont sem. A folyosón is végigmegyek aztán a hajó végében lecsusszanok a lépcsőn s a fedélközben találom magam. Itt vannak a csóróbbak, no nem a legalja, de mondjuk a középosztály alja. Gyerekek futkároznak a folyosókon, asszonyok jönnek mennek edényekkel a kezükben, néhány férfi kockázik vagy kártyázik. Az étkezőből zene szűrődik ki, olyan "fogd a kontyom hogy ne lógjon" angol módra. Itt az a különbség a felső szinthez képest, hogy mindenki előre köszön, fent pedig én köszöntem előre mindenkinek. A fedélzetre érve viszont meglátok az egyik kémény kürtőnek dőlve egy pasast aki nagyon is megfelel a személyleírásnak. Igaz, egy szürke szövetnadrág s nadrágtartó van a durva posztóingen, valamint hasonlóan a szemébe húzva egy svájcisapka mint ahogy én próbálom nem felfedni kilétemet a tiszti sapka szemellenzője alatt. Haja most a homlokába, rendezetlen fürtökben tapad. Egy cigarettát szív s a kezében tartott ezüst cigarettatárcával játszik. A tárca nem igazán illik a mostani szereléséhez, de el tudom képzelni a fekete frakk belső zsebében, amit mondjuk tegnap nyúlt le valamelyik kabinból. Most észrevesz és gyorsan elteszi. Későn... Odasétálok merészen és mély rekedtes hangon megszólítom.

- Hogy hívják fiam?

- Miért nem nézi meg az utaslistán? - kérdezi röhögve de zsebemben kattintok egyet a telefonom bekapcsoló gombján s az hangosan kettyen mintha egy revolvert húztam volna fel, és enyhén ki is tolom, hogy a szöveten átsejlik egy pisztoly csöve vagyis a telefonom sarka. Erre megdermed s gyorsan körülnéz, majd rám. Megpróbálok árnyékban maradni a kémény mellett, hogy minél kevésbé legyen látható az arcom, szerencsére erősen sötétedik és ez nekem kedvez. Blöffölni fogok.

- Tudja ki küldött? - Rémülten néz rám.

- Ki? - mondja nagyot nyelve.

- Azt kérdeztem tudja e?! - mondom vészjósló suttogással.

- A...a Pápa...?

Ki??? Mostmár őszentsége is belekeveredett?

- Akkor most jól figyeljen. Mi volt az a két óriási baklövés amit elkövetett a héten?

- Nem tehetek róla...valami közbejött... Először az a nő, aztán tegnap...nem számítottam rá, hogy a pasas követni fog minket. - arca vörös.

- Tudja mi jár ezért? - kérdezem s a zsebemben a telefont magasabbra emelem. Épp elég filmet láttam, hogy tudjam, hogyan kell.

- Kérem! ... esdekel, majdhognem letérdel. - Kérem, ne öljön meg! Ígérem, a legközelebb pontosabb leszek! Csak kérem, adjanak még egy esélyt! A Pápa azt mondta, hogy Egyiptomig végeznem kell velük és még van egy hetem! Kérem! Hangja kissé nyávogós lesz... Majdnem megsajnálom.

- Még meggondolom! A Pápa mindent lát! - mondom sötéten. Csak tudnám kit fed ez a nem mindennapi név.

- Megígérem...

- Ne ígérgessen maga tökfej! Mondja meg mi lesz a következő lépés?

- Azt...azt tervezem, hogy holnap...beosonok a szobájukba éjjel...

- A szobájukat őrzik seggfej! - mondom mérgesen és igencsak ideges leszek.

- Igen, de az őrszemet könnyen elintézem. A nő minden éjjel kávét visz nekik a konyháról. Csak annyi a dolgom, hogy altatót csempészek a kávéba és akkor szabadon tudok mozogni.

- Nos, szóval éjjel belopózik és hogy akar végezni velük?

- Egyszerűen elvágom a torkukat amikor alszanak, majd kiosonok észrevétlen. Elkötöm az egyik mentőcsónakot és megvárom amíg a Pápa utoléri a hajót a Pompadour-ral.

Izzad a kezem, a hátam a hajam és mindenem. Itt beszélgetek a leendő gyilkosommal...

- Ha most sem sikerül... tudja hogy mi következik? - mondom vészjóslóan.

- Tudom! De kérem adjon még egy esélyt! Nem fogom elrontani!

- Ajánlom is! - majd kihúzom a zsebemből a kezem és megfordulok, hogy eltűnjek. Majdnem megbotlok és kilépek a cipőmből, de az utolsó pillanatban megkapaszkodok a korlátba és a férfi is utánamkap, hogy megtartson. Keze a karomat fogja.

- Engedj el te disznó! - mordulok rá s az úgy engedi el a karom, mintha megégette volna. Sapkám félrecsúszik s néhány hajtincs kibukkan. Odakapok és sebesen eltávozok, remélve hogy nem vette észre. Hátra sem nézek, megpróbálok méltóságteljesen felmenni a lépcsőn, majd amikor nem lát senki futni kezdek felfelé a hátsó fedélközben. Mikor felérek a rengeteg lépcsőn, kilihegem magam majd a kabinok irányába megyek. A kapitány jön velem szemben, tisztelgek és gyorsan elmegyek mellette. Néhány méter után hallom a kiáltását. - Hé! másodtiszt! Ide hozzám!

Ekkor beugrok a szalonba és végigrohanok rajta, többen felkapják a fejüket, így lelassítok, majd a kabinok felé futok a folyosón. André ajtaja résnyire nyitva, beugrok rajta, majd becsapom s a hátamat az ajtónak vetve lihegek.

- Háthh...eheez...meleg volt... - és a sapkám a székre dobom, cipőm s a zakóm is mellé kerül. Lerogyok melléjük én is. André a másik székből érdeklődő figyelemmel kíséri az átváltozós műsorom.

Ránézek, szeme nem árul el semmit. Nem is szólal meg. Amikor megunom akkor rátámadok.

- Most miért nem kérdezősködik? Megkukult?

- Gondoltam, úgyis elmondja amit el akar mondani. - összehúzott szemmel nézi a hajam majd az ingem, sállal összehúzott nadrágom, csupasz lábam.

- Megtaláltam! És azt hitte a pasas, hogy a megbízója küldött a két elbaltázott merénylet miatt. - vigyorgok a kissé meglepett arcra, majd folytatom.

- a zsebemben lévő telefo...tele tárcámat fogtam rá. - korrigálom a majdnem kibökött szót.

- Könyörgött és rimánkodott, hogy ne öljem meg! És tudja ki a megbízója?

- Ki az? - dől előre ültében és végre komolyan figyel rám. Ezt picit kiélveztem és várok.

- A pasas azt mondta, hogy a Pápa...vagyis gondolom valaki aki így nevezi magát...

André szeme tágranyílik és hitetlenkedve mered rám.

- Biztos ebben?

- Jaj, hát ugye nem gondolja, hogy őszentsége ilyesmibe keveredne? - nézek nevetve a szemébe de André arca falfehér és valahová messzire néz, nem rám.

- Ki az a Pápa? - kérdezem suttogva.

- Az öcsém... - mondja halkan. Vagyis az ő gúnyneve volt gyerekkorunkban, és valószínűleg kevés ember nevezi így magát rajta kívül.

- Egyről biztosan tudok... - mondom halkan. Elmesélem milyen merényletre készül a férfi holnap éjjel.

- Óriási felelőtlenség volt öntől, hogy erre vállalkozott Tania... - néz rám komoly arccal.

- Oké, de mit teszünk, hogy ne arra ébredjünk karácsony reggelén, hogy meghaltunk?

- Várni fogjuk a barátunkat. - mondja eltökélten. Feláll és fel s alá kezd sétálni a kabinban.

Amikor megunom, megkérdezem:

- Elmondja, hogy miért akarja megölni a bátyja? Ja, és engem is?

- Igazából a féltestvérem, Robert. Öt évvel fiatalabb nálam. Apám halála után három évvel anyám újra férjhez ment s

Robert ebből a házasságból fogant. A kapcsolatunk nem volt valami szoros, inkább a nagybátyám Lord Thinder gyerekeivel volt egyidős. Anne és George folyton nálunk voltak és a kicsik, vagyis ők hárman jól megértették egymást. Engem katonai iskolába vitt a nevelő apám és azután már csak nyaranta voltam otthon. Szinte alig ismerem a testvérem. Édesanyjuk halála után hamar megházasodott Lord Thinder mert nagyon megkedvelte az édesanyám nővérét, Georgiát. A gyerekek akkor már bentlakásos iskolába jártak, Georgia hiába kérte a lordot, hogy otthon tanuljanak, az nem engedte. Pedig talán jobban megkedvelték volna a mostoha anyjukat. De így csak a szünetekben látták és eleve ellenségként kezelték. Robert mindig szeretett főnököt játszani, és az unokatestvéreim erre nagyon jó alanyok voltak, s mindenhova követték és szótfogadtak neki. Azért nevezték Pápának mert folyton osztotta az észt, s az iskolában tanult bibliai idézetekkel fűszerezte az okoskodását. Robert és George egy iskolába kerültek, s az Oxfordra is mindkettőt felvették. Huszonöt éves koromban otthon töltöttem a nyarat a szülői házban ugyanakkor George, Anne és Robert is ott volt. Robert szerelmes volt egy lányba, aki a szomszédos Barton birtokról sokszor látogatott át... - André nagyot sóhajtva felállt, s úgy folytatta. Emma szerény, kedves lány volt. Sokat nevetett... de nem Robertbe volt szerelmes.

- Hanem önbe. - fejeztem be helyette a mondatot. André hirtelen rám nézett.

- Bocs, csak kikövetkeztettem... - húztam be a nyakam.

- Igen. Robert addig sem volt túlzottan oda értem, hiszen én idősebb voltam, katonai iskolába járhattam s magam alakítottam az utam. Nevelő apám folyton velem példálózott neki amikor a tivornyákról szóló számlák megérkeztek. Szóval ez még egy jó ok volt arra, hogy gyűlöljön. Emmát én is nagyon megkedveltem...megszerettem, majd két év után feleségül vettem. Robert nem jött el az esküvőnkre hanem egy gyásztáviratot küldött és részvétét fejezte ki elsősorban nekem...

Megborzongtam. Kezd egy horror regényre hasonlítani a történet.

- Mi történt a feleségével André? - de az arcáról mindent leolvastam.

- Egy év múlva, amikor hazafelé tartott nagynénémtől Georgiától, a kocsi elé fogott ló valamitől megijedt és belevágtatott a Babbacombe völgy meredek lejtőjén keresztül a sziklás hegyoldalba. A kocsi szilánkokra tört, Emma pedig alaposan összetörte magát de nem halt bele, valami csoda folytán. De mindkét lába a kocsi alá szorult. Három nap után találtunk rá. De akkor már halott volt. Onnan tudom, hogy túlélte a zuhanást, hogy egy kővel üzenetet vésett a vörös sziklába amelyen feküdt...üzenetet a férjének, azaz nekem. Hogy mindig szeretni fog... André háttal állt nekem és csak nézett kifelé a kabin ablakán. Mikor megfordult nem látszott semmilyen érzelem az arcán.

- George és Anne mindent megtennének azért hogy a nagybátyám egész vagyona az övék legyen, és kisemmizzék végleg Georgiát, a betolakodót. Robert ebben szívesen segít nekik, feltételezem jókora összeget kap majd az örökségből ha sikerül a tervük. És hogy még a múltbéli vélt sérelmeit is megbosszulhatja rajtam, ez külön boldogság a számára. Tehát mindenre képes. Sajnos Ön is itt van és ez plusz fejtörést okoz számára, hisz két akadályt is el kell hárítania az útból, majd valószínűleg megkeresi Dalton atyát is...

Teljesen besötétedett. André meggyújtja az asztali kis lámpát.

- Kér egy whiskyt detektív? - néz rám, majd kezembe nyom egy csiszolt üvegpoharat.

- Mértékkel! - tanácsolja - Nem szeretnék egy tegnapihoz hasonló malőrt...

Jobb ha meg sem szólalok, csak belekortyolok az italba ami végignyaldossa a torkom és a mellkasom, még a gyomromban is érzem hogy lángol. Ami azt illeti én egyre jobban vágyom egy tegnapihoz hasonló malőrre, de jó lenne, ha most általa történne, és szabad akaratából. Ahogy látom, erre nincs remény, jó lesz ezt elfogadnom, mielőtt túlzottan befűtenének idebent. A történet amit elmondott egy regénybe illene, de nagyon is valóságos alapokon nyugszik. Komoly ellenfelünk van.

Eszembe jut, hogy iszonyúan szorít a sál az ingem alatt. Bedobom a maradék italt, majd felállok. André az ablaknál áll a poharával és a sötét éjszakába néz, vagy a múltjába.

- Most, én elmegyek. Át kell öltöznöm a vacsorához. Ma még igazából semmit nem ettem. Tudja ma szenteste van...Holnap karácsony. -

André rám néz.

- A vacsoránál találkozunk. - mondja, majd visszafordul az ablakhoz.

Fogom a cuccaim és nyitom az ajtót.

- Tania! - szól utánam - Nem volt rossz ötlet...- megemeli felém a poharát

Becsukom az ajtót. Hát most igazán megerőltette magát. Nem vagyok biztos abban, hogy nem fogja ellensúlyozni ezt a dicséretet valami csípős megjegyzéssel a vacsora alatt.

Fél hétkor a matróz haverom jön a ruháért amit addig amennyire tudok rendbehozok és egy fonttal jutalmazom a hősiességét, hogy eddig tartotta a hátát. Sietnem kell mert meg kell tudnom, holnap ki lesz este az őrszemünk, hogy beavassam a tervembe.

18. Szenteste

Legalább tudom, hogy holnap estig nem kell tartanom támadástól és nyugodtan készülődhetek a vacsorára. Fekete bársony ruhát veszek fel szépen dekoltáltat. A vállam is engedi láttatni. Már megszoktam a fűzőket és egyéb inkvizíciós eszközöket és a hosszú többrétegű ruhákban is tudok járni. Fehér selyemstólát teszek a vállamra. A hajamat nagy nehézségek árán feltűzöm és egész jól sikerül. Nem is tudom mi a fenét készülődök ennyit. Vagy csak nem merem bevallani miért. Tetszeni akarok Andrénak... Biztos elment az eszem, de a fenébe is! Jó pasi és nem egy hülye huszonegyedik századi piperkőc sőt még csak nem is egy tizenkilencedik századi piperkőc... Lecsapom az asztalra a púderes szelencét s finom púderpor száll a levegőbe. Ennek így nincs semmi értelme...

Apa most mit csinálhat? Az első karácsony amit nélkülem, egyedül tölt majd, ráadásul abban a hitben, hogy meghaltam... Tessék most kezdhetem elölről a púderezést. A könnyek vékony patakként mossák le az arcomról a nem L'Oreal minőségű púdert. Kopognak.

- Tessék? - mondom, majd felpattanok és kinyitom az ajtót.

André áll az ajtóban és bazi elegáns. Fekete öltöny vagy zsakett - vagy tudja isten hogy hívják -van rajta és mintha rászabták volna, ami valószínűleg így is történt. Fehér magasnyakú ing, csokornyakkendő, fehér mellény, lakkcipő. Hát a szavam is eláll. Bezzeg neki nem. Végignéz rajtam, szeme megállapodik a ruhából kivillanó vállamon ami nem fehér, ó nem...szép kreolbarna, még a huszonegyedik századi nyárról megmaradt emlék. Majd az arcomra néz s megjegyzi.

- Jót tenne önnek egy kis alvás...elég fáradtak a szemei....

Pff. Na ennyit a készülődésről s a romantikáról, melyet áhítok. Elhúzom a szám és berántom magam mögött az ajtóm kissé jobban mint kellene. André felém nyújtott karját kikerülve elindulok a folyosón az étkező felé. A fene essen ebbe a hülye pasiba.

Az étkező tele van. Minden asztal gyönyörűen fel van díszítve. A terem közepén fenyőfa áll, apró aranyszínű üvegdíszekkel, tetején csillag. Minden tányér mellett ott a szaloncukorra hasonlító kis csomag amit christmas cracker-nek hívnak és a szomszédunkkal kell majd szétrántani, majd egyikünknél marad az apró ajándék amit rejt vagy egy jókivánság cédula. Az angol tiszt s a felesége, Madame Trumier és Brigitte is már az asztalnál ül. Odaérve André köszön a hölgyeknek s kihúzza a székemet. Brigitte mosolyogva fordul felé, André megdicséri a ruháját. Én meg főhetek a levemben. Kellemesen eltársalgok az idős hölggyel vacsora alatt. Teljesen elbágyadok mire végigeszem a menüt, majd egy pohár vörösborral öblítek. A szaloncukrot Andréval szakítom szét, és nálam marad a nagyobb része. Egy pergamen tekercset rejt a következő szöveggel:

" A jövőd a múltban találod, légy türelmesebb és eléred az álmod!" Nah, ennek legalább van értelme, ha jól belegondolok.

André folyamatosan a francia lánnyal foglalkozik, úgy látszik feledésbe merült a múlt. Azon töröm a fejem, hogy másnap reggel a kapitánnyal kell beszélnem és elő kell mindent készíteni, hogy nyakon tudjuk csípni a Pápa emberét. Vajon ha elkapjuk elmúlik a fejünk felől a veszély? Mindenesetre Egyiptomig valószínű. Ha jól értettem a Pompadour nevű hajó követ minket. Tehát ha ott kiderül, hogy még életben vagyunk új tervet kell kieszelnie André testvérének. André vacsora után felkéri Brigittet táncolni, én meg unom ezt nézni s elköszönök az asztaltársaságunktól és visszasétálok a kabinomba. Az őrszem ott áll a két kabin között mikor odaérek.

- Jóéjt Ben! - mondom neki, hiszen már szinte jól ismerem az összes matrózt aki ránk vigyáz.

- Jóéjt kisasszony! - emeli kezét a sapkájához.

- Kér egy kávét?

- Köszönöm hölgyem, már ittam a konyhán mielőtt idejöttem.

- Rendben, akkor viszlát reggel. - majd becsukom az ajtóm. Magasra rúgom a cipőm, a szekreter tetején landol, kilépek a ruhámból, hagyom a földön, és az ágyra vetem magam, majd a fejemre húzom a takarót ami most kellemesen hideg.

- Utállak André Francis Cowper!! - kiáltom a párnámba, majd újra apa jut eszembe, aztán anya és a régi karácsony szentesték. Boldog karácsonyt apa, hiányzol! Suttogom majd lassan álomba sírom magam.

Kopogásra ébredek. Lehúzom a takarót a fejemről. Nincs reggel még, a hold besüt a kabin kerek kis ablakán. Újra kopognak.

- Ki az? - kérdezem rekedten.

- André vagyok...

Magamra tekerem a takarót, a kis asztali lámpát felkapcsolom s belenézek a tükörbe. Akár Godzilla egy rosszul sikerült plasztikai műtét után...kit érdekel...

- Most reggelig hagyja hogy itt ácsorogjak? Az őrszemünk lassan a vállamra hajtja a fejét. - mondja André.

Ezen elröhögöm magam, szorult némi humorérzék is a pasasba. Résnyire nyitom az ajtót.

- Mi a csudát akar éjnek évadján? - de választ sem várva betolja az ajtót és bejön a szobámba.

- Naaa...- mondom miközben becsukom az ajtót és megfordulok.

- Elegánsabban festett az előző ruhájában, ez kifejezetten kövéríti. - mondja miközben a rámtekeredett paplant szemléli.

- De a haja így sokkal jobb, legalábbis többet takar az arcából, ami igazán előnyös jelen állapotában.

- Nem tudja anélkül álomra hajtani a fejét, hogy engem kellőképpen meg ne sértsen? - kérdezem.

Felszedi a ruhám a földről és a székre teszi. A szekreter tetején békésen pihenő cipőn egy picit meghökken, majd ujjára akasztva leveszi és a másik után néz amit a teáskanna mellett talál meg. Ezen már meg sem lepődik hanem csak egymás mellé helyezi a két lábbelit a ruhás szék alatt. Én még mindig az ajtóban állva figyelem anyáskodó gondoskodását. Tölt magának az asztalon lévő likőrből majd nekem is egy apró pohárba és a kezembe nyomja.

Én mint egy óriás kukac belegömbölyödök egy öblös fotelbe és bedobom az enyhén barackízű likőrt.

- Hm, ebből jöhet még egy! - mondom a poharam felé nyújtva. Elveszi.

- Le akar itatni? - Most én lepődök meg, mert nem hívja fel a figyelmem a túlzott alkoholfogyasztás rám gyakorolt hatására.

- Le tudnám? - kérdez vissza és kezembe adja újra a poharam.

- Talán... - mondom elbizonytalanodva.

- Elmondaná mit akar tőlem - Az órára nézek - hajnali kettőkor?

- Hallottam, hogy sírt, gondoltam felvidítom. - kényelmesen elhelyezkedik a fotelben.

- Akar róla beszélni?

- Bárcsak megtehetném. -válaszolom, s újra leöntöm a torkomon a barackízű nedüt.

- Mi az akadálya?

- Túlzottan valótlannak tűnne...hülyének nézne...

- Hülyének? Ez olyan modern kifejezés mint a "Pasas"?

- Olyasmi. A jelentése a következő: féleszű, félkegyelmű, gyenge elméjű.

- Értem. Lehet, hogy nem nézném hülyének.

- Egyszer, talán, majd ha nagyon muszáj lesz, elmondom. Rendben?

Félrefordított fejjel néz rám.

- Tud bridzselni? - kérdezi.

- Nem.

- Tud snapszerozni? - kérdezem.

- Nem.

- Ha megtanít bridzselni akkor megtanítom snapszerozni. - ajánlom fel nagyvonalúan, mert látom, hogy ma már nem fogunk aludni. Teljesen természetes dolog, hogy ha adva van egy fiatal nő s egy ereje teljében lévő férfi kettesben egy hajó kabinjában, éjjel kettőkor, kissé spiccesen az őszibarack ízű löttytől, akkor csakis kártyajátékkal vagy snapszerozással tölthetik az idejüket...

- Persze csak ha van némi aprója...

- Az van. - feleli André, egy marék egypennyst vesz elő a zsebéből és ledobja a zakóját.

19. A fényes fekete doboz

Miután elnyertem snapszerban André összes aprópénzét és a bridzs-ben is remekeltem, hajnali ötkor elhagyta a kabinom s így maradt három négy órám, hogy aludjak. És igen, valóban sikerült felvidítania. Álomba szenderülésem olyképp hatott mintha egy kalapáccsal fejbevágtak volna, tiszta és álomtalan kóma.

Kilenckor ébredtem fel és kértem a személyzetet, hogy némi harapnivalót hozzanak a kabinomba, mert nem volt kedvem lemenni az étkezőbe reggelizni. Dél van és sikerült összekaparni magam némiképp. Bekopogok André kabinjába, de az őrszemünk felvilágosít, hogy már jó ideje elhagyta az úr a szobáját. A kapitány kabinja felé veszem az irányt és jól sejtem, hogy André ott van. Belépek majd kérdőn nézek rá.

- Tania, jó, hogy itt van. A Kapitánynak most meséltem el, hogy tegnap kiderítettük a merénylő kilétét s azt hogy mi a terve ma éjszaka. Most, hogy nyakoncsíphessük, tervet kell kidolgoznunk.

- Miss Almasi, önt mindenesetre biztonságba szeretnénk tudni az este. - Mondja a kapitány.

- Hogy mi? Én ott akarok lenni amikor elkapják! - háborodok fel az ötletük hallatán.

- Veszélyes emberrel állunk szemben, s nem szeretnénk, ha önnek bármi baja esne...

- Tudok magamra vigyázni kapitány úr. - mondom sértetten.

- André elmondta, hogy akar bejutni a kabinokba a gyilkos? Az őrszemet szeretné elaltatni.

- Igen, nos beszéltem róla, a kapitány úr beavatja az esti őrszemet a tervünkbe.

Az ön kabinjában fogjuk várni az emberünket és ott kapnánk el.

- Rendben. - mondom, de nem szeretnék kimaradni ebből.

- Hölgyem, túl nagy a kockázat. Mostanában annyi furcsa dolog történik a hajómon. Lehet, hogy a merénylők többen vannak. Tegnap is a másodtiszt egyenruhájában grasszált egy ember a fedélzeten s mikor utánakiáltottam, az elfutott s eltűnt a kabinok folyosóján. - Vakarja a fejét a kapitány - André a szája elé teszi a kezét s a földet bámulja. A kapitány folytatja.

- A ruha megkerült s nem derült ki, hogy ki tulajdonította el, de ezt találtuk a zsebében. S az asztal fiókjából előveszi a lakkfekete Iphone-omat. Megáll bennem az ütő. Erről teljesen elfeledkeztem, és úgy adtam vissza a matróznak a ruhát, hogy ez a zsebében maradt. André látja, hogy elfehéredek, s hol a telefonra hol rám néz.

- Még nem derítettük ki, hogy mi ez. - folytatja a kapitány - de valami titkos szelencének tűnik, csak a nyitját még nem ismerjük. Feldobja és elkapja a telefont majd visszasüllyeszti a fiókjába és rám néz. - Minden rendben kisasszony?

- Picit megrémültem. - mondom neki. André összehúzott szemmel néz rám. Valami turpisságot sejt a kijelentésem mögött.

- Igaza van kapitány úr, jobb ha ebből én kimaradok. Olyan ijesztő, hogy ez a gyilkos mindenre képes...- talán jobb ha én addig itt, az ön kabinjában várnék?

- Ó nem, az én kabinom nagyon puritán egy hölgynek, de biztosíthatom, hogy az egyik legszebb üres kabinba vészelheti át ezt az időszakot.

- Rendben kapitány úr, szóljon amikor átmehetek az ön által kiválasztott helyre.

Elköszönök és kilépek a kabinból. Most már csak azt kell kitalálnom, hogy szerezzem meg a telefonom. Néhány perc múlva André utolér.

- Az öné igaz? - kérdezi szembefordulva.

- És ha igen? - Állom a tekintetét.

- Mi van benne?

- Túl sok minden ahhoz, hogy egy barbár késsel szétfeszegesse.

- Nekem elárulja?

- Úgysem hinné el. - s folytatom az utam a szalon felé.

- Hülyének nézném? - Kérdezi a tegnap tanult kifejezéssel élve.

- Boszorkánynak nézne...- nézek rá sötét tekintettel.

- Nem hiszek a boszorkányokban. - Nevet fel, s kivillantja hegyes szemfogát.

- Ha meglátná mi van benne akkor lehet, hogy mégis hinne.

- Felcsigáz. - mondja újra elkomolyodva. Kár, hogy én csak ilyenekkel tudom felcsigázni, s nem a kacagásommal vagy az alabástrom bőrömmel mint Brigitte. De mindenki azzal gazdálkodjon amije van.

- Megmondja akkor? Ígérem nem nézem se hülyének se boszorkánynak.

- Nem áll jól önnek a hízelgés. - mondom. A szalon előtt megállok és szembefordulok vele.

- Térképek vannak benne, iránytű és rengeteg hasznos információ valamint fényképek.

- Abban a kis lapos dobozban? Ne nevettessen! Egy fénykép se férne bele, nemhogy egy iránytű!

Megvonom a vállam, és faképnél hagyom.

Öt órakor megjelenik egy matróz és átkísér abba a kabinba ahol addig lehetek amíg elkapják a merénylőt. A kapitány kabinjától csak két folyosónyira van de még azt nem találtam ki, hogy jutok oda be. André a vacsora alatt fürkésző tekintettel figyel. Brigitte próbálja őt szóval tartani de a kötelező udvarias beszélgetésen kívül nem sokat tud vele kezdeni. Magamban mulatok. S lám sikerült magamra vonnom André teljes figyelmét. Csak még azt nem tudom, hogy ha visszakerül hozzám a telefon, hogy fogom elterelni ezt a figyelmet. Karácsony este van, mindenki boldog és vidám. A zene megszólal s miután Brigittével egy táncot lejt André, elnézést kér tőle s hozzám fordul.

- Kishúgom, egy tánc neked is jár ma este, hiszen karácsony van! - mosolyog leereszkedő stílusban.

- Kedves bátyám, nem emlékszel, mikor a legutóbbi karácsony alkalmával táncoltál velem, összetapostam a cipődet? - kacagok zavartan. - Nagyon rossz táncos vagyok.

- Egyszer kibírom! - válaszol majd szinte felránt ültömből s a táncparketre vonszol.

Valami lassú szám van... hehe, mi más? Magához von, de persze csak az illendőség határain belül, de nekem ez is sok, mert a pulzusom triplájára gyorsul.

- Mi a terve? - leheli a fülembe, és átjár a libabőr.

- Nincs tervem. - mondom, és valóban nincs.

- Miért nem bízik bennem?

- Miért bízzak? Adott rá egyetlen okot is? Maga egy erőszakos pasas, és azon éli ki magát, hogy folyton sérteget.

 Megszorít.

- Nélkülem, nem tudja megszerezni a dobozát. - suttogja újra.

- Nélkülem ma éjjel meghalt volna... - mondom neki és a lábára lépek, mintha véletlen lett volna. Az arcán egy izom összerándul és gyilkos tekintettel rám néz. Orrunk majdnem összeér, de csak azért mert a cipőm magas és így majdnem az álláig érek.

- Ha segítek megszerezni, elárulja a titkát? - kérdi most miközben körbe vezet a parketten, hogy a lábam alig éri a padlót.

- Csak ha eljön az ideje, de ígérem nemsokára megtudja rendben?

- Türelmes vagyok ha muszáj, de szaván fogom Tania. - suttogja. Ó bárcsak ne arról a hülye telefonról beszélnénk, hanem a szívemről vagy az erényeimről, de ezekről szó sem esik.

20. Mission: Impossible

Itt ülök a kölcsönkabinban és töröm a fejem, hogyan szerezhetném meg a telefonom.

Az én kabinomban André, a kapitány és két matróz ül a sötétben. A fekhelyemen összecsavart takaró és egy fekete paróka, megtévesztés gyanánt. Átsurrantam a kapitány kabinjához de naiv dolognak tűnhet, hogy azt gondoltam, nyitva lesz az ajtó. A fedélzetre is kisétáltam és kívülről is megnéztem, hátha az ablaka oda nyílik de persze nem...

Kopognak. Ajtót nyitok és André áll az ajtóban.

- Itt a kulcs, boszorkány de aztán meglegyen az a fekete doboz! - körülnéz - ha megfogtuk az emberünket visszajövök ide és a kulcsot visszacsempészem a kapitány zsebébe. Legyen óvatos! Öltsön álruhát vagy mittudomén! De nem szeretném azt hallani, hogy a gyilkos még a folyosón magára talál! - a kulcsot a kezembe nyomja és azzal együtt megszorítja.

- Hogy csinálta? - kérdezem de már fordul és megy vissza.

- Erre most nincs idő húgocskám! - vigyorog és eltűnik.

Na, kezd valamit tőlem is tanulni a vidéki pasas. A kulcs a kezemben. Már csak azt kell kitalálnom, hogy jutok oda észrevétlen. Mivel álruhám nincs, és hirtelen nem jut semmi az eszembe, nekivágok úgy ahogy vagyok, hogy minél gyorsabban túl legyek a dolgon. Már majdnem a kabinnál vagyok amikor hangos társaság jön felém. Úgy teszek mintha a szalon felé mennék, de amikor elhaladnak a folyosón gyorsan visszafordulok és a kulcsot a zárba helyezem, és nyílik az ajtó! A kabinban sötét van, de kitapogatom az asztalfiókot s az....zárva van! A fene egye meg! Keresek az asztalon valamit amivel fel lehet feszegetni a zárat és találok is egy levélbontó kést. Azzal megpróbálom az egyszerű zárat felfeszíteni de nem nagyon enged a rohadék. Közben a folyosón hangokat hallok.

- A kapitány azt mondta, hogy az irodájában lesz a holnapi beosztásunk uram. - hallom az ajtó előtt a hangot.

- De most nincs itt a kapitány Paul. - mondja egy másik kissé rekedtesebb, idősebb hang.- A másodtiszt odaadta a pótkulcsot uram, mert azt mondta, hogy a kapitány ma este nem ér rá. Valami fontos dolga van az egyik vendéggel kapcsolatban.

- Melyik másodtiszt?

- Benjamin Harvey uram!

- Rendben, akkor menjen és hozza a beosztásukat.

Halálra váltan próbálok keresni valami menedéket, aztán meglátom a nagy fehér szekrényt a sarokban és remélem nyitva lesz. Szerencsémre nyitva az ajtaja és én a hülye nagy szoknyámmal együtt bepréselődök néhány fegyver, valami szőrmeizé és egy büdös lópokróc társaságába.

Kattan a zár és fénycsík vetül be a szekrénybe, ahogy a férfi felkattintja a villanyt és az asztalról elveszi a papírját.

- Uram! A kapitány bent felejtette a kulcsát uram! - hallom a férfit, s hogy csörren a kulcs a kezébe.

Ó a kurva életbe! - toporzékolok halkan. A kulcsot az asztalon felejtettem!! Most mi lesz?

- Rendben fiam, adja ide. Úgyis találkozom vele hamarosan és odaadom neki.

- De akkor... hogy csukta be az ajtót uram? - kérdezi a matróz.

- Nem tudom, lehet, hogy a másodtiszt járt itt legutóbb és ő csukta be. Na adja csak ide!

Villany kattan és én egyedül maradok a büdös szekrénybe és a kapitány szobájába bezárva!

Kikászálódok a szekrényből és először is azzal a problémával akarok megküzdeni amiért jöttem. Tehát a telefon. Basszus! Mi lesz ebből? Felfeszítem a zárat és végre a kezemben a telefonom. De találok mellette egy kisméretű revolvert is. Na, ez jó lesz nekem még valamire, kiveszem és elrejtem a telefonom mellé a kis szütyőkémbe, majd az övemre akasztom a táskát. Körülnézek. Persze megpróbálom lenyomni a kilincset, de zárva. Azért legalább megpróbáltam, mert láttam már olyat a Youtube-on, hogy egy üzlet CCTV kameráján felvették ahogy a béna betörő az ajtó üvegét betöri egy kővel, majd megpróbál átmászni a törött ajtón, s az közben simán kinyílik... Tehát megbizonyosodtam, hogy az ajtó zárva. Az ablak következik. A kerek kajütablakon elvileg kiférek, de gyakorlatilag nem biztos ebben a középkori ruházatban. Kinyitom az ablakot és kinézek. Alattam a tenger sötét, de vékony párkány húzódik az ablak alatt, tehát ha kilépek akkor ha szerencsém van át tudok mászni a fedélzetig, ami csak kábé húsz méter innen. Az ablak felett is párkány van, tehát lenne mibe kapaszkodnom. Lehúzom a ruhám, és egészen levetkőzöm a térdig érő tundrabugyimig és a fűző és egyebek, szóval akár a huszonegyedik században fel is lennék öltözve, de itt ha meglát valaki akkor tuti hogy elájul pőreségem láttán. De nincs más választásom. Az övet és a táskát amiben a telefonom és a revolver van a derekamra kötöm, s a ruhámat kidobom a tengerbe. Bye bye ruha! Innentől már nincs visszaút mert ha így itt talál a kapitány, hát nem tudom, hogy adok magyarázatot ittlétemre. Tehát egy széket teszek az ablak alá és kidugom az egyik majd a másik lábam úgy, mintha csak az ablakban ücsörögnék. Megfordulok és az ablakba kapaszkodva lecsúsztatom a lábam a párkányig. A cipőm megcsúszik a nedves fémen ezért lerúgom magamról. Mikor biztosan állok mindkét lábammal a párkányon akkor a kezemmel is biztos fogást keresek. A párkány eléggé csúszós és a kezem is izzad, de nagyobb bennem az élni akarás. Tehát elkezdek szépen araszolni a fedélzet irányába. Nagyon lassan megy, de már csak néhány méterre vagyok , amikor egy fiatal nő és egy férfi lép a   korláthoz. Megdermedve tapadok a hajó oldalához.

- Charlotte! Mondja meddig akarja ezt csinálni velem? - kissé nyafogós férfi hang.

- Edmond, tudja, hogy nem mondhatok igent csak úgy kerek perec! Apám kitagadna azonnal ha megtudná, hogy én ...

- Hogy ön...?

- Hogy én önt szeretem és feleségül akarok menni magához. - mondja szenvedélyesen.

- Ó, hát mégis remélhetek?

Jesszus ezek itt fognak állni hajnalig. A kezem kezd lefagyni és a lábam is folyton megcsúszik a peremen.

- Várjon míg befutunk Indiába, akkor apámmal is beszélhet.

- Istenem, egész életemben ez a legszebb nap! - mondja szenvedélyesen a pasi.

- De...ha nem tud várni... akkor... - mondja a lány kissé kacéran.

- Mire gondol?

- A kabinom nyitva hagyom ma éjjel...

- Hogy én? Hogy ön? Hogy mi?

Ó az ég áldjon meg nem lehet ilyen nehéz a felfogásod! Megkettyintheted az arádat még a leánykérés előtt te barom! Csak menjetek már, mert emiatt fogok a vízbe esni, és az nem lehet, hogy nekem az van a sorsomban megírva, hogy ilyen körülmények között haljak meg.

Végre elvitorláznak balra én pedig felkapaszkodom a korláton és már a fedélzeten is vagyok. Már csak azt kell kitalálnom hogy jutok vissza a kabinomba.

Bentről halk zene szűrődik ki, s az enyhén megvilágított fedélzeten csak én vagyok. A folyosókhoz vezető ajtó csak néhány méterre van tőlem, de mi lesz ha valakivel találkozom útközben? Várnom kell, míg elhallgat a zene és elcsendesül az egész hajó. Fázósan összehúzom magam és az egyik mentőcsónak mögé kuporodok. Hosszú lesz az éjszaka...

Két óra múlva a szalonban kialszik a fény, a zene is elhallgat. Ekkor kimerészkedek a csónak mögül és kinyújtóztatom átfagyott elgémberedett végtagjaim, és besurranok a folyosóra. Bemegyek az étkezőbe, ahol már senki sincs, s az egyik asztalról lelopom a hatalmas vörös damaszt abroszt, és magamra tekerem, akár egy ruhát. Vállamon átvetem és mint egy görög istennő surranok végig a folyosón a kabinomig aminek a kulcsa szerencsére a kis derekamra erősített táskámban van. Beugrok az ajtón és körbetáncolom a kabint. Mission impossible! Tom Cruise bekaphatja! Kiáltom és ledobom magam az ágyra, sőt bebújok a meleg takaró alá és ott didergek addig míg fel nem melegszem kissé.

Éjfél körül kopognak halkan. Az ajtóhoz ugrok és kiszólok. - André?

- Igen. - suttogja vissza.

Kinyitom az ajtót és ő gyorsan bejön majd bezárja maga mögött.

- Elnézést. - mondom bűnbánóan - Nincs meg a kulcs.

Először is végignéz rajtam. Egy szál alsóruházatban állok, ami csupa olaj, a hajam szerteszét áll, a harisnyám kilyukadt a lábfejénél.

- Honnan jött? - kérdezi hitetlenkedve.

Elmesélem neki az egész sztorit miközben magamra dobom újra a takarót és az orromig húzom.

- Amikor az elsőtiszt megjelent a kapitánynak jelenteni, hogy visszahozta a kulcsát azt hittem szörnyethalok! - mondja sötéten. Tölt egy nagy adag whiskyt és a kezembe nyomja, majd ő is kiszolgálja magát.

- Neharagudjon, tényleg véletlen volt! Hirtelen ugrottam a szekrénybe és teljesen megfeledkeztem, hogy a kulcs az asztalon maradt. Mondja! Elfogták?

- Igen, elfogtuk az öcsém emberét. Most bezárva várja a sorsát, hogy a kikötőben átadjuk a hatóságoknak. A neve Jack Pearl, és egy színész. Azért hitte a kapitány, hogy akit ön lerajzolt a német katonai attasé, mert kitűnően ki tudja magát maszkírozni. Egy elszegényedett szerencsétlen csepürágó, és az öcsém felbérelte pont ezért, mert meg tudja változtatni a külsejét és így könnyen eltűnhet, ha muszáj. Beszari alak, most mindent kipakolt. De a további tervekről semmit nem tud.

André nagyot kortyol az italból és rám néz.

- Micsoda fából faragták magát? A hajó oldalán mászkálni?

- Keményfából. - vigyorgok. - És tudja mit szereztem még?

- Mit?

Elővessem a táskámból a revolvert.

- Maga megőrült? Azonnal vigye vissza! - pattan fel.

- Eszem ágában sincs, hiszen az életünkről van szó. És sose derül ki, hogy én loptam el.

- Adja ide legalább. - lép felém - én elteszem inkább. És a zsebébe süllyeszti.

- Tud vele bánni?

- Hogy az istenbe ne tudnék? Katonai iskolába jártam emlékszik?

Némán ülünk tovább, iszogatunk és nem szólunk egy szót sem. Csak nézem Andrét ahogy hitetlenkedve néha megrázza a fejét. - Még ilyet...- mormogja majd nagyot kortyol újra a whiskyből.

- Azt mondta, hogy majdnem szörnyethalt? - kérdezem félszegen.

- Mikor?

- Amikor meghallotta, hogy a kulcs...tudja...

- Már nem emlékszem mit mondtam. Most jobb lenne ha megmosakodna, és átöltözne aztán aludna egyet. Jöjjön átkísérem a saját kabinjába. - feláll most és segít rámtekerni a takarót. Fogom a táskám és André megfogja a kezem.

- Ugye nem felejtette el mit ígért? - kérdezi.

- Cseppet sem vagyok feledékeny, csak kérem adjon időt és mindent megtud.

Letöröl az arcomról egy olajfoltot és újra megrázza a fejét.

- Szörnyen néz ki maga...maga boszorkány!

21. Siri istennő segítsége

1893 december 31-én délután háromkor futott be az Arcadia Alexandria kikötőjébe.

Egyiptom földjére, a föld anyjának országába ahogy a régi egyiptomiak mondták. Az itt kiszálló utasoknak a kapitány gondoskodott megfelelő szállítóeszközökről, hogy Kairóba eljussanak. Az utasok többsége a kairói Mena House hotelbe ment, mivel ott megtaláltak mindent ami Angliában megszokott volt számukra.

Ahogy a hajó hídján lefelé lépkedek, egyszerűen képtelen vagyok levenni a szemem a nyüzsgő forgatagról a kikötőben. Burnuszos, szakállas arabok kínálják a portékáikat az érkező utasoknak. Tevék, szamarak, kecskék jönnek mennek a kockakövekkel kirakott óriási piacon. A szag mondhatni nehezen megszokható, de tíz perc után mégis sikerül nagy levegőt vennem. Színek kavalkádja fogad amikor Andréval leérünk az utasokat fogadó kis lovaskocsik közé, ahová már felpakolták a cuccainkat. Fogatlan turbános öreg hajlong előttünk és baksisért nyújtja a kezét amikor a kocsihoz érünk. Rámosolygok majd arabul mondom neki, - Később, majd ha megérkeztünk. André füttyent egyet.

- Mégis jó, hogy magammal hoztam.

- Azért nem vagyok perfekt, csak néhány alap szót ismerek, de azért nem lehetne eladni...mondjuk néhány kecskéért.

A ruhánk most sokkal kényelmesebbre váltottuk, tekintve, hogy huszonöt fok körüli a hőmérséklet. Tél van de a páratartalom igen magas és sokkal többnek érezni. Azt tervezzük, hogy megszállunk a hotelben ma éjszakára és közben keresünk egy megbízható, tapasztalt vezetőt, aki Farafrahba kísér minket ami cirka 200 mérföldre van Kairótól. A kocsi ablakán kinézve megpillantom a Hassan mecsetet, és megállapítom, hogy százhúsz év alatt mit sem fog változni. Apró utcákon döcögünk keresztül, néhány mezítlábas gyerek fut a kocsink után, elfátyolozott nők haladnak egymás után sorban, színes ruháik fényesek, díszesek. Fiatal fiú turbános fején akkora fonott kosarat visz mint egy dézsa, tele gyümölcsökkel. A levegő néhol megtelik nehéz szagokkal, birka fő az egyik ház előtt egy kondérban. Elájulok olyan büdös. Néhol viszont fűszeres, kellemes illatokat hoz a szél, valamelyik kis vályogból épült bolt hűvös padlóján temérdek szőnyegen és párnán férfiak fekszenek vagy ülnek és vizipipát szívnak. André folyamatosan kérdez én meg nem győzöm a válaszokat gyártani. Lassan már a Google is megirigyelhetne, olyan felkészült vagyok.

A hotelbe érve lepakolja az öreg arab férfi a csomagjainkat és újra nyújtja a kezét André két pennyt pottyant a markába, s az hálálkodva hajlong.

Becuccolunk az egymás melletti két szobába, amelynek belső berendezése cseppet sem különbözik egy angol szállodáétól, mivel az is.

Veszek egy fürdőt és egy fehér magasnyakú blúzt és hosszú szoknyát öltök magamra. Fűzőt vegyen az akinek két anyja van ebben a melegben. Kalap az muszáj, a nap miatt is. Szerencsére a kreol bőröm nem ég le olyan gyorsan a napon, de azért jobb vigyázni. A kis szütyőmet a telefonnal és némi pénzzel a derekamra akasztom. A biztonság kedvéért nem kapcsolom ki a telefont, hátha a térképre szükségem lesz. Andréval egy óra múlva találkozunk a lenti szalonban.

- Éhes? - kérdezi, miután megérkezek.

- Nem igazán, inkább majd vacsoráznék ha lehűl egy kicsit a levegő.

- Elmegyek és szerzek egy embert aki elvezet minket Melawiba. - mondja.

- Úgy érti, elmegyünk és szerzünk egy embert aki elvezet minket Melawiba. - helyesbítek.

- Semmi szükség erre. - feleli. Ne felejtse el, hogy itt a nők élete fabatkát sem ér. A teve és birka után következnek fontossági sorrendben. - mondja cinikus hangon.

- És ez ugye tetszik magának? - vágok vissza. - de ne felejtse el, hogy egy kukkot sem beszél arabul! Én viszont igen.

- Majd találok valakit, aki tud angolul.

- Rendben. - mondom kárörvendő hangon. - Itt várom.

- Na csakhogy végre szót értettünk. - pillant le rám most két fejnyi távolságból, hiszen most egy lapos vászon saruban vagyok és ő nem ment össze.

Ezzel sarkonfordul és a kijárat felé veszi az irányt.

Menj csak te önfejű beképzelt hím. Mondom magamban. Kíváncsi vagyok mennyi időbe telik amíg szót értesz a helyiekkel.

Ekkor odamegyek a recepción tevékenykedő fehér egyenruhás, láthatóan angol férfihoz, akiről patakzik az izzadság. Alacsony kövérkés testén a pattanásig feszül az egyenruha.

- Jónapot!

A férfi felém fordul majd meghajolva viszonozza a köszönésem.

- Jónapot miss! Miben lehetek a segítségére? - Néz rám az egyik szemével, a másikkal az istenek tudják hova néz, de olyan mint a kaméleon. Picit fura vele igy beszélgetnem, de ha csak az egyik szemére fókuszálok, mondjuk arra amivel a homlokomat nézi, akkor könnyebb.

- Egy megbízható és tapasztalt helyi vezetőt keresek.

- Hova szándékozik utazni miss?

- Ez teljesen mellékes. Tud valakit, akivel tárgyalhatnék?

A kövér kaméleon forgatja a szemeit és az állát vakargatja.

- Hááát, nem is tudom. - majd egyik szemét a derekamra akasztott szütyőkére szegezi.

Oh, már értem. Előveszek néhány pennyt.

- Most jut eszembe! - Kezd a nyelve megeredni.

- Van egy ember. Khaled, aki turistákat szokott kísérni ide-oda. A sivatagban is jól kiismeri magát.

A kezébe nyomom a pénzt. - Hol az az ember?

- Itt! - mutat közvetlenül a hátam mögé. Megfordulok és egy idősebb sötétbőrű arab férfit látok az egyik asztalnál ülni. Morózusan kenerget valami löttyöt maga előtt az asztalon, talán kávét. Véreres szemei, nagy horgas orra az Egri csillagok című film félszemű Jumurdzsákját juttatja eszembe. Odalépek az asztalhoz.

- Salaam Alaikum! - mondom a férfinak, aki rám emeli tekintetét és feláll. Van vagy két méter magas. Egy ideig néz rám majd válaszol.

- Alaikum Salaam! És meghajtja magát, majd leül.

- Albahth ean adill... - mondom neki, remélem helyesen.

- Köszönöm neked, hogy a nyelvemen szólítottál meg, de tudok angolul. Ülj le és mond el mi a kérésed.

- Ó...hát az... nagyon jó. Elnézést, de nem vagyok nagyon tájékozott az arab nyelv területén. - ülök le vele szemben. A nevem Tania Almasi.

- Örülök, hogy Allah hozzám vezérelt. Én Khaled ibn Bahr vagyok, nagyon régen Angliában éltem és most itt Egyiptom földjén vezetem az idegeneket asszonyom. Miben segíthetek rajtad és az uradon?

Honnan a csudából tudja, hogy van egy "uram". Aki persze nem az uram, de nem kezdek el magyarázkodni. Jobb ha azt hiszi André az én uram. Na mindegy, folytatom.

- Holnap Farafrahba kell mennünk. Egy embert keresünk aki egy misszióval jött ide Kairóba.

- Farafrah oázis messze van asszonyom. Sok sok mérföld, sok sok nap oda az út.

- Nem baj. Megfizetjük bőségesen. Minél előbb oda kell jutnunk érti?

- Értem memszahib. A Nílus mentén vezet majd az utunk. Sokáig a Níluson, majd tevén.

- Rendben. Reggel szeretnénk indulni.

- Reggel indulni fogunk - mondja és tovább kevergeti a kávét.

- Mikor?

- Az ima után.

- Értem. Akkor az ima után találkozunk. Mennyibe fog kerülni?

- Kerülni? Nem kell kerülni asszonyom. Az út egyenesen oda vezet, Farafrah oázisba.

- Úgy értem mennyi pénzt kérsz cserébe?

- Előre kérek tíz angol fontot és utólag még nem tudom mennyi, de ha nem lesz gond, akkor tíz fontot kérek amikor odaérünk.

- Valószínűleg nem töltünk ott sok időt. Vissza is tud minket hozni?

- Igen.

- Újabb tíz fontért?

- Nem memszahib. Visszafelé drágább az út mert a Nílus lefelé folyik de felfelé nem folyik. Vagy gyalogolhatsz, ami nagyon nagyon hosszú út, bizony.

- Értem. Semmi gond nem lesz biztos.

- Nem biztos. - mondja monoton hangon, de rám se nézve.

- Milyen gond lehet?

- Jöhetnek rablók, vadállatok.

- Reméljük a legjobbakat. - mondom neki optimistán és rámosolygok.

- Akkor reggel jöjjön ide a szállodába és indulhatunk... az ima után... - állok fel az asztaltól.

Az arab feláll és kezét mellkasára téve elköszön és kisétál a szálloda ajtaján. Néhány perc múlva beviharzik André, kissé kimelegedve. Leül mellém az asztalhoz.

- Nos? - kérdezem érdeklődő arccal. - sikerült embert találnia?

- Hmm. - morogja. -

- Tehát?

- Rendben, maga nyert. Elvégre azért hoztam, hogy segítsen...

- Holnap reggel az ima után indulunk a Farafrah oázisba. - mondom fensőbbséges hangon.

- Mi??

- A vezetőnk Khaled ibn Bahr. Tíz fontot kér előre és ha nem jön közbe nagyobb gond, akkor tízet a megérkezésünkkor. De a visszaút drágább lesz, mert a Nílus lefelé folyik de felfelé nem... - ha jól emlékszem ezt mondta.

- Hol van az az ember, - néz körül és bosszankodni látszik.

- Már elment, de reggel visszajön. Mint mondtam, az ima után... - vigyorgok rá.

- Hmmm...- morogja, mert jobb nem jut eszébe

- Oké, mi lenne ha megnéznénk a bazárt? - kérdezem tőle, hogy néhány új élményt gyűjtsek, és tudom, hogy egyedül nem lenne helyénvaló elhagynom a szállodát. Ennyit a női egyenjogúságról 1893-ban Egyiptom földjén...

- Tehát?

- Rendben, de ne fusson előre és mellettem maradjon. - mondja.

- Tudja, hogy soha nem tennék ilyet!

- Hmmm. - forgatja a szemét és elindulunk felfedező útra Kairóba.

Két óra múlva mikor már a lábam is lejártam és amit tudtunk megnéztünk, a szálloda felé tartunk. Színes ruhás elfátyolozott arcú nők haladnak el velünk szemben. Annyira szépeknek tűnnek az aranyszegélyű leheletkönnyű ruhákban, mint az Ezeregyéjszaka meséiben Seherezádé. A keskeny utcán épp hogy le tudunk húzódni ahogy elhaladnak mellettünk. Az apró kocka alakú házak tövében öregasszonyok ülnek, vagy kecskék vannak kikötve. Egy turbános suhanc ugrik mellénk, hogy utat engedjen a hosszú sorban gyalogoló nőknek. Feltételezem az egyik gazdagabb férfi feleségei. Mikor elhagynak minket és kitisztul a kis kanyargós utca lenézek a derekamra kötött szütyőkémre és....nincs ott a szütyőkém!!! Ami a telefonomat is rejtette! Kapkodom a fejem jobbra, balra és még meglátom az utca végén bekanyarodó suhancot, aki még egy perccel ezelőtt szorosan mellettünk állva várta, hogy a nők elhaladjanak. Futni kezdek utána, és nagyon gyorsan szedem a lábam.

- Tania!! - kiált André utánam. - Hova az ördögbe szalad? - kérdezi mikor utólér.

- Ahha fihijuhu, - lihegem rohanás közben. - Ellopta a táskám és benne a tele...a dobozom!

Felgyorsul hirtelen és lehagy, majd a következő sarkon már csak annyit látok, hogy fut a fiú után és egyre közelebb kerül hozzá. Én is futok mint a szél majd egyszer csak az egyik kapualjban utolérem őket.

André a fiú grabancát fogja, de az csak rázza a fejét.

- Add vissza amit elvettél! - kiabál neki.

- Yaeidha! - kiáltok rá

- Tolvaj vagy és levágják a kezed! - mondom neki arabul. De az csak rázza a fejét.

André végigkutatja a ruháját de semmit nem talál.

- De biztos, hogy ő volt. - mondom, hiszen akkor nem futott volna el.

- De látja, hogy nincs nála! - fogja még mindig a grabancát a fiúnak.

A fiú hol egyikünkre hol másikunkra néz, és rázza a fejét. Úgy látom, hogy nincs sok választásom, hogy kiderítsem a telefonom hollétét. Felkiáltok:

- Hey Siri!- És Siri, az én Iphone istennőm megszólal a fiú feje irányából.

- Miben segíthetek Tania?

- Kapcsold be a világítást! - És a fiú turbánját egy erős fehér fény töri át,

André elejti a fiút és az összerogyva, halálra vált arccal lekapja a turbánját és a fekete telefon remegő kézzel átadja, majd a szütyőm is előkerül majd lehasal a földre és imádkozni kezd. Bizony bizony a technika istene most megsegített.

André meredten bámulja a fekete telefont, amit szépen visszateszek a szütyőkémbe, majd kézenfogom őt és elsétálunk a szállodához. Addig meg sem szólal, amíg fel nem érünk a szobáinkhoz.

- Tehát? Akar mindent tudni egy boszorkányról?

- Igen. - mondja André. - és arcán most nyoma sincs a gúnynak és a cinizmusnak. Felváltja némi csodálattal teli meglepődés.

- Akkor jöjjön, mert ez hosszú lesz. - mondom és bemegyek a szobámba. André szótlanul követ.

22. A jövő meséje

A szobában az öblös fonott székek nagy párnáikkal biztosítják a kényelmet. Miután felfrissítettem magam kissé és lemostam az út porát leülök az egyikbe. André velem szemben ül és whiskyt kortyolgat. Nekem is tölt egyet. Elfogadom. Tiszta alkoholista leszek itt, pedig az én időmben nem nagyon bírtam az égetett szeszt. A telefonom most a közöttünk lévő kerek kis üvegtetejű asztalon van. Felhúzom kényelmesen a lábaim és belekezdek.

- André, mondja olvasott már Jules Verne-től valamit?

- Igen, de ez most hogy tartozik ide? - kérdezi értetlen arccal.

- Várja ki a végét. - intem türelemre. - Mit gondolt amikor a könyveit olvasta?

- Azt gondoltam, hogy mesét olvasok. - neveti el magát - hiszen még csak tizennégy éves voltam.

- Pedig Verne regényeiben sok olyan dolog van ami aztán később megvalósult...

- Mit ért azalatt, hogy később?

- Száz év?

- Nem értem amit mond Tania...- mondja türelmetlen hangon. - A lényegre térne? Kérem...

Ezt olyan ritkán hallottam tőle, hogy megpróbálom úgy folytatni, hogy a lényegre térjek...

- Oké. Tehát a lényeg. Én 1986-ban születtem Budapesten, Magyarországon.

- Tessék? - kérdi nevetve, majd, hogy látja, az arcom komoly marad, ő is elkomorul.

- 2016-ból pottyantam ide, vagyis Torquay-ba, és a kedves nagynénje volt oly kedves és kihalászott a tengerből...

- Ezt a mesét nem tudom elfogadni Tania...maga már tényleg harminc éves? - próbálja tréfával leplezni zavarodottságát.

- Nagyon vicces... Egyébként a bizonyítékom ott van maga előtt az asztalon.

- De mi ez az isten szerelmére?

- Úgy hívják, mobil telefon. Egy olyan eszköz amivel vezetékek nélkül is lehet sok ezer mérföld távolságban lévő emberekkel is kommunikálni. Sőt... adatokat közvetít, mely a másik telefon képernyőjén látható lesz szinte azonnal. Nem kell heteket sőt hónapokat várni egy levélváltásra, hanem néhány másodperc alatt akár a föld másik oldalán lévő emberrel meg tudunk beszélni mindent. Ahonnan én jöttem ott már az emberek a világűrben is jártak... a csillagok között - mutatok az ablakon át az égre - , a holdon is járt ember, és vannak olyan szerkezetek amiket föld körüli pályára helyeztek és folyamatosan küldik az adatokat akár erre a pici telefonra is. Úgy hívják őket műholdak. Pontosan meg tudják mondani, épp hol vagyok és azt is megmutatják, hogy menjek oda ahová tartok.

André próbálja megérteni amit mondok, de hallhatóan kattognak a fogaskerekek az agyában.

- Tehát azt mondja, hogy ön cirka százhuszonhárom évvel később élt és visszajött ide a múltba?

- Pontosan! Derül fel az arcom.

André elkezd nevetni és felhajtja a kezében lévő pohár whiskyt.

- Hogy boszorkány, azt előbb elhiszem.

- André...én hasonlóan szkeptikus ember voltam mindig mint ön, és higgye el, ha valaki ezzel a mesével áll nekem elő, akkor kinevetem, mint most ön engem. Ez egészen két hónappal ezelőttig így lett volna, csakhogy akkor történt valami, amit én sem értek és ha akarom, ha nem, itt vagyok és önt boldogítom.

André feláll és föl s alá járkál a szobában, mint mikor általában valamit megpróbál feldolgozni. Száját összecsücsöríti, míg gondolkozik, majd leül újra és azt mondja.

- Rendben. Tételezzük fel, hogy igaz amit mond. Nem mondom, hogy elhiszem, csak azt, hogy tételezzük fel. Mesélje el, hogy került mégis ide 1893-ba.

- Elmondok mindent.

Azzal bő két óra alatt elmesélek mindent. Azt, hogy mit csináltam otthon, hogy elfogadtam egy állásajánlatot és azt is hogy megbűvölten néztem a Marine fürdőszalon fenséges épületét, ahol az én időmben egy vizi állatkert van. Aztán a születésnapom, és a kalandom a fókákkal majd a különös örvényt ami lehúzott a mélybe, majd azt, hogy ebben az időben ébredtem fel s Lady Thinder gondoskodó kezei közé kerültem.

- Magam sem tudom, ez hogy történhetett, de tény, hogy ez történt és most itt vagyok.- Ez...ez olyan hihetetlenül hangzik, de ahogy elmondja mégis...szóval elhiszem, de szerintem megbolondultam...- rázza meg a fejét. Feláll még egy whiskyt tölt magának és az ablakhoz lép.

- Van ötlete, hogy miért szabta a sors önre ezt a nagy utazást? - kérdezi kis idő múlva háttal nekem.

- Ezen még soha nem gondolkoztam..., talán azért vagyok itt, hogy magának...maguknak segítsek.

- Hogy fog visszajutni? - kérdezi még mindig háttal.

- Őszintén szólva...nem tudom. - mondom és a hátát nézem.

- Szeretne visszamenni? - fordul most meg és félrefordított fejjel néz rám.

Nem válaszolok csak némán nézem a meleg barna szemét, világosbarna haját amely most csapzottan tapad a homlokára, a szép íves száját amit már volt alkalmam egyszer megízlelni, igaz törvénytelen módon. És fogalmam sincs mit mondjak, nem akarok badarságokat beszélni. Azt hiszem inkább az a pohár whisky beszélne belőlem és holnap valószínűleg megbánnám. Tehát hallgatok.

- Értem. - fordul újra meg és bámul kifelé az ablakon.

- Megmutassam a telefonom? Bár itt nem működnek az alapvető funkciók csak azok amik el vannak tárolva de vannak képek benne...még az előző életemből. - fura volt ezt kimondani...előző életem, pedig az volt...vagy az lesz.

André megfordul és odajön, a székem mellé guggol. Tripla pulzus, és a közelségét úgy érzem mintha enyhe vibrálás venne körül. Felveszem a telefont és bekapcsolom. A színes kijelző mutatja az appokat. André megbabonázva nézi. Az ujjammal lépkedek a lehetőségek között. Megmutatom az iránytűt, a térképet, naptárt majd a fényképeket is. Megmutatom apát. Az a kép van a telefonomon, amikor az állatkertben együtt fotózkodtam vele a bejáratnál. Aztán a barátnőm, Punch a macskám, a lakásom képei amikor beköltöztem. Budapesti fotók, a Torquay viziállatkert képei. Torquay képek. Aztán a kissé homályos kép amit Lady Thinder szülinapi bálján készítettem a lépcső tetejéről, majd a hajó fedélzete és a kabinom. André úgy néz, mintha most tudatosult volna végképp benne, hogy valóság amit meséltem neki.

- Csinálunk egy közös képet?

- Hogy érti?

- Úgy, hogy készítek a telefonnal egy fényképet.

- Rendben. – mondja félszegen, mint egy kisfiú karácsonykor.

Fogom a telefont és közelebb hajolok hozzá. Nagyon remeg a kezem de sikerül a kis fehér pöttyre tennem az ujjam és elkattan a kép. Megmutatom neki. A kezébe fogja a telefont és nézi a képet.

- Fantasztikus...hihetetlen. Mesélnie kell még a jövőről Tania!

- Megígérem, hogy még sokat fogok mesélni. – A szobában egy óra elüti az éjfélt.

- Boldog új évet André Francis Cowper ! - emelem felé a whiskys poharam.

- Boldog új évet Tania Almasi! – mondja és ő is felém emeli poharát. Nagyot sóhajtok, mert nem tudom az a szokás mikor érkezett Angliába hogy ilyenkor meg kell csókolni azt akivel éppen vagy, de úgy látszik itt még nem volt divat...sajnos. Az ablakhoz megyek és kinyitom, majd hangosan azt kiáltom magyarul.

- Boldog új évet Apuuuuu! Azért írok is egy pár sort és csatolom a közös képünket Andréval.

Almási doktor felriad álmából a budapesti belvárosi lakásban. Felkapcsolja az olvasólámpát és az órára pillant. Pontosan éjfél van. Megdörzsöli a szemét és felkel az ágyból. Meg mert volna rá esküdni, hogy Taniát hallotta azt kiáltani, hogy boldog új évet apu! Nagyon messziről jött a hang de annyira valóságosnak tűnt. Kinéz az ablakon és a utcán nevetgélő trombitáló vidám társaságot figyeli egy darabig. Egyszerűen hihetetlen, hogy a lánya ruháin kívül nem találtak semmit. Ha megfulladt volna, akkor ennyi idő alatt már felbukkant volna valahol a teste. De a partiőrség hiába kereste, sehol nem találtak semmit, mintha a föld nyelte volna el.

- Azt hiszen oda kell mennem. – mondja magában. – meg kell tudnom, hogy mi történt pontosan. Azt hiszem érezném ha meghalt volna, de pontosan az ellenkezőjét érzem. Felvillanyozva lép a laptopjához és a legközelebbi bristoli járatra lefoglal egy jegyet, egyelőre csak oda. Hátradől a széken és nagy levegőt vesz. Máris sokkal jobban érzi magát. Odalép az ablakhoz, kinyitja és az utcazaj azonnal betolakszik a hálószobába.

- Boldog új évet Taniaaaa!! –kiáltja a tűzijáték fényeiben tündöklő városnak.

23. Zafír a Níluson

Reggel - ima után - Khaled ibn Bahr megjelenik a szálloda előtt egy kisebb fajta, szamár vontatta kocsival. A szobáinkat megtartjuk csak az útra legfontosabb holmijainkat visszük magunkkal, illetve a gyógyszereket, elsősegély dobozt. Khaled a többiről gondoskodik. Amikor megérkezünk a Nílushoz, a Zafír nevű kis folyami hajóhoz, abban már a víz, élelem és az útra szükséges felszerelések be vannak pakolva. Utunk egy részét ezzel a hajóval fogjuk megtenni, majd tevegelünk az oázisba. Négy ember kísér minket vezetőnkön kívül. André kissé fáradtnak tűnik. Gyanítom, hogy elfogyasztott még némi alkoholt miután elbúcsúztam tőle. Valamint óriási adatmennyiséget kellett valahogy feldolgoznia ami valószínűleg nem könnyű. Tehát szótlanul pakol, intézkedik és Khaleddel félrevonulva tárgyal. Látom, hogy néhány nagyobb mordály is felkerül a hajóra, ez mindenesetre megnyugtató. Nyolc körül indulásra készen áll a kis hajó. 260 kilométert utazunk vele a Níluson majd százötvenet teveháton a sivatagban. Párás meleg van, pedig még csak reggel nyolc. Kiharcoltam Londonban egy khaki színű bricsesznadrágot amit ugyan csak férfiak hordanak, de semmi kedvem nem volt hosszú szoknyában kínlódni majd a sivatagban az ötven fokos melegben. A hosszú pamut ing a combomig leér, derekamra övet tettem, azon lóg a kistáskám a telefonommal. André felsegít a hajóra majd elindulunk. Fantasztikus látvány tárul elém. Pálmafasor szegélyezi a folyó kétoldalát, mögöttük a végeláthatatlan sivatag homokdombjai emelkednek. A hajó korlátnál állok és azon tűnődöm, hogy amikor legutóbb itt jártam apával, hogy nem vettem észre ezt a csodát. Talán már túlságosan beépült Kairó, és eltűnt ez a több ezer éves érintetlen látkép. De az is lehet, hogy túlságosan el voltam foglalva a modern huszonegyedik századi kütyüimmel.

André lép a hátam mögé. Nem fordulok meg de tudom, hogy ő az, mivel érzem a vibrálást és a pulzusom triplájára pörög fel. Csak áll mögöttem néhány percig, majd mellém lép és a korlátra támaszkodik.

- Ó, maga az? - tettetem a meglepődést, mintha észre sem vettem volna,

- Nézze milyen fantasztikus ez a látvány! - mutatok körbe a folyó menti vidéken.

- Valóban az. - mondja halkan. - Amikor először járt itt, akkor is hajóval utazott az édesapjával? - kérdezi.

- Nem. Repülőgéppel...

- Hogy mivel? - fordul felém. - a levegőben? Hallottam már arról hogy próbálkoznak a léghajónál komolyabb szerkezettel a levegőbe maradni de mindezidáig sikertelen volt minden kísérlet.

- Még legalább tíz év eltelik, amíg egy amerikai testvérpárnak, a Wright fivéreknek sikerülni fog megépíteni az első repülőgépet és azt azt követő ötven hatvan évben ez rohamosan fejlődni fog egészen addig, amíg hatalmas utasszállító luxusrepülőgépek hasítják majd az eget. - mondom neki.

Budapestről a kairói repülőtérre közel három óra alatt repültünk át....Londonból picit több de nem számottevő a különbség.

- Három óra alatt?? - néz rám hitetlenkedő szemekkel.

- Száz év alatt óriásit fog változni a világ André. A technika nagyot fog fejlődni.

- És ez jó lesz az embereknek? Úgy értem, hasznukra válik?

- Ez relatív. Több szempontból hasznos lesz az emberiségnek, rengeteg dolgot lényegesen megkönnyít majd. De sajnos nem csak jó dolgokra fogják a fejlődő technikát fordítani, hanem tömegpusztító fegyverekre és a környezetre veszélyes eszközökre. Természetesen a pénz áll mindezek hátterében és mégtöbb pénz...

- Ezen fikarcnyit sem csodálkozom. - feleli. Mindig a pénz mozgatott mindent, mióta a világ világ.

  Biztos, hogy jó abban a világban élni Tania?

- Nagyon sok betegség gyógyítható lesz, amibe most könnyedén belehalhat az ember. Védőoltások segítik megelőzni a fertőző betegségeket - sorolom - járványok tűnnek el. De persze sok új betegség is megjelenik, mert az emberek a fejlett technikának köszönhetően távoli helyekre utaznak napi szinten és így sokszor kontrolálhatatlan lesz megfigyelni őket. De persze az orvostudomány is óriásit fog fejlődni. Az emberi szerveket képesek lesznek átültetni egyik emberből a másikba. De nagyobb lesz a rohanás, a stressz és a lelki betegségek... A jó és a rossz serpenyője is jócskán tele lesz...

- Izgalmasnak hangzik, de nem biztos, hogy jobb lesz mint most...

- A férfiak és a nők harca ugyanolyan keserves lesz mint most...a boldogságért. - fordulok felé. Ez mit sem változik, kivéve azt, hogy a nőknek a jogai majdnem egyenlőek lesznek a férfiakéval, legalábbis papírforma szerint. Lesznek női politikusok, elnökök cégvezetők, sportolók, orvosok és tudósok.

- Akkor már értem az ön hozzáállását némely dologhoz. - fordul felém.

- Ehhez még olyan önállónak is kell lennie valakinek, hogy be merjen vállalni veszélyes dolgokat. Ez az én egyéniségem, nem minden nőé.

- Van abban az időben...hogy is mondjam...jegyese? - fordul újra a korlátra támaszkodva a folyó felé.

- Nem. Vagyis majdnem volt, de igazából emiatt a kapcsolat miatt is örültem, hogy Angliában dolgozhatok, mivel már nem éreztem jól magam benne.- Miféle kapcsolata lehet majd akkor egy férfinak egy nővel

- Mindenesetre sokkal nyitottabb mint most és kevésbé lesznek korlátok közé szorítva a lehetőségeik.

- Mire gondol?

- A házasságra. Akár több kapcsolata is lehet egy nőnek mielőtt házasságra lép valakivel, de ez egyáltalán nem lesz olyan fontos.

- A házasság?

- Igen a házasság. Nem ez fogja meghatározni a kapcsolatokat. Nem fogják megbélyegezni azt a nőt akinek házasságon kívüli gyereke születik.

- Tulajdonképpen mi lesz akkor a legfontosabb kapocs férfi és nő között? - teszi fel a kérdést.

- Véleményem szerint a bizalom, s az hogy egyenlő partnerként kezeljék egymást és hát hmm, hogy az ágyban is megtalálják a harmóniát egymással. - elvörösödök, és utálom hogy ilyen szégyenlős lettem.

- A szeretkezésről beszél? - néz rám kihívóan.

- Aha...arról.

- Egyenlőség az ágyban? Hm, figyelemreméltó. - hosszú csönd következik, majd hirtelen megszólal.

- Miért mondta amikor megcsókolt, hogy erre volt kíváncsi?

Hajam az arcomba hullik ahogy lenézek a Nílus sötét vízére. Jobb ha most nem nézek rá.

- Ezt mondtam volna? Sajnálom nem emlékszem rá. Tudja, be voltam csípve kissé...

- Kíváncsi volt, hogyan csókol egy tizenkilencedik századi pasas?

Elnevetem magam az új szó használatán, aztán úgy döntök, hogy nem játszom a szendét, ránézek:

- Arra voltam kíváncsi, hogy milyen íze van a csókjának...

Most ő jön zavarba láthatóan és a távolba néz inkább mint a felé fordított arcomra.

- Nem kíváncsi a végeredményre? - kérdezem makacsul az arcát nézve.

Rámnéz és a szemem fürkészi, de látja hogy nem tréfálkozni akarok.

- De...

- Csalódtam...

- Csalódott? Miért?

- Mert arra számítottam, hogy...hogy...- Tudja mit? Hagyjuk az egészet, semmi értelme boncolgatni ezt a témát . -

Mondom hirtelen, és magam sem tudom miért leszek dühös. André egy darabig hallgat, majd folytatja a nemrég félbehagyott beszélgetést.

- Tehát az anyagi javak nem fogják meghatározni egy házasság létrejöttét?

- Nem, vagyis de...viszont ez bonyolult mert az már nem egy normális kapcsolat, hanem érdekből köttetett házasság.

- Hiszen ilyen most is van...s majd később talán szerelem is lesz belőle. - mondja.

Felnevetek. - Szerelem? A szerelem elmúlik és a pénz pedig elfogy...- mondom kissé cinikusan.

- Van rá esély... - válaszolja

- Nézze! -Kiáltok fel hirtelen mikor meglátom a hatalmas piramisokat a távolban. - Annyira szépek! És látná közelről! A több ezer éves múlt ott van előttünk, a fáraók sírjai a piramisok mélyén! S ma még fel sem tártak sok sírkamrát és kincset amit az én időmben már múzeumokban fognak mutogatni. Persze a világháborúban sok kincs eltűnik és rengeteg ember fog meghalni amíg visszakerül... - hangom elhal lassan. - Azt hiszem igaza van André. Nem biztos, hogy jobb az a világ ami ezután jön. De sajnos elkerülhetetlen a fejlődés... - Oldalra fordulok és látom André engem figyel. Végigszkennel a szemével, ahogy az első alkalommal is, s ezzel eléri hogy tetőtől talpig libabőrös legyek. Lefejti az egyik kezem a korlátról, szétnyitja a tenyerem és végighúzza az ujját az életvonalamon. Hát...megroggyan a lábam, de alig feltűnően. Kezem a két tenyere közé fogja. - Megígérem, hogy segítek visszatérni a szeretteihez Tania. Magának ott a helye. Ez a világ túlságosan szűk kalitka az ön szárnyalásához. - majd belecsókol a kinyitott tenyerembe, és magamra hagy a hajókorlátnál. Két kézzel kell kapaszkodnom, hogy a lábaimon megálljak. Menthetetlenül belezúgtam ebbe a tizenkilencedik századi pasiba. Igen, csalódtam amikor megcsókoltalak, és tudod miért André Francis Cowper? Mert arra számítottam, hogy kellemetlen lesz és nem fogok rólad fantáziálni azután! De az igazság az, hogy belobbantam tőle mint amikor a parázsra benzint locsolnak...Mi lesz így velem?

24. A "Pápa" megérkezik

Az alexandriai kikötőbe befutott a Pompadour nevű hajó, Robert Charles Cowperrel, a Pápával valamint két társával a fedélzetén. Robert hasonlóan magas mint bátyja André, de haja fekete és tömött bajuszt visel ami elfedi farkasszáját. Az eleganciára rendkívül odafigyel. Két társa Peter Fock és Philipp Burns, az angol kikötőkben jól ismert csempészek akik jó pénzért egyéb gaztettekre is képesek. A megérkezésük után néhány órával megtudják, hogy bérgyilkost akit André és a nő után küldtek, letartóztatták. Ezt az információt az Arcadia félrészeg matrózaitól tudják meg a kikötőben. Az, hogy őket még nem keresik, puszta szerencse, tehát a tagot még nem vették kezelésbe, hogy elmondja ki a megbízója. Nem várják meg, hogy ez bekövetkezzen, hanem azonnal a Mena House Hotelbe vitetik magukat és ott könnyedén kiszedik a portásból, hogy merre indult reggel a társaság az angol úrral és hölggyel. Néhány fontért azt is megtudja Robert, hogy vezetőt fogadtak és a Níluson lefelé tartanak. Egy napos hátránnyal ugyan, de a három férfi elindul a Zafír után a Níluson miután felfogadtak egy Mohamad ibn Khaid nevű embert vezetőnek. Robert terve a következő. Amennyiben a gyorsabb kis hajóval utolérik a Zafírt, bevárják az éjjelt majd megfúrják a hajót. A nőt meg kell szerezniük, hogy kiszedjék belőle, hová mennek és ki az az ember aki miatt idejöttek vagyis akinél feltehetőleg a végrendelet találják. A hajó elsüllyed s a Nílus krokodiljai végre jóllaknak a bátyjával. Ha mégis kijutnának a partra, abban az esetben is jelentős hátrányuk lenne, s mire céljukhoz érnének, emberük sajnálatos módon kimúlna. Robert most az egyszer úgy érzi, ha saját kezébe veszi az ügyet, akkor megy majd minden mint a karikacsapás.

- Üldöztetünk, de el nem hagyatunk; tiportatunk, de el nem veszünk! -emeli Robert az ég felé jobb keze mutatóujját s közben a két cimborájára néz, akik bambán néznek felfelé amerre az ujja mutat. Sötét barmok...gondolja, majd előveszi a Bibliát és belemélyed a soraiba.

25. Amikor a Nílus lángol

Gyerekkoromban nem voltam félős kislány. Sokat voltam egyedül. Apa dolgozott és amíg anya élt, a kórházban sokszor volt éjszakai ügyeletben. A régi, budai Vár melletti utcában, egy háromszáz éves házban hajtottam álomra a fejem. Azt sem bántam volna, ha kísértetekkel találkozom. Várkisasszonyok és lovagok kísértetei lehettek volna, de sajnos nem volt szellemjárás a szobámban. Egyetlen dolog aggasztott néha : láttam egy filmet amiben a nő arra ébred, hogy egy nagy tenyér szorul a szájára és valamivel elkábítják, majd elrabolják.

Néha éjszaka felriadtam, mert azt hittem járkálnak a szobámban és pont most fognak elrabolni. De persze később ebből kinőttem. A mai napon ez a félelmem valósággá vált.

A Zafír halkan siklott a Níluson. Egyetlen ember őrködött csak a kormánynál, hogy tartsa az irányt. Muszáj volt gyorsan, tehát éjjel nappal haladnunk, hogy minél előbb Melawiba érjünk s majd onnan tevén folytassuk az utunkat a Farafrah oázisba. Az idő sürgetett, s főleg azért, mert tudtuk, André öccse úton van, hogy megakadályozza a tervünket. Nem tudtuk, hol és mikor fogja keresztezni az útja a miénket, de biztosak voltunk abban, hogy hamarosan hallani fogunk felőle.

Éjfél körül járt és az apró kajütben ami a hálószobám volt, a nehéz, fülledt levegő megült, hiába nyitottam ablakot, onnan csak a moszkitókat várhattam, friss levegőt nem. A többiek is aludtak. A férfiak egy helységet foglaltak el a kis hajón. André is ott aludt. Napok óta került, inkább segített Khalednek és a térképet böngészte, horgászott vagy csak a hajó orrában állt és néha pipára gyújtott. Mivel nem kereste a társaságom, pedig a közelében voltam, úgy éreztem, hogy jobb, ha hagyom benne leülepedni az eddig hallottakat. Az is lehet, hogy azért nem akart velem beszélgetni, mert valóban segíteni szeretne valahogy visszajuttatni az én világomba, és nem akart nehéz szívvel elválni tőlem. Nem, nem arra gondolok, hogy belémesett, csak a megszokás valamihez, amihez egy ideig hozzá volt az ember kötve éjjel nappal. Nehéz megválni egy szép szemüvegtoktól is ha az folyton a táskádban hordtad. Ez tudom, hülye hasonlat. Én menthetetlenül szerelmes vagyok és bizony ha arra kerül a sor, hogy választanom kell, nem tudom mit fogok tenni. De ezen még ráérek gondolkodni. Lehet, hogy meghalok ebben a küldetésben és akkor problem solved.

Amikor végre elnyomott az álom, úgy tizenegy felé, hirtelen estem bele a mélyalvás állapotába. Mint egy kútba, aminek nincs alja, csak zuhantam. Apát láttam ülni egy repülőn. A barna szarukeretes szemüvege volt rajta amit annyira utálok. Mindig mondtam neki, hogy a fémkeretes keskeny sokkal jobban áll neki, hiszen még csak hatvan éves. Ő váltig ragaszkodott a barna béna SZTK kereteshez.

A laptopja az ölében volt és valamit pötyögött. Mellette az ovális ablakon besütött a nap. Hova megy? Gondoltam álmomban. Aztán az egyik pillanatról a másikra hirtelen arra ébredtem, hogy egy nagy tenyér a számra tapad, felnéztem de csak egy homályos arc hajolt fölém, Vigyorgott és a fogai világítottak a holdfényben. Aztán valami nagyon büdös volt... kloroform...gondoltam magamban, mert sokszor volt az orvosi szobában is érezhető ez a szag. Majd megszűnt a világ.

Amikor magamhoz térek egy vékony deszkaszerű valamin fekszem féloldalasan. A kezem hátra van kötve, a bokámon is kötél tekeredik. Zúg a fejem mint a méhkas, és csak nagyon nehezen tudok fókuszálni, minden homályos. Alattam mozog a padló, ezek szerint egy hajón vagyok, de valószínűleg áll mert nem hallom a motorok zúgását. Lassan megszokom a sötétet és körülnézek a kis kajütben. A priccsen kívül amin fekszem egy láda és egy szék van a helyiségben és az egyik sarokban nagy kupac rongy vagy valami, nem ismerem fel az állagát. Egy apró mocskos kerek ablak az egyetlen fényforrás. Odakintről viszont nem a hold világít be, hanem egy sokkal erősebb vöröses sárgás fény, ami hol erősebb hol pedig gyengébb. Valahogy feltornázom magam és felállok az ágyról, majd három ugrással az ablakhoz bukdácsolok. Amit látok attól kifut a lábam alól a talaj. A Zafír lobogva lángol a folyó közepén, kifogyhatatlan energiával. Sárga fénye visszatükröződik a sötét vízen és bevilágítja az eget. Egyszer csak nagy robbanás veti szét a kis hajót s fekete füst tódul fel az éjszakába, majd a hajó megmaradt darabjai lángolva úsznak tova a Nílus vizén. A Zafírnak vége. André? Khaled és az emberei? Mi lett velük? Mind odavesztek? Szememből patakokban folyik a könny, megállíthatatlanul. - André Francis Cowper... suttogom. - Hol vagy? Ekkor látom meg a hajó roncsai között feltűnő fekete tömeget, ami lassan kiemelkedik a vízből, majd mégegy és mégegy...Krokodilok! Sikoltok. Lehajtom a fejem és úgy érzem nem lehet már fokozni a fájdalmam. Újra kinézek hátha felfedezek a parton valami mozgást, egy reményfoszlányt, hogy hátha...de minden mozdulatlan. A hajó utolsó égő darabjai lassan eltávolodnak. Lecsúszok a padlóra és összegörnyedek. Az a mocsok disznó! Tényleg képes volt a saját bátyját megölni! Az a rohadék. Sebesen töröm a fejem én miért élhettem túl? Hát persze csapnék a homlokomra ha nem lenne hátrakötve a kezem. Andréból nem tudta volna kiszedni hova megyünk pontosan és kit keresünk. Dalton atyát meg kell találnia mert amíg egy végrendelet van addig nem élhetnek nyugodtan. Tehát ki kell deríteniük hol van az atya. Engem azért hozott át a hajójára, hogy ezt kiszedje belőlem. Persze ha mindent elmondtam kinyírnak. Ígérgetnek majd minden szépet és jót, ha jó kislány leszek és elmondom mi volt a tervünk, de aztán ha nem mondom el akkor jól meg is vernek, fenyegetőznek, és végül így vagy úgy de kinyírnak. Ki kell találnom egy tervet amivel megúszhatom. És ha alkalom adódik rá megszökhetek. Ezt csak abban az esetben tudom megvalósítani ha úgy teszek mintha velük lennék, kvázi megmutatnám nekik az utat, de azzal a garanciával, hogy életben maradhatok. Ezzel elérhetem azt, hogy egy idő után szabadon mozoghatok és akkor talán adódik alkalom a szökésre. Sok filmet láttam már erről nem vagyok hülye, hogy játsszam a szent Johannát és tartsam a szám. De ez a terv nem az a terv lesz...

26. Apai érzések

Almási doktor este érkezett a bristoli reptérre. Mivel sajnálatosan csak éjféltájban indult busz Torquay felé, ezért az éjszakát a bristoli Holiday Inn-ben töltötte és reggel indult tovább. Tízkor érkezett meg Torquayba és azonnal a Living Coast felé vette az irányt.

Renata az irodában ült és a számlákat rendezgette. Vacak, esős idő volt, tekintve, hogy január másodika nem épp a legkellemesebb a riviérán. Paul lépett be az ajtón.

- Tania édesapja van itt.

- Hogy kicsoda? - Pattant fel ültéből, terjedelmes méreteit meghazudtoló gyorsasággal Renata.

- Azt mondja, hogy ide kellett jönnie, mert nem nyugszik amíg a lányát élve vagy holtan meg nem találják.

- Ó édes istenem... - mormogja majd félretolva Pault, kisiet az irodából.

A doktor a fókák akváriumánál áll. A kis fóka nagyot nőtt az elmúlt két hónapban.

- Itt dolgozott Tania. Milyen szép is ez a kis állatkert. - nézett körül. - Jól felszerelt és gondosan megépített, hogy minden itt élő állatnak viszonylag elviselhető legyen a sorsa.

Renata lép mellé.

- Mister Almasi? - kérdezi halkan.

Almási megfordul. - Az vagyok. Ön Renata? - mosolyog a nőre.

- Igen, én vagyok Renata. Van kedve leülni az irodában vagy itt kint is jó?

- Itt is leülhetünk, úgy látom, nincs most nagy forgalom.

Renata legyint.

- Január az egyetlen hónap ami kibírhatatlanul lassan telik el. Decemberig nagy a hajtás, aztán semmi... De már megszoktuk. Ilyenkor végezzük a nagyobb karbantartásokat, így nincsenek láb alatt a látogatók. - mosolyog a férfira. Egy hosszú padra ülnek a fedett részen.

- Miben lehetek a segítségére? - kérdezi Renata miközben látja, hogy Jose és Kathy is közeledik. Mindenki kíváncsi Tania apjára, miért jött.

- Tudnom kell...- a férfi megköszörüli a torkát - hogy hol tűnt el a lányom. Látnom kell azt a helyet.

- Rendben van, meg fogjuk mutatni. - mondja Renata majd Jose felé int.

- Van esetleg valami egyéb hír mióta az emailt küldték, a legutóbbit? - kérdezi Almási doktor.

- Sajnos nincs. A coastguard és a katasztrófa elhárítás valamint rengeteg önkéntes, velünk együtt, akik itt dolgoznak, tűvé tettük az egész környéket, de semmit nem találtunk.

- Értem..

- A coastguard azt mondja, hogy előfordul, hogy ilyenkor télvíz idején a tenger lehűlése miatt...a...testet nem hozza fel a víz...hanem esetleg amikor majd melegebb lesz.

-Érthető.

- Mister Almási én őszintén sajnálom ami Taniával történt. - mondja remegő hangon Renata. - itt dolgozott velünk két hónapon át és nagyon megkedveltük, hiszen olyan barátságos és annyira jó természetű lány volt...

- Nem volt, még most is az... - mondja Almási

Renata felkapja a fejét. - El kell fogadnia, hogy nincs többé. Bocsásson meg, hogy ezt mondom önnek, így ismeretlenül, de a hiábavaló reménykedés csak meghosszabbítja azt az időszakot amikor el kell engednünk egy szerettünket. - folytatja meleg hangon a nő.

Almási szembefordul vele. A magas férfi így hatvan évesen is erőt sugároz és nem látszik megtörtnek. Renata szemébe néz.

- Hölgyem, én TUDOM, hogy Tania él. Üzent nekem.

- Hogy...üzent...önnek? - kérdezi Renata. Szegény ember, valószínűleg az agyára fog menni a gyermeke halála. Gondolja magában.

- Szilveszter éjjelén pontosan éjfélkor álmomban hallottam ahogy azt kiáltja. Boldog új évet apu!

- De hiszen most mondta, hogy álmában...

- Aludtam ugyan de erre ébredtem fel és pontosan éjfél után egy perccel. Renata, én egy orvos vagyok, két lábbal állok a földön. Soha nem hittem semmiféle földöntúli dologban, szellemekben, tündérekben, Istenben...semmiben csak is a realitás talaján éltem mindezidáig. És a lányomat is e szellemben neveltem. Amikor a feleségem meghalt, muszáj volt továbblépnem és a lányom nevelésére fordítani az energiáimat. Úgy összenőttünk, hogy egymás gondolatait is kitaláltuk. És tegnapelőtt éjfélkor igenis a lányomat hallottam kiáltani, ezért úgy érzem nem halt meg.

- De...ha élne, biztosan jelentkezne bárhová is vetette a víz. A ruháját és a csónakot megtaláltuk. Igaz a telefonját és a mentőmellényt...

- Mentőmellény volt rajta? Hogyan süllyedhetett így el? - kapaszkodik a szóba Almási.

- A coastguard szerint a sziklák alatt erős örvények vannak, amelyek képesek akár egy embert is lehúzni a mélybe. Igaz, hogy azon, hogy mentőmellény volt rajta, ők is csodálkoztak, hiszen a mai mellények nagyon erős teherbírással rendelkeznek, de mégis megtörtént.

- Renata, megengedi, hogy megnézzem majd azt a helyet ahol eltűnt Tania?

- Természetesen! Amíg itt van, szabad bejárást biztosítunk a területünkre. Paul megmutatja, hol lehet lemenni az állatkert kikötőjébe és szívesen bekíséri csónakon arra a helyre ahol... szóval ahol a motorcsónakot megtalálták. Nem is tudom miben tudnánk még segíteni.

- Higgyenek abban amit mondtam. - áll fel Almási - Ez a legtöbb amivel a segítségemre lehetnek.

Nem tudom még mi történt, de én csak akkor fogom bizonyosra venni, hogy a lányom halott, ha személyesen látom a holttestét.

- Rendben Mister Almasi. - mondta Renata. Kényelmetlenül érezte magát ebben a beszélgetésben.

Azt hitte az öreg vigaszt keres, vagy virágot hoz hogy a tengerbe hajítsa a lánya emlékére, de ez a képtelenség amivel a szerencsétlen előállt, túl sok volt neki.

- Kérem, szólítson Peternek. Mondja mosolyogva a férfi. Tudna nekem egy jó szállodát amíg itt vagyok?

- Peter, nagyon szívesen a rendelkezésére bocsátjuk azt a lakást, ahol a lánya lakott mielőtt...szóval amikor itt dolgozott. Paul felviszi oda.

- Köszönöm. Holnap autót bérelek, hogy könnyebben tudjak itt közlekedni. Két hetem van, aztán muszáj lesz hazamennem, tudja én is egy állatkertben dolgozom.

- Igen, Tania mesélte, Ha lesz egy kis ideje, szívesen hallanék a munkájáról és a budapesti állatkertről.

- Időmilliomos vagyok egyelőre.

27. Alku az ördöggel

Nyílik az ajtó és egy magas férfi lép be rajta. A haja rövidre vágva, egészen sötét. Vastag bajusza és hosszú pajesza van. Még nem látja, hogy itt gubbasztok az ablak alatt a sarokban, csak azt, hogy üres a priccs ahová tettek. Hirtelen megdermed aztán észrevesz és becsukja maga mögött az ajtót.

- Jóreggelt miss...hogyan szólíthatom?

- Límai szent Rózának. De tökmindegy minek fog szólítani, amíg a kezem és a lábam összekötözve, hiába próbál udvariaskodni.

A férfi kissé felvonja a szemöldökét- ebben picit Andréra emlékeztet - elfutja a könny a szemem.

- Ha eloldozom, hajlandó kulturáltan viselkedni? Nem fog karmolni, rúgni és sikítozni?

- Egy nő vagyok és nem egy vadmacska. - válaszolom. Oldozzon el és tárgyalhatunk.

Odalép és a vállamnál fogva felránt. Van benne erő, nem mondom. Megfordít és kioldozza a kezem.

- Egyelőre. - mondja miután leültet a priccsre.

- Biztonsági okokból még nem oldom el a lábán lévő köteleket.

A csuklómat dörzsölöm, hogy visszatérjen az élet belé. Lenézek a nadrágomra és látom, hogy a szütyőkémet nem vették el tőlem. Gondolom megnézték, hogy van e benne fegyver de csak ezt a fekete izét látták, így azt nem találták ártalmasnak. Megnyugszom kissé. Valahogy a tudat, hogy a telefonom nálam van, biztonságérzetet ad.

A férfi odahúz egy széket velem szembe és leül, majd kereszbeveti a lábát, mintha legalábbis az egyik klubban ücsörögne egy teadélutánon. Nagyon elegáns, s most látom, hogy a bajsza miért olyan vastag és tömött. Farkasszája van, s gondolom hiúságból növesztett bajszot, hogy azzal leplezze csonka száját. Ami soha nem lesz olyan gyönyörű mint André szépen ívelt szája...- hatalmas kő feszül a mellkasomban amikor erre gondolok.

- A nevem...

- Önnel ellentétben én tudom az ön nevét uram. Robert Cowper alias Pápa. - mosolygok rá.

- Megtisztelő, hogy megboldogult bátyám szót ejtett rólam. - mosolyog vissza rám. Most legszívesebben belerúgnék és nekiugranék az arcának, de türtőztetnem kell magam, a saját érdekemben.

- Igen, bár nem mondhatni, hogy csupa szépet és jót mesélt önről.

A férfi szerényen elmosolyodik, mintha legalábbis valami bókot mondtam volna.

- Tudom, hogy voltak néha baklövéseim és kisebb csínytevéseim, de kinek nem? - szivarra gyújt lassan. - Üzletet ajánlok miss Almasi.

- Ó, hát mégis tudja ki vagyok? Mivégre volt a színjáték amikor belépett a boudoáromba?

Elneveti magát.

- Tehát? Érdekli az ajánlatom?

- Van más választásom?

- Nem sok. Csak egy. A Níluson keresztül követheti kedves bátyámat, a halálba...

- Mi az ajánlata? - mondom hogy sok könyvet olvastam. Ez olyan mintha a forgatókönyvet én írtam volna.

- Elmondja nekem, merre tartottak és kit akartak felkutatni, és szabadon engedem.

Közelebb hajolok hozzá és úgy suttogom.

- Ugye nem úgy nézek ki mint egy szellemileg elmaradott apáca?

- Ezt meg hogy érti?

- Nem gondolja, hogy elhiszem azt, hogy ha én most itt elmondom hová tartottunk eceterá eceterá, akkor maga, elfuvaroz engem vissza Kairóba és megveszi a visszaútra a hajójegyem? - felegyenesedek és karbafont kézzel nézek a pasasra, aki tényleg rájön, hogy nem vagyok egy szellemileg elmaradott apáca.

- Most én ajánlok valamit önnek, kedves Pápa.

- Ne szólítson így... - villan fel a szeme.

- Miért? Nem így hívják a barátai?

- Ön a barátom akar lenni?

- Még az is előfordulhat.

- Rendben kisasszony, mondja el az ajánlatát.

- Először is oldozzon el, mert nem tartom így egyenrangú tárgyalópartnernek magam.

A szivart a szájába veszi és lehajol a kötelekhez. Most jól arcon tudnám rúgni, hogy az égő szivar a torkán akadjon, de mi értelme. Gondolom nem ő egyedül tartózkodik a hajón, így még a hajókormányig sem jutnék, pláne a partra... így inkább engedelmesen tűröm, hogy a bokámon matasson.

- Így már sokkal jobb. - mondom majd én is keresztbe teszem a lábam.- Tehát az ajánlatom a következő: Elvezetem önöket arra a helyre, ahol az emberünkkel találkoztunk volna. Cserébe amikor odaérünk, egy tevét kapok s egy vezetőt aki visszakísér Kairóba ahol a szállodában hagytam a csomagjaim és a visszaútra szóló hajójegyem.

- Miért tennék ilyen szívességet? - mondja egy perc gondolkodás után.

- Azért mert mocskosul szüksége van arra a végrendeletre és én vagyok az egyetlen aki odavezetheti.

- Nyomós érv. - mormogja. - Maga tetszik nekem! - Néz rám végül. - Nem az a nebáncsvirág típus. Mely ország az ahol ilyen nők teremnek? Mert gondolom, nem angol. Hallom az akcentusán, hogy nem az.

- Magyar vagyok, de akár lehetnék német, norvég vagy svéd is. Az apám nevelt azzá ami vagyok és ez független a nemzetiségemtől kedves Pápa. - mosolygok rá.

- Tisztelem, ha valaki a halál torkában is tud jó üzletember lenni.

- A halál torkában csak egyedül az ördöggel lehet üzletet kötni... - válaszolom.

A Pápa elneveti magát, mintha egy jó viccet mondtam volna majd feláll.

- Elfogadom az ajánlatát miss Almasi. Hová megy a hajónk?

- Melawiba. - mondom mert sajnos más település nem jut eszembe.

A Pápa közelhajol az arcomhoz és úgy mondja:

- Tudja, ha megpróbál félrevezeti, az a biztos halálba vezeti önt.

- Nem vagyok a saját életem ellensége. Számomra semmit nem jelent ez az egész végrendelet história. Egyedül azért vagyok itt mert segítettem a tolmácsolásban a bátyjának és jól kiismertem magam Kairóban.

- Semmi több? - néz rám kíváncsian.

- Mire gondol?

- Talán a bátyám házasságot ígért önnek?

Most én nevetek nyersen.

- A bátyja szereti a szép nőket, volt is benne része a hajóúton. De nem túlzottan kedveli amikor annak a nőnek esze is van. Amennyi sértést kaptam az idefelé vezető úton, az nekem bőven elég volt, hogy elég legyen a bátyja stílusából. Pusztán üzleti megállapodás volt a közös utazásunk. Fizetett érte.

Úgy látszik elég meggyőző volt az előadásom mert Pápa bólint és az ajtóhoz lép.

- Irány Melawi. A reggelijét hamarosan megkapja hölgyem. - Majd kilép a kajütből.

28. A szökés

Három napja hagytuk el a Zafír hamuvá égett darabjait és hamarosan Melawi település partjához érünk. Az út nagyrészében a kajütömben voltam bezárva, bár nem tudom, hogy a Pápa mire számított? Kiugrom a vízbe és elszököm versenyt úszva a krokodilokkal? Nem volt sokszor szerencsém látni André testvérét, örültem is neki, hiszen nehezen türtőztetem magam a jelenlétében. Az a tudat, hogy megölte Andrét már elég volt, hogy akár puszta kézzel nekiessek és kitekerjem a nyakát. Persze csak ha Superwoman lennék, de nem vagyok az sajnos és nincs természetfeletti erőm. Épp, hogy szerelmes lettem egy férfiba, azt el is vesztettem. Ez a huszonegyedik században is hasonló eséllyel történhetett volna meg velem. El kellett ide jönnöm, hogy megtudjam, milyen ez a viszonzatlan és pusztító erejű érzés egy férfi iránt. Aki talán egyszer viszontszeretett volna, de nem volt rá esélye.

Sokat sírtam éjszakánként. Apának megírtam egy üzenetben mi történt a hajónkkal. Egyszer majd megmutatom neki az összes üzenetem ha sikerül visszajutnom az én időmbe. A telefonom aksija már csak félig van de remélem még bírja egy ideig. Ez az egyetlen ami összeköt azzal a korral amiben születtem. De nem adom fel, mert Georgiának tartozom annyival, hogy megszerzem a végrendeletet, ne legyen André küldetése hiába. És persze jó érzéssel tölt el, hogy ennek a szemét Robertnek az orra elől megszerzem a papírt, mert azért nem lehet, hogy minden sikerülni fog neki. Valamiért ide kellett csöppennem és lehet, hogy pont ez az oka, mert ha én most nem lennék itt akkor Robert szépen megtalálná Dalton atyát és minden az unokatestvérei és az ő birtokába kerülnének. Lehet, hogy ez a küldetésem. A telefonomon megnéztem egy Farafrahtól távolabb eső települést és oda fogom írányítani őket, remélem megdöglenek a sivatagban. Én viszont megszököm, amint alkalmam adódik rá.

Az ajtó nyílik és Robert Cowper lép be rajta, szeme véreres, mintha sokat ivott volna, szemmel láthatóan kissé zöld az arca. Talán valami romlottat evett, remélem belehal. - gondolom kajánul.

- Miss Almasi. Nemsokára megérkezünk Melawiba. Elmondaná kérem, hogy onnan hova tartunk? Tekintve, hogy embereket kell keresnem és vezetőt az útra, aki elvisz minket arra a helyre ahová ön mondani fogja. Tehát?

- A Baharajja oázisba megyünk tovább. - bököm ki.

Elővesz egy térképet és megkeresi az oázist.

- Ahhoz egy közelebbi faluban is kiköthettünk volna. - rántja fel a szemöldökét.

- Melawi egy nagyobb település és ott könnyebben lehet embert találni aki a sivatagba vezet. Ezen kívül tudomásom van róla, hogy Melawiból karavánok indulnak Baharajja felé, tehát könnyebb az út mint Kairó felől. Ne felejtse el, hogy én azért jöttem az öccsével mert már többször jártam itt és ismerem az itteni viszonyokat.

Robert láthatóan elfogadja a magyarázatom, nem kérdez többet.

- Rendben. Estére megérkezünk és az egyik emberemmel kimegyek a faluba, hogy elintézzem a teendőket. A másik emberem itt marad és önre fog vigyázni, nehogy véletlenül eszébe jusson megszökni.

- És mégis hova mennék? - kérdezem gúnyosan. - Mindenem odaveszett a Zafíron, még pénzem sincs. Maga szerint meddig maradnék életben önök nélkül?

Szemmel láthatóan megnyugszik, mert tényleg semmim nincs és valóban veszélyes lenne, ha csak úgy elfutnék, de engem sem ejtettek a fejemre. A terv megfogant abban a pillanatban a fejemben amikor ez a mocsok kibökte, hogy a kikötőben csak egy embert hagy itt hogy vigyázzon rám. Ez a baj amikor túlzottan alábecsüljük a nőket.

- Tehát Baharajja. Rendben. Néhány óra múlva remélhetőleg okosabbak leszünk. Esetleg az emberünk nevét is elárulná akinél a papírokat találjuk.

- Eszem ágában sincs. Hiszen az az egyetlen dolog, ami még életben tart. Anélkül mi hasznomat vennék?

- Okos nő maga! - mondja mosolyogva és közelebb lép. - Kár, hogy a bátyám alábecsülte ezt a tulajdonságát. - az államra teszi az ujját. - Ha nem lennék itt talán én..., de ki tudja még mit hoz a jövő. Néhány másodpercig egészen közelről nézi az arcom, majd megfordul. Remélem nem olvasta ki azt a mély undort a szememből amit jelen pillanatban érzek.

- Sajnos nincs most időm a magánéletemmel foglalkozni, de talán majd ha túl leszünk ezen.

- Talán. - mondom neki.

Két óra múlva kiköt a hajó Melawiban. Nyüzsgő kis várost látok a kajütablakon keresztül. A kikötőben rengeteg ember várja az utasokat, hogy jó üzletet kössenek Allah akaratával, vagy csak egy kis alamizsnát kapjanak. Látom, hogy Robert lesétál a pallón az egyik emberével. A másik feltehetőleg az ajtó előtt őrködik. Fogom a telefonom és megkeresem az állatkertben felvett éjszakai hangokat. Egyszer csengőhangnak állítottam be az egyiket Halloween alkalmával és nagy sikert arattam. Amit keresek az a fekete párduc halk majd egyre erősödő morgása. Végre van mit kezdenek azzal a rongykupaccal a sarokban, Fogom a telefont és a leghangosabbra állítom majd a kupac aljára teszem. A priccsemről az egyik jókora deszkát felszedem és az ajtó mögé teszem. Amikor már tudom, hogy a Pápa messze jár és valószínűleg a hajó legénységén kívül csak egy ember foglalkozik velem, bekapcsolom a telefonon a párduc hangját, majd elkezdek sikoltozni.

- Úristen! Egy vadállat! Segítsen...kérem!

A pasas beront az ajtón és rámnéz, kezében pisztoly. A homályos sarokba mutatok ahol a rongykupac alatt morog a telefonom.

- Mi az ördög? - fordul el a férfi és pisztolyát maga előtt tartva közelebb lép a rongykupachoz.

Ekkor fogom az ajtó mögött lévő deszkát és akkorát csapok vele a férfi fejére, hogy az kettétörik. A pasas pedig hasonló lesz a sarokban lévő rongycsomóhoz. Felveszem a fegyvert, ez még jól jöhet. Lerángatom a kabátját és a kalapját, majd megkötözöm a kezét és a lábát majd egy jókora rongyot tömök a szájába. Átkutatom a zsebeit és találok egy tárcát benne öt fonttal. Köszi. A fejembe nyomom a kalapját a hajamat alá tuszkolom és a kabátot felveszem. Fogom a telefonom és a zsebembe süllyesztem. Most vagy soha. Felmegyek a fedélzetre. Két ember áll a hajó orrában, feltehetőleg a hajó személyzete. Feléjük intek és zsebretett kézzel lesétálok a hajóról. Ügyet sem vetnek rám.

Amint leérek, megpróbálok elvegyülni úgy a tömegben, az árujukat kínáló emberek között kerülgetve a kecskéket és egyéb háziállatokat, hogy véletlenül se kerüljek szembe a Pápával. Minél beljebb megyek, annál nagyobb az embertömeg, Tevekaraván halad el mellettem, s amint elhaladnak, hirtelen felfedezem André bátyját a tömegben amint a barátjával próbál előre haladni a piaci forgatagban. Megfordulok és azt sem tudom merre menjek. Beugrok egy sikátorba és végigfutok rajta. A másik oldalán asszonyok mosnak egy nagy kút körül, Fekete ruhájukból csak a szemük látszik ki és hatalmas hangzavart csinálnak miközben egymással beszélgetnek. Mikor meglátnak, hirtelen elhallgatnak és minden szem felém fordul. Persze, férfinak vagyok öltözve és idejöttem kukkolni. Gyorsan megfordulok és egy tizenhárom éves forma fiúval találom szembe magam. Megfogja a kezem. - Erre memszahib! - és magával ránt egy másik kis utcába. Lihegve futok a nyomában, majd hirtelen feleszmélve lefékezek.

- Honnan tudod, hogy nő vagyok? - kérdezem tőle tört arabsággal.

A fiú elmosolyodik. Sötét kis arcából millió fehér fog virít.

- Tükörbe nézed magad a piacon, és a színes sálakat válogatod...ilyet férfi nem tesz...

- Mióta figyelsz?

- Mióta arról a füstös hajóról leszálltál memszahib.

- Tudsz egy helyet ahol elbújhatnék egy időre?

- Gyere velem a nagyapám teázójába. Ott elbújhatsz memszahib.

Követem a kanyargós kis sikátorokban, majd néhány perc múlva egy kis fehérre meszelt ház mellett állunk meg. Belépek a fiú után a teázóba amely most üres. Egy szoba közepén puha színes szőnyegek és párnák vannak szépen sorba rakva. A levegőben enyhén fűszeres illat terjeng. A szőnyegkupac közepén hatalmas vizipipa. Egy függöny mögül most egy öregember jön elő, szakálla a derekáig ér. Tisztára Albus Dumbledore arab kiadásban.

- Óh, Omar! Jó fiú voltál és vendéget hoztál a boltomba! Légy üdvözölve Szahib a házamban, hajol meg szertartásosan az öreg. Én meg egyik lábamról a másikra lépek, mondanám, hogy igazából ki vagyok de a fiú megelőz.

- Ez csak egy asszony nagyapa, a piacon bújkált valaki elől és én elhoztam ide, hogy segíts neki.

Az öreg megsuhintja a fiú fejét.

- Vigyázz a szádra gyerek! A tiszteletlen viselkedést nem tűröm a házamban jól tudod! Allahra mond, miért hozol a fejemre bajt? - majd rámnéz újra.

- Bocsásson meg, hogy ezt hallania kellett. Jöjjön és igyon egy teát, majd mondja el ki elől menekül.

- Köszönöm a megtisztelő meghívást és a segítséget kedves...

- Az én nevem Kadir al Rassam és szívesen látott vendég vagy.

- A nevem Tania Almasi, válaszolok majd az egyik párnára telepszem majd azonnal fel is ugrok mert az hirtelen megmozdul alattam.

- Ó bocsáss meg vendégem, amire ültél az egy százéves teknős, még az apám hozta ajándékba egy messzi szigetről.

Az egyik feleségem szőtt neki díszes takarót. - Kuncog magában.

- Zafra! - kiált be a függöny mögé. Hozz valami ételt, vendégünk van.

Megtapintom a másik párnának látszó valamit de az alól nem bújik ki semmi és nem is mozdul, így ráülök. Leveszem a sapkám azzal legyezem magam. Miután egy mosolygós idős asszony akinek nem volt elfüggönyözve az arca lapos kenyeret és humuszt hoz, az öreg teával kínál és én elmondok neki mindent amire képes vagyok a kevéske szókészletemmel. Miért vagyok szökésben és hova tartok.

A történetet türelmesen végighallgatja Kadir és a végén az unokájára néz aki a sarokból úgy néz rám mintha most hallotta volna Az Ali baba és a negyven rabló történetét.

- Tudok neked segíteni memszahib, de tudnod kell, hogy veszélyes a sivatag. Farafrah oázisban él a bátyám, talán meglátogathatjuk őt...

- Én is veletek tarthatok nagyapa? - kérdezi izgatottam Omar.

- Ha megfejed a kecskét! - szól rá erélyesen s az már rohan is ki az ajtón, ahol gondolom a kecske található.

- Allah nagyon bölcs memsahib, megsúgta nekem, hogyan tudlak álcázni az üldözőid előtt.

- Hogyan?

- Ha az oázisba megyünk viszem a feleségeim, s te köztük leszel, így nem látják a bőröd színét, a szemed pedig elég sötét. - Fürkészi az arcom.

- Nem is tudom, hogyan hálálhatom meg a segítségedet Kadir al Rassam. - Nézek hálásan rá.

Kadír mosolyogva bólint. - A kecskét mindennap meg kell fejni, az utunk során a te dolgod lesz. De Allah megjutalmaz majd engem amikor itt lesz az ideje.

Hát, kecskét még nem fejtem, ezt is ki kell próbálni egyszer. Jóllakom a kenyérrel és a humusszal és Kadir bemutatja mind a négy feleségét, akik közül a legfiatalabb is majdnem kétszer idősebb nálam. Az asszonyok fürdőt csinálnak nekem, ruhát adnak. Láthatóan élvezik az újdonságot szerény személyemben. Biztos tök uncsi az életük és végre valami történik. Kapok egy szalmával töltött nyoszolyát ahol alhatok ma éjjel az asszonyok között. Amikor már egyenletesen szuszog vagy horkol minden nő, fogom a telefonom és gyorsan leírom apának a fejleményeket. Ez olyan mint egy napló, legalább pontosan emlékezni fogok mindenre.

29. Üzenetek

A kis motorcsónak alatt csobbant a víz ahogy Almási doktor és Paul elhelyezkedtek benne. Ma sokkal szebb volt az idő mint tegnap volt és a dagály egész magasan állt, szinte teljesen felért a sziklák tetejéig.

Renata es Josè a partról figyelték, ahogy elhagyták a kis kikötőt s az állatkert alatt elterülő sziklák közé csónakáztak, ahol a a kilyukadt dróthálóval elfedett barlang is volt.

- Sajnálom ezt az embert. Mondta Renata, annyira akarja, hogy Tania életben legyen.

- A szülők néha nehezen fogadják el a gyermekük elvesztését. - mondta Josè miközben kopaszodó fejét vakarta. - Remek lány volt és nehezen tudjuk majd elfelejteni őt.

Renata nagyot sóhajtott majd megfordut,, hogy a dolga után nézzen.

- A csónak teljesen a barlang bejáratához sodródott amikor megtaláltuk. Vagyis nem találtuk a helyén és ezért kezdtük el keresni. - mondta Paul a doktornak. - Ezen a helyen sokszor elég sekély a víz, mire észrevettük, hogy hova sodródott már szinte leért az alja. Amikor viszont dagály van mint most, megvan hat-nyolc méter mély a tenger.

- Vajon mit keresett itt éjszaka? - tette fel a kérdést Almási.

- Fogalmam sincs. Aznap ünnepeltük a születésnapját, tudja. De nem ivott sokat, csak két pohár bort. Hogy miért jött ide, soha nem fogjuk megtudni.

- Talán nem, talán igen. Néz körbe a férfi. - A barlangot is megvizsgálta a parti örség?

- A tudomásom szerint igen. Bár elég veszélyes hely. Már a közelében is komoly örvények vannak, amikor dagály van, jobb ha nem megy oda senki.

- És dagály volt amikor a lányom itt járt?

- Igen.

Almási zsebében pittyent egyet a telefon üzenetjelzője.

- Ó azok a nyavalyások. Még itt sem hagynak nyugodni. - bosszankodott.

- Munka? - kérdezte Paul.

- Valószínű, mi más. - válaszolta a doktor. - Amikor néhány napra elhagyom az állatkertet, megáll az élet és csoda, hogy nem pusztul ki minden állat hirtelen valami különös ragályos betegségben... nevetett Paulra.

- Átérzem amit mond. Én csak egy mezei gondozó vagyok, de ha nem vagyok bent, óránként hívnak, hogy ezt vagy azt hogy kell csinálni azokkal az állatokkal amelyekkel nap mint nap együtt vagyok.

Újabb pittyenés és egymás után ismétlődött az üzenetjelző hang.

- Azért sem kezdek most dolgozni. - mondta a zsebére csapva Almási és még egy ideig elmerengett a víztükrön táncoló napfényen. Milyen szép és nyugodt most minden, mintha mi sem történt volna.

- Köszönöm, hogy kihozott fiatalember. Nagyon sokat segített.

- Igazán nincs mit uram. Bármikor szívesen újra kihozom ha szeretné.

Almási rámosolygott.

- Menjünk, biztos önnek is van elég dolga. Nem szeretném feltartani.

Fél óra múlva Almási a gyönyörű kikötői sétányon nézte a luxusyachtokat és a kis halászhajókat. Felsétált a Princess Pierre s a közepén leült a fehér cirádás padsorra és az arcát a nap felé tartotta.

Eszébe jutottak az üzenetek.

Itt az ideje megnézni, hátha valami fontos és nemcsak valami apróság miatt írtak.

Megnyitotta az üzenetek mappát és egy pillanatra azt hitte, hogy infarktust kapott mert a szíve olyan gyorsan kezdett verni hogy majd kiugrott a mellkasából. Felpattant a padról, s a telefon majdnem kiugrott a kezéből.

16 olvasatlan üzenete volt, feladója Tania...

A fejéhez kapott a hajába túrt, a szemüvegét levette majd újra feltette. Végre megpróbált lassan ütemesen lélegezni és leült újra a padra.

Első üzenet: Szia apa! Egy fókát akartam megmenteni és egyszercsak a másvilágon találtam magam! Na nem az igazi másvilágon hanem tényleg egy MÁS világban. 1893-ban. Lady Thinder akinek a szolgái kihalásztak a tengerből befogadott és tejben-vajban fürdet....

Aztán a második majd a harmadik, minden minden leírva pontosan mi történt Taniával. Szerelmes lett, Egyiptomba hajózott, elvesztette a szerelmét, most szökött a fogvatartóitól. - A mindenit! - kiáltott fel, fittyet hányva a Pieren sétálgató emberekre.

Az utolsó üzenetben azt írta, a sivatagba megy egy öreg arabbal, megkeresni Dalton atyát és visszaszerzi a végrendeletet. Ha sikerül visszajön Torquay-ba és kitalálja hogyan juthat vissza. "Valószínűleg ugyanazon az úton kerülök vissza" - írja -" mint amelyiken idejöttem. Vagy a vízbefúlok, vagy áthúz az örvény 2017-be. Szeretlek apa!"

Az, hogy az üzeneteket megkaptam csak is azért lehetséges mert ugyanazon a helyen voltam ahol ő eltűnt. De mi ez? Egyáltalán hogyan lehetséges? Megbolondultam? Nem. Mert itt vannak az üzenetek és Tania küldte, nem álmodom. Vigyorgott maga elé és magához tudta volna ölelni az egész világot.

Nem mondhatom el senkinek, mert hülyének néznének. Várnom kell és amikor itt lesz az ideje, akkor várni fogom a lányom. Mindenesetre Pault többször megkérem majd hogy menjünk ki a barlanghoz, mert az üzenetek csakis így tudnak hozzám kerülni.

Almási felállt és úgy érezte újra húszéves. Körülnézett és már azzal a szemmel tekintett körül a csodálatos angol riviérán mint akinek egy gyönyörű harminc éves lánya van, aki él!

30. A láz

Kadir apó - én csak így hívom magamban - azt jósolta, hogy kb. egy hét a Farafrah oázisba az út, ha nem jön semmi közbe. Homokvihar, istencsapása, vagyis allah csapása és mondjunk sivatagi rablók. Ezek nekem semmik, nekem csak az a lényeg, hogy a Pápa és emberei ne jöjjenek közbe. Mit nekem homokvihar és gyilkos rablók! Omar a nagyapjával ül egy tevén mi meg négyen - mert három asszony otthon maradt - ülünk egy-egy tevén. Érdekes volt megismerkedésem Fahrah nevű tevémmel. Amikor reggel elindultunk a tevék mind ott feküdtek az utcán és a nők csak felültek rájuk. Én is felültem az egyikre majd mikor az kiegyenesítette a hátsó lábait, én legurultam a fején keresztül. Az asszonyok hangosan nevettek miközben felsegítettek, majd újra bepróbálkoztam a nyavalyásnál. Most viszont arra számítottam hogy a hátsó lábait nyújtja ki Fahrah és hátradőltem de a kis szemét most az első lábain tápászkodott fel. Így most a hátsóján keresztül gurultam a porba. Végül két oldalról megtartottak amíg a tevém kegyeskedett felállni és végre rajta maradtam. Csupa kék zöld folt vagyok de végre fent ülök és körülöttem a végtelen sivatag, ami gyönyörű és ijesztő is. Én nem is tudom, hogy Kadir apó honnan tudja merre kell menni mindenféle iránytű és térkép nélkül. Csak megy elől a végeláthatatlan homoktengerben és pontosan a jó irányba halad. Mert azért megnéztem a telefonom iránytűjét és a térkép szerint jó irányba haladunk. Tehát néhány nap és talán sikerül túlélnem a tevegelést. Néha szembe jön velünk egy-egy hasonló karaván. Férfiak és asszonyok. Van amelyikkel hosszan beszélget Kadir de van amelyiknek csak átkiált, hogy Allah kísérjen további utadon! majd haladunk az utunkon tovább. Estére tábort verünk és tüzet rakunk, amiben én is megpróbálok részt venni. A kecskét megfejni nem egy ördöngős dolog, és a teje kiváló, de nekem nagyon sűrű és erős. Én az UHT kezelt felvízezett dobozos tejhez vagyok szokva nem ehhez. A nappali negyven fok éjszakára nulla fokra csökken és a tűz mellett ülve, takarókba burkolózva is vacogok. Aztán reggelre sem múlik a vacogásom mikor már emelkedik a nap és melegszik a levegő. Zafra aggodalmasan karattyol valamit amit nem értek és a fejemet fogja. Kadírt behívja a sátorba.

- Sehemmihi bahaj. mondom. - Indulhatuhunk. - majd leharapom a nyelvem úgy vacog a fogam.

- Lázad van gyermekem. - mondja Kadir. - várnunk kell míg jobban leszel, mert így nem ülhetsz tevére. Azt hiszem megkaptam valamit nyavalyát itt ami ellen nem voltam beoltva. De az is lehet, hogy csak szimplán napszúrásom van.

- Kihinihin. - mondom halkan.

- Nekem nincs ilyen gyógyszerem. - mondja Kadir. Az elkövetkező napot azzal tölti, hogy az átutazó karavánoktól érdeklődik, van e valakinél gyógyszer. De ezek soha nem betegek. Csak az ilyen európai libák, mint én, betegednek meg pár nap után ha idekerülnek a sivatagba. Estére magasabbra szökik a lázam, így beáll az adásszünet egy időre...

Tania két napig feküdt lázasan a kis karaván sátrában. Kadir hiába kérdezősködött, senkinek nem volt megfelelő gyógyszere ami segíthetne. Estefelé egy négy főből álló kis karaván ért a táborukhoz. Kadír bár nem sok reménye volt, de azért megkérdezte őket is.

A vezető leszállt a tevéről és a másik, egy fekete burnuszba öltözött utazóval tárgyalt, aki csak bólintott.

- Barátom, van kinin a csomagunkban és szívesen adunk, ha ezzel segíthetünk a feleségeden. - mondta a magasabb férfi.

- Allah jutalmazzon meg benneteket a jóságotokért! - hálálkodott Kadír s a kis gyógyszercsomagot az asszonyoknak vitte, hogy adjanak belőle Tanianak.

A négyfős kis csapat kora reggel újra útrakelt és jó utat kívántak az öregnek is.

- Merre tartotok? - kérdezte a magas férfi.

- A Farafrah Oázisba Allah segítségével. -válaszolt az öreg.

- Mi is oda tartunk. - mondta a férfi. - remélem hamarosan találkozunk ! Intett vissza neki és elindultak az útjukra.

Estére Tania láza alábbhagyott és egy keveset enni is tudott. A következő reggelen Tania gyengén ugyan de felkászálódott a tevéjére és immár láztalanul indultak tovább az oázisba.

- Köszönöm Kadir, hogy megmentetted az életem és meggyógyítottál. - mondta a lány hálásan, amikor este újra tábort vertek és már csak öt napi útra volt az oázis.

- Allahnak köszönd aki idevezérelte azokat a férfiakat akik ezt a gyógyszert adták, hogy rajtad segítsenek.

- Meg fogom Allahnak köszönni Kadir. - mondta Tania.

31. A remény újra éled

Három napig haladtunk jó iramban a sivatagban. Kivettem a részem minden dologból ami a táborozások alkalmával adódott. Kadír apó feleségeitől megtanultam lapos kenyeret sütni és Omártól kockázni. Már csak egy nap járóföldre vagyunk a Farafrah oázistól, amikor a távolban valami szürkés gomolygó tömeget látok ami egyre közelebb jön.

- Le a tevékről asszonyok! - kiált Kadir és egy fiatalembert megszégyenítő gyorsasággal ugrik le a sajátjáról, majd leülteti azt. A többi teve is mellé telepszik s mi asszonyok a tevék takarásában fejünkre húzzuk a kendőnket. Kadír letakarja a tevéit pokróccal majd ő is mellénk ül és Omárral együtt a fejükre dobnak egy nagy takarót. Néhány másodpercen belül beterít mindent a homok körülöttünk és elsötétül az ég. Olyan erővel csapódnak a homokszemek a takarók oldalának mint mikor jégeső kopog az ablakon. Süvít a szél, s mi nem mozdulunk csak várunk, hogy véget érjen ez a végítélet közeli állapot. Jó tíz perc telik el mikor egyszercsak mintha elvágták volna, elhal a zaj és halotti csönd terül el a sivatagban. Lehántom óvatosan a takarót magamról és egy mázsa homokot szórok magam mellé.

A többiek is így tesznek. Körülnézek. A vihar, mint egy extravagáns lakberendező átrendezte körülöttünk a tájat. Ahol az előbb még toronymagas homodűne emelkedett most egyenletesre van simítva, előttünk viszont toronymagasra nőtt a homokdomb. Az állatokat úgy kell kikotorni a homok alól. Még szerencse, hogy takaró alatt voltak ők is. Néhány óránkba beletelik, amíg folytatni tudjuk az utunkat Farafrah felé. Nemsokára lemegy a nap és letáborozunk újra. Felülök az egyik homokdombra és onnan nézem ahogy a nagy vörös golyó lassan lebukik a sivatag horizontján. A homok még sugározza a nap melegét de elég egy két óra és dermesztő hideg lesz. Előveszem a telefonom és az Andréval közös képünket nézem. Majd apának megírt üzeneteimre kattintok, hogy újra olvassam azokat a napokat amíg Andréval együtt utaztunk és még életben volt.

Megakad a szemem az üzenetek alatti apró szürke feliratra, miszerint olvasottak...Ki által? Ezt csak akkor írja ki a telefon amikor valaki megkapta az üzenetet és meg is nyitotta. Ez pedig lehetetlenség... Bár az időutazást is annak tartottam aztán tessék, most itt ülök 1894 január 14-én a líbiai sivatag egyik homokdűnéje tetején. Szóval, ki tudja, lehet, hogy valamilyen módon mégis megérkeztek az üzeneteim apához. De jó lenne! Hiszen akkor tudná, hogy élek. Megfogadom, hogy amíg a telefonom bírja energiával, addig küldöm az üziket apának. Felállok és fantasztikus látványban van részem ami a huszonegyedik század fényszennyezett nagyvárosaiban nem igen látható. Fölöttem mint egy nagy planetáriumban a fekete égbolton szikráznak a csillagok. Csodálatos az égbolt, s alatta a néma homoktenger néhol visszatükrözi a csillagok fényét.

Másnap reggel útrakelünk újra és dél körül megérkezünk a Farafrah oázisba. A pálmafákkal körülvett színes oázis, tényleg paradicsomi, a sivatag gyöngyszeme. A csadorom már lecseréltem az európai ruhámra, s miután az állatokat az itatókhoz kísérjük Kadirral megkeressük az oázis vezetőjét Naszin ibn Turunt és a szertartásos üdvözlések után érdeklődünk a misszió felől akik előttünk bő egy hónappal érkezhettek.

Nassin ibn Turun sajnálkozva tekergette a szakállát.

- Ha a misszió végett jöttetek ilyen messze sajnos rossz hírrel kell szolgálnom neked Kadir al Rassam. Az európai emberek továbbmentek a Baharajja oázisba, mert ott nagyobb szükség van a segítségükre. Két hete, hogy elindultak.

Megfordul a világ körülöttem és kishíján leszédülök a párnámról. Hiszen pont odaküldtem a Pápát az embereivel, hogy minél messzebbre térítsem őket ettől a helytől. Mit tettem? Kadirra nézek aki szomorúan rázza meg a fejét.

- Bocsáss meg memszahib de oda már nem kísérhetlek el... túl hosszú az út egy ilyen vénembernek.

- Nem várok el tőled ilyen áldozatot, hiszen már így is rengeteget segítettél.

- Ha kaphatnék egy tevét, egyedül is nekivágnék, de csak öt fontom van...

- Ma reggel indult útnak egy karaván Baharajja felé, ők is a misszió után érdeklődtek. - mondja Naszin Ibn Turun. - Talán utólérheted őket!

Felkapom a fejem.

- A misszió után mentek? Európai emberek voltak? - Szívem vadul kezd dübörögni a mellkasomban.

- Volt egy európai férfi, három arab és egy asszony.

- Egy asszony? - a reményeim hirtelen szertefoszlanak, ezek nem lehetnek André és emberei.

- Igen, a hölgy amerikai és tudomásom szerint Melawiban csatlakozott a karavánhoz.

- Különös.., egy nő..- mondom magam elé. Talán mégis ők azok? Lehetséges, hogy André mégis túlélte az öccse merényletét?

- Odaadom a tevédet, és menj a karaván után. - Mondja Kadír.

Egy nő....hm

Nasszin ibn Turun is meglep kedvességével.

- Egy emberem elkísér amíg beéred őket. Ha jól haladtok, egy nap alatt utoléritek a karavánt.

- Rámnéz - Allah nem engedi, hogy egyedül vágj neki a sivatagnak, mert az veszélyes számodra.

- Köszönöm a megtisztelő kedvességetek! Hálás vagyok érte de nem tudom megfizetni.

- A jótéteményért soha nem az fizet aki kapja. - mosolyog Kadir. - És soha nem annak adod vissza akitől kapod.

- Ezt én úgy nevezem, hogy karma. - mondom Kadirra nézve, s az bólogat.

32. Újra együtt

Egy óra sem telik bele, már tevéink készen állnak az indulásra. Naszin Ibn Turun egyik fia jön velem s ha minden jól megy egy napnál tovább nem szükséges a kísérete. Vizet és élelmet kapok a nagyvonalú vezetőtől és végre elindulunk. Annyira izgulok, hogy az izgalmam a tevémre Fahrah-ra is hatással van, s azonnal ügetve indul neki a sivatagnak és Abdul alig győz utánam jönni.

Ha igaz, akkor még naplemente előtt láthatom Andrét, ha igazán jól sejtem és megmenekült. Picit ugyan fáj, hogy ő nem próbált engem felkutatni, de gondolom ugyanazt hiszi rólam, mint én őróla, tehát, hogy meghaltam. Kora délután egyszercsak megváltozik a táj és az eddig megszokott sárgás homok, most fehérre vált és imitt amott fehér sziklák meredeznek az ég felé, akár egy holdbéli tájon.

- Ez a Fehér sivatag! - kiáltja oda Abdul.

- Fantasztikus! Még soha nem láttam! - válaszolom.

- A beduinok Vádi Gazzárnak nevezik ezt a helyet, azaz a Répák Völgyének mert a sziklák sokszor répákra emlékeztetnek. - vigyorog rám.

És valóban, némelyik szikla olyan, mintha egy félig a homokba dugott répa lenne.

Megállnék szívesen, de nincs időnk. Még naplemente előtt utól szeretném érni a kis csapatot.

Elgondolkozom, ki lehet az a nő és miért csatlakozott hozzájuk. Naszin ibn Turun azt mondta a missziót szeretné elérni.Vajon miért? Ami még nagyon aggaszt, hogy az a szemét Pápa is a Baharraja oázisba tart. Fogalmam sincs mennyi időbe telik míg Melawiból odaér, de valószínű, hogy nem több idő, mint Farafrahból. Csak reménykedni tudok, hogy előbb érünk oda mint ő és megtaláljuk Dalton atyát. A nap már vörösen izzik az ég alján, de még mindig nem látom a karavánt, aggódva nézek Abdulra aki csak széttárja a karját, mit is tehetne. Ha nem találjuk meg őket akkor kénytelen lesz letáborozni velem estére. Ahhoz viszont nekem nincs sok kedvem. Egyszer csak az egyik homokdűnére felkapaszkodva meglátom az öt fős csapatot. Épp megállnak, hogy letáborozzanak. Felújong a lelkem. Végre, végre! Biztos, hogy ők azok.

Az egyik férfi leugrik a tevéről és odasiet egy másik tevéhez majd lesegíti az azon lévő valakit. Gondolom a hölgyet aki béna és nem tud magától leszállni. A többiek is leszállnak. Elindulok feléjük és egyre jobban dobog a szívem. Most kiderül, hogy André-e vagy esetleg egy idegen férfi. Ahogy közelebb kerülök a csapat felénk fordul és minket néznek ahogy közeledünk. Az egyik kiválik és elindul a fogadásunkra majd megtorpan és újra elindul majd egyre gyorsabban siet felénk. Igen! Most már teljesen biztos, hogy André jön felém. Lecsúszok a tevémről és gyalog folytatom az utam.

Amikor már elérhető távolságra vagyunk André szeme kitágul.

- Tania! Ön él? Hogyan jutott el idáig?

Odarohanok hozzá és a nyakába ugrom. Bánom is én mit gondol és mi történik ezután. Olyan boldog vagyok, hogy legszívesebben megcsókolnám. Megölel, és érzem a szappan és szivarfüst illatát a nyakában. Aztán kinyitom a szemem és a hozzájuk csatlakozott nő egyre vörösödő arcát látom André válla mögött ahogy szemléli a kis közjátékot. Szeme féltékenyen siklik végig rajtam. Úgy döntök, most és azonnal megjelölöm a területem az ellenséges ragadozó előtt, hogy tudja mihez tartsa magát. No persze nem a hagyományos ragadozó módon gondoltam a kijelölést, hanem igazi nő módjára! Így André szemébe nézek és mielőtt bármit is mondhatna megcsókolom,, olyan forrón és szenvedélyesen ahogy csak tőlem telik. André először leblokkol, mert gondolom erre aztán nem számított majd érzem elernyed és belefeledkezik a váratlan köszöntőmbe.

- Azt hittem, hogy meghalt! - mondom halkan amikor elenged.

- Amikor kigyulladt a hajó, azonnal bementem a kabinjába, hogy felébresszem, de sehol nem találtam. Fogalmam sem volt, hová tűnhetett. Aztán nem volt sok időnk, az egyik kis csónakba bedobáltunk mindent és a partra eveztünk. Hamarosan felrobbant az egész hajó, és mi gyalog mentünk tovább Melawi felé. Hová tűnt Tania? - arcom fürkészi, bizalmatlanságot fedezek fel a szemében.

- Remélem nem hitte azt, hogy én... szóval, hogy én okoztam azt a tüzet? - nézek a szemébe. Nem válaszol. Elfordítja a fejét.

- Azt hitte, hogy én okoztam a tüzet???! - emelem fel a hangom és egyre dühösebb leszek.

- Nem tudtam mit higgyek! - emeli fel ő is a hangját. - Csak azt láttam, hogy ön nincs a hajón ami kigyulladt.

- Ez igen szép! Eltűnök és máris bűnösnek nyilvánít! Az nem jutott eszébe, hogy esetleg elraboltak?

- Ki tett volna ilyet? - néz rám meglepődve.

- A kedves öccse, Robert Cowper...alias a Pápa, ahogy ön nevezi.

- Hogy mi? Az öcsém? Ott volt a hajónál?

- Bizony hogy ott volt! Személyesen gondoskodott arról, hogy porig égjen. Azonban engem átvittek a saját hajójukra, mert abba reménykedtek, hogy tőlem megtudhatják, hová készülünk. Önről aztán azt hitték, hogy meghalt.

- Hogyan menekült meg?

- Melawiban túljártam az eszükön amikor kiszállt és csak egy embert hagyott ott, hogy vigyázzon rám.

- Maga aztán nem adja fel egykönnyen! - néz rám még mindig fürkésző tekintettel majd megkérdi:

- Remélem nem mondta el nekik hova megyünk...-
Beharapom a szám majd kinyögöm halkan:

- Úgy gondoltam, hogy félrevezetem őket és azt mondtam a
Baharajja oázisba készültünk...

- Jézusom! De hiszen oda tartunk! - kiállt rám, s a feje vörös
mint a cékla.

- Tudom! - kiabálok vissza - De honnan tudtam volna ezt
előre? Hiszen teljesen abba a hitben voltam, hogy a Farafrah
oázisban megtaláljuk Dalton atyát. Amikor odaértem egy
öreg arab segítségével, akkor tudtam meg hogy a misszió
tovább indult és akkor tudtam meg azt is hogy ön követte
őket. Abban reménykedtem, hogy utólérem és együtt
mehetünk tovább.

- Remek...- morogja. - Miközben visszaérünk a többiekhez.

Khaled Ibn Bahr hajlongva köszönt.

- Örülök, hogy életben vagy memszahib.

- Látja, ezzel egyedül van. - mondom bosszankodva, és a
közben odaérkező tevémről leszedem a cuccaim. Ekkor lép
hozzám széles mosollyal a NŐ. - Na még csak ez kell nekem. -
morgom magamban. Felém nyújtja szépen ápolt kezét.

- Örvendek a találkozásnak! - Melanie Thomson vagyok!

- Örvendek. Tania Almasi. - Mondom és kezet rázok a nővel. Aki magas, karcsú és csinos. Vonásai kicsit közönségesek. Barna haja a vállára omlik.

- Ön is a missziót keresi? - kérdezem. Mosolyom akár egy krokodilé.

- Igen, Mister Cowper...André, (kuncogás) volt olyan kedves és megengedte, hogy velük tartsak. Nagyon kedves ember, és szórakoztató. Integet André felé, aki az egyik takaróból készült sátor előtt ül s az épp megrakott tüzet élesztgeti. André ránk néz, elhúzza a száját és valamit mormog magában. Gondolom éppen engem szid, hogy mi az ördögnek kellett elhoznia magával, mert csak a baj van velem.

- És miért keresi a missziót kedves Melanie?

- A célom az, hogy csatlakozom hozzájuk. Képzett nővér vagyok és feladatomnak tekintem, hogy az elmaradott területeken segítsek az embertársaimon. - mondja fennhangon a betanult sablon szöveget. Trillázik mint egy kanári, föl-le, föl-le. Biztos cukinak tartja André akcentusát mert amerikai.

- Igen szép célkitűzés. - mondom neki. - Most ha megbocsát! - majd otthagyom és Andréhoz megyek.

- Most komolyan képes haragudni rám? - telepszem mellé - Honnan tudhattam volna hogy a végén a Baharajja oázisba megy a misszió?

- Mi a fenének kellett egyáltalán bármit is mondania? Miért nem mondta, hogy ön nem tud semmiről, mert nem mondtam el mi a pontos uticélunk? - fordul felém ültében.

- Azért kedves André Francis Cowper, mert az életem volt a tét! Azért élhettem túl, mert azt hitték, tőlem fontos információkat tudhatnak meg.

- Hát az az egy biztos. - piszkál bele a tűzbe.

- Értem. - mondom halkan. - Tehát inkább meg kellett volna halnom, csak hogy ön a célját elérje.

- Ezt nem mondtam. - morogja.

- De ezt gondolta. És különben is, itt most talán megzavartam valamit a hirtelen megjelenésemmel. - mondom megbántottan de érzem, túl megyek a határaimon.

- Mégis mire gondol? - szikrázó szemmel néz rám.

- Arra, hogy valószinűleg bocsánatot kellene kérnem öntől, hogy újfent - ahogy önök mondják- kompromittáltam, az újralátás örömében. Felhúzza a szemöldökét majd cinikusan megjegyzi.

- Úgy látszik a huszonegyedik században ez teljesen természetes dolog. Az illendőség szabályai ott már nem érvényesek és a szerepek is valószinűleg felcserélődtek. Hát, komolyan mondom, nem irígylem az ottani férfiakat...

Annyira mérges vagyok rá, hogy inkább szó nélkül felállok és otthagyom a hülye szappan és szivar illatával és szépen ívelt szájával együtt. Odamegyek a közben már leheveredett tevémhez, mellékuporodok s egy takarót húzok magamra. Potyognak a könnyeim. Utálom, hogy ilyen érzelgős hülye liba lett belőlem. Vissza akarok menni az én időmbe. Itt úgy látszik semmi hasznom csak a bajt keverem. Apának írok néhány sort, majd a fejemre húzom a takaróm, hogy kialudjam magam reggelig. Még fogalmam sincs mi lesz az elkövetkezendő napokban, de remélem tényleg nem miattam fog kudarcba fulladni a vállalkozásunk. Abdul mellém lép. - Memszahib, nem akar a többiekkel a sátorban nyugovóra térni?

- Köszönöm Abdul, jó nekem itt Fahrah mellett. - ő legalább nem undokoskodik velem.- gondolom.

A teve egyenletesen mozgó oldala, ahogy a levegőt veszi, lassan álomba ringat. Azt álmodom, hogy valaki végigsimïtja a hajam és átkozott boszorkánynak nevez aki ha nem lenne ki kéne találni. Hozzábújok. Teve, szappan és szivar illata van. Mosolygok és bevackolom magam a védelmező karjaiba. Arra gondolok micsoda szentimentális hülyeségek jutnak eszembe és, hogy az ember mennyire átlényegül egy idő után ha más környezetbe kerül és alkalmazkodik ahhoz. És hogy ebből az álomból nem szeretnék felébredni.

Reggel viszont ez mégis megtörténik. Kinyitom az egyik szemem, épp hogy csak pirkad és a fehér homok körülöttem mint egy hómező terül el. Látszik a lehelletem. Majd balra nézek és elakad a szavam. André alszik édesdeden a tevémnek vetve az oldalát. Rajtunk két vastag pokróc, tehát ezért nem fáztam az éjjel. Majd visszapörgetem az álmom és rádöbbenek, hogy mégsem volt az. A nehéz kő, ami eddig a gyomorszájamban feszült, most hirtelen szertefoszlik. Visszadőlök Fahrah meleg oldalára és nézem Andrét ameddig csak tudom. Nézem a szemöldökét, a csukott szemét az orrát, a száját a borostáit, tekintve, hogy itt a sivatagban nincs mindennap lehetőség a borotválkozásra. Apropó, erről jut eszembe, hogy én meg aztán úgy nézek ki mint egy jeti, ha a hónaljamra és egyéb testrészeimre gondolok. Sürgősen szereznem kell egy borotvát! André szeme megrebben én pedig gyorsan becsukom a magamét, mert nem szeretném ha észrevenné, hogy rájöttem, hogy idejött vigyázni rám, nem hagyott magamra. Szuszogni kezdek szépen egyenletesen. Remélem jól mutatok így a kora reggel első napsugaraiban mert azok pont rám vetődnek. Érzékelem, hogy megmozdul majd egy ideig csak ül és remélem engem néz. Majd óvatosan feláll és feljebb húzza rajtam a takarót. Hallom a homokban susogó egyenletes lépteit ahogy távolodik tőlem. Oké, mondjuk azt, hogy egyedül aludtam és nem láttam semmit. Megvárom amíg az egyszerű, kannában főtt kávé illata az orromat kezdi csiklandozni és csak akkor kezdek látványosan ébredezni.

33. Skorpiókkal suttogó

Monoton egyhangúságban telik a következő nap. Andé és Khaled elől haladnak majd az amerikai nő és én következem. A sort zárja Khaled két embere. Melanie többször ösztökéli a tevéjét, hogy André közelébe kerüljön de ilyenkor mindig kérdezek tőle valamit és kénytelen lelassítani, hogy velem társalogjon. Ez mulattat legalább valamelyest. Egész nap menetelünk, és még így sem biztos, hogy a Pápa előtt érünk a Baharajja oázisba. Már megszoktam, hogy inkább a tevémmel alszom mint egy csomó szuszogó, hortyogó és szellentő ember társaságában. Fahrah ugyan hasonlóan büdös és még horkol is de legalább melegít és egész jól összebarátkoztunk. Sokszor rámtekint azokkal a hatalmas kerek szemeivel amelyen ujjnyi hosszú fekete szempillák vannak és úgy érzem az első találkozásunkra gondol, amikor valószínűleg mulattattam azzal, hogy kétszer bucskáztam le néhány percen belül róla. Ilyenkor olyan hangot ad mintha röhögne, de lehet hogy csak köszörüli a torkát. Lefekvés előtt megnézem a telefonom térképét és az iránytűt. Az iránytű szerint északnyugatnak tartunk de a térképem szerint viszont ha északnak tartanánk akkor hamarabb érnénk oda. Vagyis van egy sokkal rövidebb út. Miért megyünk mégis ezen? Andrénak is megmutatom a felfedezésem. Rácsodálkozik az apró térképre a telefonom képernyőjén és egy idő után az ujját már szakszerűen húzogatja fel s le hogy a térképen böngésszen. Majd az iránytűt is jól megnézi.

- Egyszerűen hihetetlen, hogy ez így működik! - Se mágnes se üveglap, olyan mintha egy rajz elevenedett volna meg.

- Oké. De amit mondtam arról mi a véleménye? - kérdem türelmetlenül.

- Megnézhetem a képet amit csinált rólam Kairóban? - kérdezi mint egy gyerek.

- Igen. De azon én is rajta vagyok. - morgom, és megmutatom, hogyan tud kilépni a térképből és a fotók közé belépni. Teljesen egyedül csinálja és ahogy nézem már teljesen olyan mint egy huszonegyedik századi pasi aki rohadtul nem rám figyel hanem a hülye telefonjára. Megborzongok. Ezt nem akarom.

- Tehát?

- Igen?

- Tehát mit szól ahhoz, hogy van egy rövidebb út? - artikulálok mintha egy gyogyóshoz beszélnék.

Rámnéz, zavarbaejtően hosszú ideig aztán megszólal.

- Most úgy beszélt velem mintha hülyének nézne. - használja újra a nemrég tanult szót.

- Pontosan úgy. - helyeslek.

- Ne tegye ezt többé - mondja, majd újra a telefon képernyőjét kezdi bámulni.

- Könyörgöm válaszoljon már valamit! Lehet, hogy holnap reggel már a rövidebb úton mehetnénk és az legalább két nap előny a mostanihoz képest!

- Rendben, megkérdezem Khaledet. - nyomja a kezembe a telefont, ami sajnos már csak harminc százalék töltöttséget mutat. Mi lesz ha végleg lemerül? Gyorsan kikapcsolom, majd André után sietek. Még pont elkapom Khaled mondatát.

- Valóban van egy rövidebb út Szahib. - válaszol tömören.

- Akkor miért nem azon megyünk? - kérdi tőle André.

- Mert az az út sokkal veszélyesebb. - válaszol újra röviden.

- Az isten...vagyis allah szerelmére ne kelljen már magából minden szót harapófogóval kihúzni. - veszítem el a türelmem. - mondja meg miért veszélyesebb?

- Azért memszahib mert tele van rablókkal azok pedig fosztogatják a karavánokat.

- Mit tudnának tőlünk elvenni mégis? - kérdezem flegmán.

- Az életét memszahib de azért előtte még egy s mást tudnának önnel kezdeni, és a másik hölggyel is. Minket pedig lemészárolnának, azonnal.

André hallgat, majd megszólal.

- Meg kell kockáztatnunk Khaled. Vannak fegyvereink, meg tudjuk védeni magunkat.

- Száz rabló ellen? Kétlem szahib.

- Mi lenne ha csak én és még egy embere vágnánk neki a rövidebb útnak, maga pedig és a másik embere a hölgyekkel a hosszabb úton mennének?

- Én nem megyek külön sehová! - vágok azonnal közbe.

- Tehát mi a véleménye? - kérdezi Khaledet újra, rám sem tekintve.

- Szahib, te fizetsz, te mondod meg mit tegyünk. Én elmondtam a véleményem.

- Együtt megyünk és kész! - mondom ellentmondást nem tűrő hangon. André rám néz és töri a fejét, hogy kockáztasson-e vagy adja meg az esélyt az öccsének, hogy előbb érjen az oázisba.

- Reggelig gondolkodom. - mondja aztán.

- Bölcs vagy szahib. - válaszol Khaled és elmegy.

- Meg kell próbálnunk André. - győzködöm. - Én nem félek! Nálam is van egy fegyver.

- Honnan szerezte?

Elmesélem a szökésem történetét és látom felvidítom vele, ezért megpróbálom minél színesebben és cifrábban előadni.

Így születnek a mesék és a legendák. Egy picit színezünk rajta itt egy kicsit hozzáadunk ott.

- És az öreg aki elkísérte, hogy találkozott vele?

Azt is elmondom, hogy Omár hogy talált rám a piacon, sőt a tevémmel való első találkozást is és a könnyei is kicsordulnak úgy nevet.

- Aztán beöltöztem én is mintha a felesége lennék. És megtanultam lapos kenyeret sütni és kecskét is fejtem.

- Ó igazán? Igazi arab háziasszony lett magából. Azt nem értem, hogy sikerült mégis nekünk előbb Farafrahba érnünk?

- Sajnos az elindulásunkat követő napon belázasodtam. Valami kórságot kaptam és estére teljesen levert a lábamról. Az öregnek nem volt gyógyszere és az utánunk jövő karavánoknak sem volt. Aztán másnap szerzett mégis valakitől kinint és így reggelre már jobban lettem.

André lecövekel és rámnéz, majd azt mondja.

- Tudja, hogy már sokkal előbb találkozhattunk volna?

- Ezt meg hogy érti?

- Mi voltunk azok akik egy öreg arabnak kinint adtunk, hogy a beteg feleségének vigye. Azt mondta, hogy ők is a Farafrah oázisba igyekeznek.

- Micsoda véletlen! Kár, hogy nem láttam akkor önöket.

- Igen, sajnálom, hogy beteg volt. - mondja félszegen.

- Hát...én már el is felejtettem. - mondom, majd zavartan az órámra nézek, ami nincs a csuklómon, hiszen öt éve nem hordok órát. De észrevettem, ha zavarban vagyok akkor rögtön megnézem. Most azt sem tudom mitől lettem zavarba. Talán attól, hogy André nem gúnyolódik és nem tesz cinikus megjegyzéseket, csak úgy őszintén megmondja, amit gondol.

- Tania...- kezd el valamit mondani.

- Mister Cowper! - kiált oda Melanie és kétségbeesetten integet felénk.

Ó hogy pont most kellett ennek a némbernek szólnia!

- Mister Cowper! Andréé! - kiált rémült hangon. André odasiet hozzá, én a nyomában.

- Valami baj van Melanie? - kérdezi a nőt, hangjában gyengédség és féltő gondoskodás.

- Egy pók...egy pókféle van a sátorban! - toporog mint akinek pisilnie kell közben a két kezével csapkodja a combját, mintha most próbálna először repülni.

- Semmi gond! - tolom félre a tyúkot és belépek a sátorba. - Jeles voltam biológiából mindig és volt alkalmam tanulmányozni az állatokat. Jöjjön Melanie! - húzom magammal a nőt aki már kapaszkodna André nyakába, hogy megmentse. Kényszeredetten toporog utánam, arcán merő iszonyat és undor.

- Ó, semmi gond! - mosolygok rá úgy mint a tigris a vacsorájára. - Ez csak egy skorpió.

- Skorpió??? Az nem veszélyes? - hangja cérnavékony.

- Ha nem bántják nem veszélyes. Leguggolok a termetes példányhoz ami a nő takaróján megpihent, de valószínűleg infarktust kapott amikor az sikítozni kezdett mert azóta szoborszerűen megmerevedett.

A nőre nézek kinek arca szinte zöld és száját felhúzva csücsörít, majd mögötte Andréra kinek a tenyere a szája előtt, feltételezem, hogy palástolja kitörni készülő nevetését.

- Nézze csak. - mutatok a skorpió farka végén elhelyezkedő dárdaszerű tüskére. - ezzel ha valakit megszúr annak vége. - mosolygok kedélyesen mintha egy teadélutánon lennénk. - De nem megy oda ok nélkül mindenkihez hogy megszúrja. Olyan mint a darazsak vagy a méhek, csak puszta védekezésből szúr, ha megijed. Nem szabad ijesztgetni, sikítozni, csapkodni. - mondom nyomatékkal.

André mögött felsorakozott Khaled és két embere is hasonló testhelyzetben mint André. Jól mulatnak az előadásomon. Csak Melanie szeme akkora mint egy levesestányér és nem adok egy fél percet, sikítva rohan ki a sátorból. Körülnézek. A nő holmija a takarója mellett hever. Fogom a púderes dobozát és kiöntöm a földre a tartalmát. Mivel jókora doboz, pont megfelel a skorpió becserkészésére. Sokszor csináltam már ilyet. Az állatkertben heteket töltöttem a rovarházban és segítettem a gondozóknak átköltöztetni a skorpiókat és tenyérnyi pókokat másik terráriumba.

A dobozt óvatosan a skorpió elülső végénél közelítem aki határozottan tetszik a tükörképének amit a púderes dobozban lát. Egy kis adag homokkal együtt fellapátolom őkelmét és az összegyűlt nézőközönség mellett elhaladva kiviszem a sátorból. Elsétálok vele a következő homokdűnéig majd útjára engedem. Azonnal befúrja magát a meleg homokba. Szerintem ezután jól meg fogja gondolni hogy a karavánok közelébe menjen.

- Itt a doboza. - nyomom a nő kezébe az üres dobozt, aki undorodva fogja meg. - De hát üres...

- Persze, hogy üres hiszen elengedtem.

- Úgy értem a púderem...

- Jaa vagy úúgy. Elnézést, hirtelen ötlet volt. - mosolygok rá. - Itt úgy sincs szüksége púderre, hiszen olyan szép barnára sül a napon.

André és a többiek a sátor mögött görnyedezve röhögnek viszonylag hangtalanul. Leporolom a kezem mint ki jól végezte dolgát és szerintem biztos hogy nőttem a szemükben vagy harminc centit.

Később André odalép hozzám.

- Tania...

- Igen? - Kérdezem. Tán folytatja amit nemrég nem tudott befejezni. Szívem vadul dobog.

- Mi az a...harapófogó?

34. Nem várt látogatók

Reggel összepakolunk és várakozóan nézünk Andréra.

- A rövidebb úton megyünk Khaled. - mondja határozottan. - És mindenki tartsa a fegyverét készenlétben. Mennyi időt spórolhatunk így? - kérdezi Khaled felé fordulva.

- Három napon belül a Baharajja oázisban vagyunk szahib...ha túléljük az utat. - teszi végül hozzá.

Oldalamon ott a fegyver amit a Pápa emberétől szereztem és a többiek is fel vannak szerelkezve hasonló szerzeményekkel. A rablók nem lövöldöznek, inkább kaszabolnak. Ha nem kerülünk közel hozzájuk akkor jó esélyünk van hogy egy esetleges támadás alkalmával még távolról meg tudjuk védeni magunkat. Egész nap éberen figyelek jobbra balra, a hátam mögé, hogy ne lephessenek meg bennünket. Szerencsénkre a nap különösebb események nélkül telik el. Egyetlen esemény töri meg a nap monoton egyhangúságát: délután megállunk néhány percre és miss amerika egyedül száll le a tevéről és azonnal kibicsaklik a bokája.

- Mister Cowper! - kiált. - Andréé! - mondja elhaló hangon, de akkor én már ott is termek.

- Valami baj van? - kérdem aggódó arccal. Ő egy kicsit bosszúsnak tűnik, mert újra csak engem kapott André helyett.

- Kiugrott a bokám! - fordul a közeledő André felé nyújtva a kezét. Én a másik karját a nyakamba lódítom és leültetem mielőtt André elérné a felé nyújtott kezet.

- Elsősegélyt is tanultam. - mosolygok rá, és látom az arcán, hogy legszívesebben orrba rúgna a maradék lábával.

Forgatom jobbra és balra, amíg meg nem érzem, hogy hol ütközik akadályba a porc, majd egy határozott mozdulattal rántok egyet rajta és miss amerika nyikkan egyet.

- Jobb már? - kérdem tőle miközben felállok.

- Kétségtelenül...jobb. - mondja a hangjában kisebb sajnálkozással.

Vigyorgok és Andréba karolva mintha valami nagyon fontosat akarnék kérdezni tőle, elsétálok.

- Miért álltunk meg? - kérdezem.

- Khaled azt mondja, látott valamit a távolban és jobb ha itt várunk egy keveset amíg azok a valamik elvonulnak. - mondja halkan André, szinte a fülembe suttogva, hogy miss amerika ne hallja.

Kiráz a hideg de jólesően. Szívesen sugdolóznék itt vele napestig.

- Rendben. Akkor várunk. - mondom és előveszem a telefonom hogy megnézzem helyes irányba megyünk e.

Persze kellő távolságra a többiektől. André is nézi az iránytűt, ami láthatóan a jó irányba mutat.

- Mehetünk! - szól Khaled és felmászunk tevéinkre újra, hogy estig még jókora távolságot megtehessünk. Szerencsére baj nélkül megússzuk és este tüzet rakunk két homokdomb között. Az egyre gyorsabban lehűlő homoktengerben jólesik a tűz melegében egy kis whiskey-s teát kortyolgatni. Miután rendben találom a tevém és egy rövid üzenet után, melyet apának küldök, elteszem a telefont, visszasétálok a többiek közé akik már a tűz körül tevékenykednek. André mellé lehuppan Melanie, kihasználva az alkalmat, hogy épp nem vagyok a közelükben.

- Meséljen Angliáról André, valóban oly hűvös és esős, ahogy mondják? - villantja rá a legszexibb mosolyát a dög. Ekkor viszont már én is ott vagyok és kettőjük közé furakszom a homokba.

- Bizony elég esős, de azért korántsem annyira mint ahogy mondják. - előzöm meg André válaszát - Tudja, sok a sztereotípia az angol időjárással kapcsolatban. - bölcselkedek. - De például az angol riviérán sokat süt a nap és pálmafák szegélyezik a tengerpartot. Gyönyörű látvány.

- Ó valóban? - kérdezi bosszúsan a nő, majd felettem áthajolva újra Andréhoz beszél.

- Egyszer el kell jönnie Kaliforniába André. A napsütés és a nyár otthona!

- Én egyszer jártam Kaliforniában! - mondom a nőhöz fordulva. - Kibírhatatlan meleg volt, folyton folyt rólam a víz. És sok a földrengés is.

- Nem számottevő. - mondja ridegen Melanie.

- Magyarországon milyen az időjárás? - kérdezi André.

- Mérsékelt éghajlata van. - búgom mint egy tévébemondónő. - Télen esik a hó és nagyon hideg van. Sokszor minusz húsz fok is lehet. Tavasszal rügyeznek a fák és újraéled a természet, kellemes langyos meleg van. Aztán jön a nyár ami sokszor elég forró, de kibírható. És az ősz a millió színpompájával megkoronázza az évszakok folytonos kőrforgását. - merengek el és akaratlanul is elragadja Andrét és Melanie-t is az évszakokról szóló kiselőadásom.

- De Angliában is gyönyörű az ősz. - mondom aztán - és nyáron nincs az a borzasztó hőség, hanem kellemes meleg van, mint nálunk késő tavasszal. Szeretem azt is.

- Kaliforniában vannak delfinek. - csapja le a szervámat Melanie.

- Torquay-ban is előfordultak már. - mondja André. - átutazóban ugyan.

- Igen, én is hallottam róla. Sajnos még nem láttam. A vadon élő fókákat viszont már volt alkalmam megismerni.

- Fúj, azok a nyálkás halszerű teremtmények? - kérdezi Melanie.

- Emlősök...mellesleg. És egyáltalán nem nyálkásak, csak nagyon sima a bőrük, mint a bársony. - s végigsimítok André karján prezentálva, hogy ugye neki nem sima a bőre mint a bársony, mert szőrös. Az érintésemre libabőrös lesz és a karja megfeszül. Jól mulatok magamban. Aztán látom, hogy Melanie feláll és magunkra hagy minket. Nem könnyű ez a mindennapos harc a tulajdonlás jogáért, de szerencsére sok filmet láttam, sokat olvastam és bőséges az ötlettáram. Felhúzott lábam átkarolom és a tüzet bámulom.

- Honvágya van? - kérdezi néhány perc múlva André.

Sóhajtok egyet.

- Csak egy icipicit. Apa hiányzik, és a barátaim. Néha a telefontöltőm is hiányzik és az internet amitől a telefonom sokkal okosabb dolgokat tud mint így - folytatom kérdő tekintetére válaszolva.

De itt annyi mindent megéltem néhány hónap alatt, mint más egész életében sem az én századomban.

- El tudná képzelni...- nem folytatja hanem felkapja a fejét, mert Khaled a fegyverét fogva odakiált valamit az embereinek. Ó, hogy mindig közbejön valami amikor épp valami őszinte és szívből jövő mondandója van... Én is felpattanok és a tevémhez megyek a fegyveremért. Valakik közelednek és attól tartok nem baráti üdvözlésre készülnek.

Öt fekete ruhás turbános férfi jön felénk lovon ülve nem tevén. Csak remélni tudom, hogy nem az előörs és nincsenek többen. Khaled és André eléjük megy kezükben látható a fegyver. Mögöttük jókora távolságban követi őket két emberünk ugyancsak fegyverekkel a kezükben.

- Melanie, jobb ha mi bemegyünk a sátorba, hogy ne lássanak meg bennünket mert csak vérszemet kapnak.

- Az amerikai szót fogad és a sátorba elbújva egy résen keresztül figyeljük a fejleményeket. Fegyverem előveszem és látom Melanie arcán a rémületet.

- Ez...egy pisztoly? - kérdezi ijedten.

- Igen az. Valamivel meg kell magunkat védenünk nem?

A nő csak bólint majd leül a földre és remegve várja a sorsát. Megsajnálom, pedig nem érdemli meg. Leguggolok hozzá.

- Nem kell rögtön a legrosszabbra gondolni. Lehet, hogy csak hasonló vándorok mint mi és átjöttek kölcsönkérni egy kis vizet, vagy kötszert... - bátorítóan mosolygok rá, majd eldördül egy lövés és én a sátor réshez ugrok, hogy megnézzem mi történt.

A lovasok szemben állnak a mieinkkel. Khaled fegyvere füstölög. Feltehetőleg a levegőbe lőtt jelezvén, hogy a következőt talán az egyik fekete ruhás egyén kaphatja a gyomrába. A vendégeink lovai idegesen toporognak, alig bírják őket visszatartani. A középső mutogat valamit és kiabál de nem értem sajnos mit. Khaled visszakiált és felemeli fegyverét, erre a többiek is ezt teszik. A fekete ruhások megfordulnak és ellovagolnak. Remélhetőleg jó messzire. Lenézek a földre, ahol Melanie összekuporodva hintázik s közben valamit dúdol. Lehajolok és átkarolom.

- Mostmár minden rendben hallja? Elmentek a rosszfiúk. Khaled lőtt a levegőbe, hogy jól megijedjenek. Azok meg fülüket farkukat behúzva elporzottak valószínűleg az északi sarkra!

A lány felnevet. Szemében könny csillan, de látom már sokkal nyugodtabb.

- Ne aggódjon, minden rendben lesz érti? - nézek a szemébe s ő bólint. Meglebben a sátor bejárata és André majd Khaled lép be rajta.

- Jól vannak? - kérdi André.

- Igen, minden rendben. - állok fel Melanie mellől.

- Mi történt? - kérdezem félrevonva Andrét.

- Sivatagi rablók voltak. Azt akarták adjuk át a tevéinket és a gyógyszerkészletünket. Erre mi azt mondtuk, hogy eszünk ágában sincs. Akkor az egyik kivonta a kardját és valamit ordított de én nem értettem. Akkor Khaled a levegőbe lőtt, hogy takarodjanak azok meg fenyegetőztek, hogy még visszatérnek aztán ellovagoltak.

- Őrszemet kell állítanunk éjszakára szahib. - mondja Khaled.

- Rendben, kétóránként váltjuk egymást.

- Oké, én is benne vagyok.

- Dehogyis van benne. - ellenkezik André.

- De, én is szeretnék őrködni.

- A nők nem őrködnek. - oktat ki André.

- Ugyan menjen már ezzel a folytonos kivételezéssel. - mondom neki, s ezzel a vitát lezártnak tekintem.

André Khaledre néz segítség kérőn, de Khaled csak annyit mond.

- Ha memszahib úgy akarja, hát őrködjön.

- Rendben. Majd engem fog váltani...- mondja André.

Éjjel kettőkor André megrázza a vállam.

- Tania...Tania...váltania kell. Most ön fog őrködni.

Kótyagosan állok fel és a sátor mellé ülök szememet dörzsölve.

- Nem szabad elaludnia. - figyelmeztet André

- Nem fogok. - mormogom.

Mellém ül.

- Menjen aludni, nincs szükségem magára. - mondom parancsolónak tűnő hangnemben.

- Még nem vagyok álmos, egy kicsit ücsörgök még. - mondja eltökélten s szemét a távolba mereszti, ahol csak a néma és végtelen sötétség van, és persze a csillagos ég.

- Elgondolkozott már azon, hogy a csillagok fénye milyen sok időt tesz meg amíg a földre ér és mi láthatjuk? Milliárdnyi fényévre lévő bolygók, lehet, hogy már nem is léteznek, és a fényüket mi még csak most látjuk. Tudja szerettem mindig a csillagászatot. Apával sokat jártunk a csillagvizsgálóba és ott vannak olyan nagyon nagyon erős teleszkópok amik közelre tudják hozni a csillagokat. Akár a hold összes kráterét meg tudtam számolni amikor belenéztem, és a csillagok nem egyszerűen fehérek voltak mint innen nézve, hanem sárgák, vörösek kéket és zöldek. Pazar színekben pompáztak. Csodálatos a világűr, maga nem gondolja? - nézek rá, de André a sátornak dőlve húzza a lóbőrt, kezét feje alá támasztva.

- Hát...- mondom halkan - legalább kibeszélhetem magam. És folytatom. .- Amikor azt kezdte el mondani, hogy el tudnám e képzelni...akkor arra gondolt, hogy el tudnám e képzelni itt ebben a században az életem? Ez nagyon nehéz kérdés, mert igen, szerintem el tudnám képzelni és mégis nagyon nehéz. Itt élhetném tovább az életem ha valaki - nézek rá sokatmondóan a hortyogó férfira - aki nagyon szeretné, hogy itt maradjak szeretne és családot akarna alapítani velem. Mert mindig meg lehet találni mindenben azt amiben jól érezzük magunkat. Annyi mindent szeretnék még mesélni magának a jövőről. Tudom, hogy nyíltan nem mondanám meg magának, hogy menthetetlenül magába estem és egy porcikám se kívánja, hogy visszacsöppenjek az én időmbe a modern férfiak közé. Úgy érzem magam mintha egy regényben lennék és csak sodor a történet messzi tájakra...

Lassan pirkad mire mindent elmesélek a békésen alvó férfinak.

35. A beduinok szerencsét hoznak

Miután végigőrködtük az éjszakát, kora reggel elindultunk és reméltük, hogy nem lepnek meg minket a rablók. Melanie szokatlanul csendes volt és szerencsére nem voltak új ötletei, hogy André karjaiba omoljon a kellő pillanatban. Mondjuk úgyis megelőztem volna és a végén kénytelen lett volna újra a segítségemet igénybe venni, André helyett. A fehér sivatag már mögöttünk van hófehér répaszerű szikláival. Két nap van már csak a Baharajja oázis eléréséig, ezért amennyire tudunk megállás nélkül baktatunk föl-le a homokdűnéken. Ha ennek vége lesz azt hiszem egy darabig sivatag közelébe sem megyek, inkább buja őserdőkbe vagy fenyőerdőkbe amit annyira imádok. Szerencsére estig semmi különös nem történik. Úgy látszik a rablók más vadászzsákmány után néztek. Amikor letáborozunk mindenki fáradt és szótlanul teszi a dolgát ami az elmúlt néhány napban kialakult. A telefonommal messziről csinálok egy képet a táborról, hogy apának elküldhessem. Annyira remélem, hogy megkapja az üzeneteim s majd a kellő időben amikor megpróbálok visszamenni, várni fog. Visszamenni...biztos, hogy vissza akarok menni? Fél szemmel Andréra sandítok, aki a tűzrakással van elfoglalva a megmaradt néhány fadarabbal amit magunkkal hoztunk. Rég elmúlt az első napokban oly heves ellenszenv mindkettőnk részéről, ahogy egyre jobban megismertük a másikat. Persze én még most is meg tudom őt lepni azzal, hogy bevállalok olyan dolgokat amelyek nem illőek egy hölgynek. Hogy az ő szavaival éljek. De engem nem érdekel. Bárhogyan is próbálnék olyanná válni mit ebben a században az előkelő hölgyek, az csak színjáték lenne a részemről. Meg aztán ebben a korban is voltak bátor, okos és felfedező vággyal rendelkező nők, akiket különcnek tartott a világ de ők túlléptek a határaikon. Vajon hány ember érkezett hasonló módon mint én? Nem hiszem, hogy én vagyok az egyetlen aki ebben a megtiszteltetésben részesült... Így elmélkedek magamban, közben Fahrah nyakát símogatom, s az állat csukott szemmel, hálásan tűri a kényeztetést. A távolba nézek és egyszercsak lassan közeledő fekete foltot látok. Homokvihar! Gondolom először és felpattanok, hogy a többieket figyelmeztessem, de akkor jobban megnézem és rájövök, hogy az seregnyi fekete ruhás ember, aki felénk közelít.

- A rablók! - kiáltom a lent lévőknek és Khaled azonnal rohan a fegyverekért.

Szinte gurulok a homokban lefelé nem is megyek. Melanie sikítani kezd, de amikor odaérek befogom a száját és a sátorba vonszolom. A férfiak összeszedik a töltényeiket és a fegyvereket úgy várják a felénk közeledő veszélyt.

Húsz perc sem telik bele a fekete ruhások bekerítik a sátrunkat talán száz méteres   körben. Sokan vannak, elkeserítően sokan. Melanieval a sátorban gubbasztunk és kint halotti a csönd. Khaled szólal meg először.

- Legyetek üdvözölve Allah nevében! Miért jöttetek?

Egy férfi kiválik a tömegből, feltehetően a vezetőjük.

- Hova tartotok?

- A Baharajja oázisba Allah segítségével.

- Mit visztek a tevéken?

- Csak a saját terheinket, nincs nálunk más.

- Gyógyszer?

- Van néhány gyógyszerünk. Szívesen megosztjuk veletek ha szükségetek van rá.

- Megosztjátok? - a férfi a mellette lévő társára néz és elkezd nevetni, lassan végigfut a nevetés az egész soron.

- Nekünk az egész kell! - komorul el hirtelen. - És a tevék is!

- Ha elveszed a tevéinket, itt pusztulunk a sivatagban, gyalog nagyon hosszú az út az oázisig.

- Miért nem mentetek a másik úton? Ez a terület a miénk! - mutat körbe a végtelen homoktengeren.

- Sajnálom de nem adhatjuk a tevéket oda. - mondja Khaled, és a kezében megmarkolja a fegyverét.

- Akkor elvesszük! - válaszol a fekete ruhás.

- Nem fogjuk hagyni és sok embered meg fog halni, elsőnek te magad uram.

mondja Khaled vészjóslóan. - fegyvereink vannak és használni fogjuk.

- Maradunk épp elegen, hogy elvágjuk a torkotokat! - de a férfi nem mozdul. Úgy tűnik patthelyzet alakult ki. Ha a feketék előrenyomulnak a mieink lőni fognak. Viszont mi be vagyunk kerítve. A fekete egyszercsak hátranéz mert valamelyik embere kiált neki valamit. Mindannyian arra fordulnak amerre az embere mutatott. Nem látom mi történik, mit látnak, de láthatóan megbomlik a sor körülöttünk. Megfordulnak és elindulnak az ellenkező irányba rólunk teljesen elfeledkezve. Khaled és André felfutnak a homokdombra, hogy ők is lássák mi történik. Ekkor már én sem bírok magammal és utánuk megyek. A dombra felérve azt látom, hogy több száz fős karaván jön az irányunkba, tevékkel, lovakkal, szekerekkel, kecskékkel és más háziállatokkal.

- Kik ezek? - kérdezem Khaledtől.

- Beduinok. A puszták lakói. Jól fel vannak szerelve fegyverekkel és a rablók nem szívesen húznak velük ujjat, főleg ha ilyen sokan vannak memszahib. Nekünk viszont nem kell tőlük tartanunk. Harcias, de vendégszerető nép. Allah küldte őket felénk, s így megoltalmazott minket.

- Hát az egyszer biztos. - mondom halkan és a tőlünk talán százötven méterre letáborozni készülő beduinokat figyelem.

Lassan megnyugszanak a kedélyek. Melanie is visszanyeri eredeti színét. A tudat, hogy a következő homokvölgyben több száz beduin táborozik, biztonság érzetet ad. De azért megbeszéljük, hogy ma éjszaka is őrködünk. Holnap estére a Baharajja oázisba érünk akármelyik isten is vigyázott ránk. De legfőképp a szerencsénk maradt mellettünk.

Az apró tűz körül ücsörgünk. Úgy érzem ártalmatlanná vált az amerikai lány ezért hagyom hadd üljön André közelébe. De most felhagy a csábítási trükkjeivel, inkább csak szürcsölgeti a teáját, ahogy a többiek is. Megtöröm a csendet.

- Hallottam egy történetet (ami nem igaz, mert a neten olvastam amikor apával először jöttünk Egyiptomba) egy magyar grófról akit ugyanúgy hívtak mint engem. Almásynak. Szóval ez a gróf nagyon szerette a sivatagot és vonzotta az ősi Egyiptom. Ezért folyton kutatott mindenféle legendák után amiről az itteni népektől hallott. Közülük az egyik, az elveszett oázisról, Zarzuráról szóló történet. A legenda szerint létezik valahol kelet-Szahara szívében egy titokzatos, kincses oázis, amelyet egy fehér madár őriz. A madár szájából kivett kulcs megnyitja a kaput az alabástrom- és ónixfalú palotába, ahol évezredek óta alszik egy meseszép hercegnő. Ez a gróf sokáig kutatott egy angol barátjával Sir Robert Claytonnal a legendás oázis után.

Körülnézek és mindenki némán várja a folytatást. Melanie szólal meg.

- És megtalálta?

- Dehogyis, hiszen ez csak egy legenda. De nagyon sok érdekes helyre eljutott és számos kalandban volt része. - azt nem mondom el, hogy csak lesz része, hiszen az egész az ezerkilencszázas évek elején fog történni úgy 1920 körül. Jó kis filmet készítenek belőle és Ralph Fiennes iszonyatosan jót alakít benne. De ez maradjon az én titkom.

- Oh, - sóhajt fel a lány. - Kár.

- A legendákban éppen az a jó, hogy tovább lehet szőni a történetet és mindig marad valami misztikus, mesés hangulata. Ha kiderülne az igazság, sajnos sokszor elég kiábrándító lenne.

- Bölcs és okos vagy memszahib. - mondja Khaled. - mintha már majdnem százéves lennél.

Minusz százhuszonhat, javíthatnám ki de nem teszem csak Andréra nézek aki sokatmondóan mosolyog. Ő már tudja a titkomat. De azért tök jó, hogy ilyen mesékkel elbűvölhetem a társaságot.

Összeszedjük magunkat és a kezdő őrszemen kívül mindenki álomra hajtja a fejét. Vállalom a mai első őrködést éjfélig mert egyáltalán nem vagyok álmos. Fahrah nyakára támaszkodva lesem a látóhatárt, de szerencsére nem fedezek fel semmi különöset. A beduinok tüzei egész éjszaka égnek.

36. Baharajja oázis

Végre meglátjuk magunk előtt a Baharajja oázist, mely óriási datolyapálma ültetvénnyel van szegélyezve. A pálmák megakadályozzák, hogy az uralkodó szélirányból támadó homokviharok ne temessék maguk alá lassan az egész oázist. André mellé ügetek ahogy beérünk a sűrű növényzet közé.

- Mit gondol, gyorsan megtaláljuk az atyát?

- Nagyon remélem, hogy igen és nem jöttünk túl későn. - néz rám összehúzott szemmel. Arca egészen lebarnult a több mint egy hete tartó sivatagi úton. A haja viszont sokkal világosabb barna lett. Sajnos az én hajam ugyanolyan sötétbarna bozont maradt, mint előtte.

- Mit néz rajtam? - kérdezi.

- Azt, hogy tényleg mennyire öregít a barna bőr. - vigyorgok rá.

- Nem vagyok hiú a koromra. Magával ellentétben.

- Akkor egyáltalán nem bánja hogy ötvennek néz ki?

- Ha maga se bánja, hogy negyvennek...

- Mindig így bókol a nőknek?

- Csak annak aki kiérdemli. - néz újra rám, de a szeme mást mond mint a szája. Istenem, hát mikor leszünk egyszer végre kettesben, rablók, gyilkosok és amerikai nők nélkül...?

Az első pihenőnél leugrunk a tevénkről és a misszió felől érdeklődünk a helyiektől. Kis idő múlva meg is találjuk a négy hatalmas sátrat, amiből az egyiket kórházként használnak. A misszió nemcsak angolokból áll hanem német, holland, amerikai férfiak és nők vegyes csoportjából. Az egyik férfihoz odamegyünk.

- Üdvözlöm uram én André Francis Cowper vagyok, ez a hölgy Tania Almasi és a misszió egyik tagját keressük.

A vékony szikár fiatalember széles mosollyal fog kezet mindkettőnkkel.

- George Stephenson vagyok! Örülök, hogy találkoztunk! Ki az akit keresnek?

- Paul Dalton atyát. - mondja André és reménykedve nézi a férfit.

- Nagyon sajnálom, de Dalton atya útközben elhalálozott. - komorul el George Stephenson

- Hogy mi? Ezt hogy érti? Megölték?

- Hogy megölték e? Miket beszél szűzanyám! Szegény nem bírta a hosszú és kimerítő utat a sivatagon keresztül. Nem volt fiatal már, így két nappal mielőtt megérkeztünk ide sajnos feladta a szíve a szolgálatot. Isten nyugosztalja.

André a hajába túr. Én is kezdem elveszíteni a reményt. Mindennek vége, feleslegesen tettünk meg több ezer mérföldet.

- Netán rokona volt? Mert a holmija itt van még velünk, ha esetleg igényt tart bármire...hangja elhal.

- Igen a rokona vagyok. Az unokaöccse. Egy okirat miatt jöttünk ilyen messzire utána, ami életbevágóan fontos.

- Jöjjenek velem kérem. A férfi elindul az egyik kisebb sátor irányába. Andréval egymásra pillantunk, a remény csillan meg mindkettőnk szemében ahogy sietve követjük a sátorba.

Egy láda mellett áll meg. - Ez volt Dalton atya holmija, természetesen a ruháin kívül, de ha azt is szeretnék...

- Nem! - mondjuk szinte egyszerre. A férfi bólint majd kinyitja a ládát.

- Magukra hagyom önöket. Ha végeztek jöjjenek abba a sátorba, mutat egy nagyobb sátor irányába. Szívesen látom önöket egy vacsorára és egy frissítőre.

- Megtisztelő a meghívása, köszönjük uram. - válaszol André. A férfi újra bólint majd megfordul és elhagyja a sátrat.

Nekiesünk a ládának. Könyvek, biblia, iránytű, kulacs, régi zsebóra, evőeszközök s egy barna mappa.

- Itt kell lennie! - nézek rá izgatottan.

Magánleveleket találunk és levélpapírt. Sehol egy végrendelet. Majd a mappa egyik oldalzsebében találunk egy igazolást a londoni Lloyds banktól miszerint minden ott elhelyezett okirat ezen igazolással kiváltható.

- Volt esze az öregnek. Minden fontos papírt a bank széfjében helyezett el és csak ezt az egyet hozta magával. - mondja André miközben összehajtja és...hirtelen azt sem tudja hova dugja ahol nem veszhet el. Egy ötlettől vezérelve közelebb lép hozzám, egyik kezével megfogja az ingem gallérját a másikkal kigombol egy gombot rajta.

- Na de tényleg ez most jut eszébe? - kérdezem tőle megrőkönyödve. Mert nem mondom, hogy nem vártam ezt a pillanatot szívdobogva, de pont szegény Dalton atya örökül hagyott holmijai fölött, az egy kicsit morbid. André még mindig a szemembe néz majd a kezét a papírral együtt az ingem alá csúsztatja, azért nem hagyja ki hogy visszafelé végig ne simítsa a nyakam. Ki a fene bánja, hogy ez morbid? Azt már valószinű, hogy észrevette, hogy a saját melltartómat hordom amiben ebbe a világba érkeztem. Ha még látná a többi modern alsóneműt amit átmentettem magamon...

- Szerintem itt jó helye lesz. - vigyorog pimaszul még mindig öt centire az arcomtól.

- Na ja. Ezen a helyen nincs nagy forgalom... az utóbbi időben. - morgom bosszúsan de azért a pulzusom egy űrhajós is megirigyelné. André a szám felé hajol, lecsukom a szemem mielőtt bebandzsítok és várom a...

- Kedves bátyám! Mily jó téged életben látni! - csendül fel Robert Cowper hangja a sátor bejáratából.

André odakapja a fejét és én is kinyitom a szemem. Mindegy, már megszoktam ezeket a közjátékokat mindig a legizgalmasabb résznél. Karba font kézzel várom a folytatást. Közben azért lejjebb húzom a melltartómban a papírt.

- És itt van a mi kedvenc magyar szabadulóművészünk is. Tania! - lép felém kitárt karral.

André elém áll és farkasszemet néz az öccsével.

- Elkéstél Robert, akit kerestünk sajnos meghalt.

- Ó de szomorú! - csücsörít csonka szájával a férfi. - De azért amit keresünk biztos itt van.

- Egyébként nem volt szép magától, hogy az emberem eszén ilyen csúnyán túljárt, és engem pedig ugyancsak rászedett. - mondja André válla fölött.

- Nem volt nehéz, az emberei tökkelütöttek és maga sem egy lángész! - mondom gúnyosan. Megfeszül a szája a sértéstől. - Piszkos szuka! - lendül a karja, de André félúton blokkolja a tenyerével, s a másikat ökölbe szorítva az öccse arcába küldi.

- Csúnya dolog sértegetni a hölgyeket Robert.

Robert megtántorodik de nem esik el. Az orrához nyúl amiből szivárog a vér. Benyúl a zsebébe mintha a zsebkendőjét venné elő de pisztolyt ránt és abban a pillanatban tüzel.

Felsikoltok amikor látom, hogy André megtántorodik és a vállához kap amelyen az ing pillanatokon belül vérvörös lesz. Odaugranék de Robert élesen rámkiált. - Ottmaradjon, különben a másik golyó a kedves bátyám fejét lyukaszja át!

Erre megtorpanok. André sem mozdul, az arcán látom, hogy a kínok kínját éli át.

Fensőbbséges tartással most Andréra néz majd rám. – Adjátok meg mi a császáré a császárnak, és ami az istené az istennek ! Mosolyog kéjesen.

- Soha nem lesz a tiéd lord Thinder vagyona! - mondja halkan. - Feleslegesen utaztál ide és üres kézzel mehetsz haza te tökkelütött barom! - mondja miközben a vállát fogja. Ujjai közt vékony patakokban folyik a vér.

Robert elkiáltja magát miközben a fegyvert André felé tartja.

- Peter! Philip! - majd a sátor bejárata felé néz, de társai késlekednek.

- Ó az a két majom biztos talált egy banánpálmát. Nevetek rá. A pisztoly csöve felém fordul.

- Láttam, hogy hová rejtette az iratot André! Jöjjön ide! - kiált rám, s én megyek.

- Peter, Philip! - ordít újra, de senki nem jelentkezik. Odamegyek hozzá egészen közel.

- Itt vagyok. - mondom flegmán. Nem látom André mit szól mindehhez csak hallom, hogy egyet lép felénk, de a pisztolycső még mindig felé irányul.

- Vegye ki...onnan. - bök az ingem felé.

- Azt már nem. - lehelem a fülébe szinte néhány centiről. - Annyira nagylegény volt a hajón amikor össze volt a lábam kötve. Kíváncsi vagyok maga ki tudja-e venni...onnan? - sokatmondóan ránézek és odatolom a mellem az orra alá.

- Tania...- André hangja erőteljes. – Ne tegye ezt !

- Miért? - kérdezem Andrétól, de közben Robertet nézem. - André maga odatette az öccse pedig ki fogja venni onnan. - búgom. - Ez aztán az izgi! - csettintek a nyelvemmel. Robert keze elindul az ingem kivágása felé miközben szeme még mindig Andrén van. Amikor megérinti a nyakam, akaratlanul odavándorol a szeme a kivágásba s ekkor úgy tökön rúgom, hogy valószinűleg örökre lemondhat az utódlás gondolatáról. André odaugrik és a pisztolyt kikapja az öccse kezéből. Így sérült vállal is jóval erősebb nála. Kezét hátratekerjük és az atya ládájából egy vékony kötelet kihúzok, azzal kötözöm meg.

Ekkor lép be Khaled.

- Rendben vannak? Néz egyikünkről a másikunkra. Észreveszi André véráztatta ingét.

- Szahib, te vérzel!

- Eltaláltad. - rogy le a földre André.

- Két fegyveres ólálkodott a sátor körül, azokat ártalmatlanná tettük. - közli Khaled.

- Kérem segítsen átvinni a kórház sátorba. Ki kell venni a golyót és be kell kötözni.

Két oldalról támogatjuk Andrét aki a sok vérveszteségtől már szédül. Robertet a földön hagyjuk összegörnyedve, sírdogálva.

- Ha visszajövök lesz gondom rá, hogy jó helyre kerüljön. - mondja Khaled.

Andrét áttámogatjuk a másik sátorba ahol elmondjuk, hogy megtámadtak minket. Szerencsére a golyó átfutott a vállán de csontot nem ért. Fertőtlenítik és bekötik a sebet. Mellette állok, szeme csukva, a haját kisimítom a homlokából. Ép kezével megfogja a kezem félúton és az arcához szorítja.

- Nemsokára, Tania...nemsokára. - Suttogja a tenyerembe.

37. Vissza Kairóba

Két nap kényszerpihenő után végre visszaindulhatunk Kairóba. Robert, André öccse csak egy hét múlva követheti a példánkat. Ez volt a kérésünk amikor az Oázis vezetőjének átadtuk. André nem akart nagyobb ügyet csinálni abból, hogy többször is az életünkre tört.

- Elég lesz neki a kudarc tudata, és a megszégyenülésé. - mondta.

- De majd meglátja, hogy ha visszatér Angliába, valami gonosz dolgot fog forralni ön ellen.

- Eddig is túléltem, ezután is megleszek valahogy azzal a tudattal, hogy a kisöcsém nem igazán szível. - mosolyog fanyarul. Válla be van kötve. Az útra elegendő tartalék gézt és kötözőpólyát kaptam. Nekem kell majd naponta cserélnem, hogy szépen gyógyuljon. Beszereztem egy alig használt borotvapengét is és nagyobb sérülések nélkül sikerült megritkítanom őserdőként elvadult bozótos részeim. Ezt valahogy soha nem említik a kalandfilmekben és a könyvekben. ...És a főhősnő elővette borotváját mert a bikinivonal határa a derekáig ért és a hónaljszőrzetében fecskék költöttek. Pfuj. De tényleg, régen ez hogy volt? Hogy maradtak nőiesek és illatosak még akkor is amikor csak hetente egyszer adódott alkalmuk fürdeni?

Khaled és két embere továbbra is kísér vagyis vezet bennünket. A kis Melanie ott maradt a misszióval kórházi ápolónőként. George Stephenson a szárnyai alá vette. Megölelt amikor elbúcsúztunk. Picit zavarban is voltam, mert én sajnos nem tudtam kellőképpen a szívembe zárni. Bár felettébb elszórakoztatott a sok kis apró trükkje és hisztije az útunk során.

- Maga nélkül nehezebb lett volna. - nézett rám párás tekintettel. - Köszönöm, hogy nem hagyta, hogy kitörjön rajtam a pánik.

- Igazán nincs mit. - válaszoltam. - Ha esetleg legközelebb hasonló helyzetekbe kerülne, akkor jusson ez eszébe. - mondtam, majd lepöccintettem a válláról egy tenyérnyi pókot.

Három nap és ha minden rendben megy Abu Girgehben leszünk ahonnan folyami hajóval megyünk vissza Kairóba.

Andréval sokat beszélgetünk a jövőről, vagyis a huszadik századról. Nem voltam jeles történelemből, sokat kérdez Anglia sorsáról és nem akarok neki hülyeségeket mondani. Világtörténelmet tanultam a suliban, nem Anglia történelmét. Persze a két világháborúról tudok beszélni és arról is hogy Anglia milyen oldalon állt és milyen segítséget nyújtott a megtámadott országoknak. Mesélek a repülőkről, a Zeppelinről, az autók hihetetlen fejlődéséről, az űrkutatásról, a mozgó filmről, a telefonokról és még ami eszembe jut. Szinte egész nap egymás mellett baktatva beszélgetünk. Vagyis ő csak kérdez én pedig próbálom a leghelyesebb választ adni. Estére teljesen berekedek. Másról viszont nem esik szó. Vagyis rólunk. Lehet, hogy csak én fantáziálok róla, és bebeszéltem magamnak, hogy valahol a mi sorsunk összefonódott. Néhány hét és visszatérünk Torquay-ba, akkor viszont döntenem kell hogyan tovább. Már amennyiben én dönthetek felőle. Bár véleményem szerint ahogy idekerültem azon az úton vissza is fogok jutni. Ha akarok. A három nap gyorsan eltelik és se rablók se gyilkos testvérbátyók nem zavarják meg útunkat. Abu Girgehben Khaled egy kis gőzhajót bérel és elindulunk Kairó felé.

A hajó korlátjánál állok és azon tűnődöm, hogy apa vajon olvassa e az üzeneteim. És ha igen, mi módon jutottak hozzá azok. Talán elment Torquay-ba? Kár, hogy válaszolni nem tud. Megérzem André szappan és szivarfüst illatát. Akár egy jó férfikölnit lehetne ebből össze eszkábálni. Nagyon vadító és mégis egyszerű.

- Miben töri a fejét? - könyököl mellém az egyik kezével. A másikkal még nem mer semmit csinálni.

- Honnan veszi, hogy bármiben is töröm? Egyszerűen csak gondolkozom és nézem ezt a szép naplementét.

- Ha minden jól megy két hét múlva Londonban leszünk.

- Akkor megkeressük a bankot és kiváltjuk a végrendeletet...

- Úgy van. Megvan még a papír?

- Ó, most, hogy mondja, tegnap hiába kiabáltam a latrina felől, senki nem hozott megfelelő anyagot a...szóval volt nálam egy papír és...

- Kérem ne folytassa! - nevet - Egyszerűen vérlázító a humora! Ilyenekkel nem viccelődnek az előkelő hölgyek ebben az időben.

- Én vagyok az egyetlen kivétel. - mosolygok rá.

- Igen, az. - komorul el, és a folyót nézi.

- Visszamegy Tania? - teszi fel a kérdést hirtelen.

- Ha akarja visszamegyek. - mondom őszintén a választ.

- Ezt tőlem teszi függővé? - néz a szemembe.

- Mástól nem is tehetném, hiszen ön az aki itt tudna tartani, ha akarna. - ez asszem felért egy szerelmi vallomással. Visszaszívnám, de ördög vigye a női praktikákat. Soha nem szerettem köntörfalazni. Miért nem vallhatja be az ember az őszinte érzéseit? Miért kell mindig arra vigyázni, hogy a másik ne élhessen vissza a gyengeségünkkel?

- Úgy érzi, hogy én érdemes vagyok arra, hogy feladja értem az eddigi életét?

- Valamiért ide sodort a szél akarom mondani a víz, és amit eddig nem találtam meg az én időmben, itt szembe jött velem. Nem volt könnyű kihámoznom a dióhéjből a termését de azt hiszem sikerült.

- Dióhééj?

- Kemény dió...

André nem szól többet csak magához húz és megcsókol. Végre ő, saját akaratából....- gondolom miközben zuhanok egy végtelen mélységbe.

Ennyiben maradtunk, legalábbis egyelőre. Most álmodozhatok erről a csókról ki tudja meddig. A kajütömben éjjel apának írok hosszú esszéket arról, hogy válaszút előtt vagyok. Szerintem ő annak is örül, hogy élek. Az, hogy ez az élet éppenséggel száz év távolságban van, elhanyagolható körülmény.

Másnap megérkezünk Kairóba és a szálloda halljában elköszönünk Khaledtől. André jócskán megtoldja a honoráriumát mert igazán odatette magát ha kellett.

- Öröm volt titeket kisérni szahib - hajol meg szertartásosan. - Allah legyen veletek a további utatokon!

- Köszönjük Khaled, sok szerencsét neked is és Allah vigyázzon rád. - mondja André és én is a vállára teszem a kezem.

- Köszönök mindent!

A kaméleon szemű portás vigyorogva adja át a kulcsainkat. Egyik szeme Andréra néz a másik rám kacsint.

- Akkor, jó pihenést! - mondom és intek neki mielőtt a szobámba lépek.

- Majd vacsoránál találkozunk! - szól még utánam és a két ajtó becsukódik.

A fürdés után úgy érzem két kilóval kevesebb lettem, annyi por jött le rólam. Köntösbe bújok, vizes hajam egy turbánba rakom fel és az ablakhoz sétálok. A hatalmas kertben ami felé nyílik az ablakom cirádás kerti székeken napozgatnak az angol felsőbb osztály tagjai. A sötétbőrű felszolgálószemélyzet ezüst tálcákon kínálgatja a frissítőket. Arrébb teniszpálya piroslik. Az angol gyarmatosítók összedobták a kis saját komfortzónájukat itt Egyiptom szívében. Lövök egy képet a telómmal, majd a többit kezdem nézegetni. Anglia, a hajóút, Andréval a szállodában, a sivatagi táborunk...elmosolyodom. Kár, ha a telefonom lemerül többé nem láthatom ezeket a képeket. Ha feltöltöm valaha az azt fogja jelenteni, hogy csak a képek maradtak meg nekem emlékül. Kopognak.

- Tessék? Ki az?

- André vagyok. -hallatszik az ajtó másik oldaláról. Lekapom a törölközőt a fejemről s az ovális tükörbe nézek a fésülködő asztalon. Ajtót nyitok.

André tiszta ruhában megborotválkozva áll az ajtóban.

- Csak gondoltam megkérdezem, hogy nem éhes? - Nem válaszolok csak nézek rá.

- Mert tegnap este óta nem nagyon ettünk. - Semmi válasz.

- De fel kellene öltöznie ha le akar jönni velem, mert így...- néz végig rajtam - így...nem...

- A fenébe is! - mondom megelégelve a hallottakat, és gallérjánál fogva berántom a szobába. - Fenébe az illendőséggel! - mondom mielőtt a szájára tapadok. - Fenébe a vacsorával! - és lesimítom az inget róla. - Fenébe a jövővel és a jelennel! - Lesiklik rólam a köpenyem - Éljen az egyenjogúság! - mondom miközben - feledve sérült vállát - André felkap és az ágyra tesz. - Éljen a szerelem! - súgja miközben felissza szemével a meztelen testem, majd a keze is követi a szeme útját. Majd múlt, jelen és jövő egybeolvad.... távolról a müezzin imára hívó éneke szól.

38. Hol a széf kulcsa?

1894.február 10. Az a dátum amikor Londonba befut az Arcadia. Elbúcsúztam Egyiptom földjétől, talán ebben a valójában soha sem látom többé. Mióta itt vagyok - úgy értem itt ebben a században - talán ez a tíz napos hajóút volt a legpihentetőbb és legnyugodtabb időszakom. Se gyilkosok, se rablók és francia vagy amerikai széphölgyek, csak szerelem. André a legfigyelmesebb partner és szerető akivel eddigi életem során találkoztam. El sem hiszem, hogy ez ugyanaz a pasas akivel néhány hónapja lady Thinder ebédlőjében összevitatkoztam. Mondjuk ő sem panaszkodhat és joggal vagyok nagyképű, hiszen számtalanszor volt alkalmam megmenteni az életét de mi másért jöttem ha nem ezért? A sors könyvében biztos meg van írva, ahogy ezt a keresztanyám szokta volt mondogatni amikor valami visszafordíthatatlan és végzetes dolog történt. Jó vagy rossz, tökmindegy. Egyszer tizennégy évesen elütött egy Trabant, igen pont egy Trabant. Mert ha már valami elüti az embert, az legyen valami sokkal menőbb autó. De ez a szerencsétlen pasas a papírjaguárban a szódásüveg szemüvegével simán áthajtott a piroson és volt szerencséje engem elkaszálni a zebra közepén, húsz kilométer per órás sebességgel, mert nem mert gyorsabban menni valószínűleg még az autópályán sem. Szóval eltört a lábam és kisebb egyéb sérüléseim voltak. A pasas meg eljött a kórházba ahova vittek és egy doboz bonbont hozott ajándékba. Akkor még biztos simán elkérhették a mentősöktől a címet ahová a sérültet viszik, ma már ezt nem lehetne, a személyiségi jogok védelmében. Szóval becsomagolt egy doboz bonbont valami selyempapírba és átadta nekem sűrű bocsánatkérések közepette. Persze a jogsiját azonnal elvették, de nem is bánta mert utált vezetni. Én meg kibontottam a selyempapírba csomagolt édességet és kiettem az összes marcipános keserűcsokis golyót. Akkor megfordítom a dobozt, és a doboz aljára egy kávéfoltos lottószelvény volt ragadva. Nézem, hogy ezen a héten volt a húzás. Apának odaadtam amikor bejött látogatni és este visszajött hozzám, hogy képzeljem ez egy négytalálatos szelvény! Háromszázezer forintot fizetnek érte. De azonnal mondjam meg hogy került hozzám mert ez nem a miénk és a jogos tulajdonosát illeti meg a pénz. Mondom neki, hogy az a pasasé aki elütött. Nagy nehézségek árán megtalálta a jóembert aki nem győzött hálálkodni, mert már húsz éve játszik ugyanazokkal a számokkal és még soha nem jött be neki. De amikor kiváltotta a nyereményt ötvenezer forintot elhozott nekünk mint jutalmat a megtalálónak és bocsánatkérése jeléül. Abból vette apa az első bicajom és egy mobiltelefont. Szóval a sors mindig kiszámíthatatlan és mindennek megvan a miértje csak ki kell várni a válaszokat a kérdésekre.

Az én válaszom most úgy érzem André és a döntésem megszületett, de arra várok, hogy ő kérje, maradjak itt. Mert nem szeretném rátukmálni magam. Ezt megírtam apának is és remélem megérti, hiszen ő is képes volt anya miatt feladni a fiatalkori álmait, hogy bejárja a világot és a távoli tájak élőlényeit fogja tanulmányozni. Jött anya és bár ő nem kért ilyen áldozatot, de apa úgy érezte megéri, mert nagyon szerették egymást. Szóval én is így vagyok ezzel. De előbb Andrénak meg kell kérnie, hogy maradjak. Ebben a fantasztikus tíz napban rengeteget beszélgettünk és szeretkeztünk majd újra beszélgettünk és így tovább. De egyszer sem mondta, hogy szeretné, ha itt maradnék.

Londonban nem igazán februári idő várt minket. Hűvös volt ugyan de a nap fényesen sütött. Ki a fene mondta, hogy Angliában folyton esik és köd van? Ez megcáfol minden eddigi sztereotípiát. A Lloyds bankba hajtottunk ahogy a hajóról lepakolták a cuccainkat. A ládáinkat rögtön a Viktória Pályaudarra vitettük, ott várnak minket, mert este már utazunk is tovább, Torquay-ba.

Az Oxford streeten óriási méltóságteljes épület áll a sarkon. A beléptünkre egy banktisztviselő azonnal hozzánk lép és érdeklődik milyen ügyben jöttünk.

- Ezen okmányon szereplő iratokat szeretnénk kivenni. - mondja André határozottan.

- Megnézhetem az okmányt tisztelt uram? - kérdezi a karót nyelt szürke ruhás vékony férfi.

André átadja a papírt.

- Nos, ez az okmány látra szóló, tehát nem szükségeltetik hozzá aláírás. - mondja kioktató stílusban. Ki a fenét érdekel? Mit tart itt nekünk kiselőadást?

- De szükségeltetik a széf kulcsa amely a tulajdonos birtokában kell legyen, mert ezen okmány csak azzal együtt érvényes.

- Nézze kérem. - mondja André lassan. - messziről jöttünk, Egyiptomból. Igen fáradtak vagyunk és még ma szeretnénk tovább utazni. Nincs nálunk a kulcs de életbevágóan fontos, hogy egy bizonyos irathoz hozzájussunk. Itt a papír, ez egy engedély ugye?

A szürke öltönyös csak biccent.

- Akkor nyissák ki a széfet és a megfelelő papír birtokában már itt sem vagyunk. - mosolyog kedélyesen.

- Uram, én azonnal kinyitom, amennyiben bemutatja a széf kulcsát. - mosolyog a hivatalnok is.

- De értse meg, hogy nincs meg a kulcsunk, de itt az engedélyünk.

- Sajnos az engedély önmagában nem elegendő. - húzza fel az orrát a piszkos disznó. Hirtelen ötletem támad.

- Rendben André, azt hiszem el kell mondanunk, bármily kényes is az egész. - nézek rá és megpróbálok elpirulni. Ha nagyon erőlködöm sikerül.

André értetlenül néz a szemembe, majd kapcsol.

- De kedvesem, nem illendő ilyesmiről beszélni.

- De látod, hogy muszáj, hiszen az úr csak azt teszi amit az előírás szerint tennie kell! - nézek a szürkeruhásra aki megértően bólint csak, érzi, hogy megértem a problémáját.

- És ki mondja meg neki? Te? - kérdezi André kétségbeesetten.

- Én azt gondoltam, hogy Te mondod meg! - hiszen ez mégiscsak egy bank és hát én igazán szégyenlős vagyok...- hajtom le a fejem és a szempillám rebegtetem.

A szürke ruhás egyinkünkről a másikunkra néz, egyre nagyobb zavar van a tekintetében.

- Rendben...mondja André, akkor hát én...- szóval az a helyzet, hogy történt egy kis málőr...az utunk során.- homlokát dörzsöli és én tényleg elpirulok, de inkább a visszafojtott röhögés ami vörösre festi az arcom.

- Mi...miféle málőr? - kérdezi a hivatalnok s látszik a szemében, már előre fél a válaszunktól.

André rámnéz, majd folytatja.

- Ahonnan jövünk...tudja az Egyiptom és igen sok ott a rablás és mi a sivatagot is megjártuk...

- Ez igen figyelemreméltó dolog uram. - mosolyog kényszeredetten a férfi.

- Nem mehetnénk be inkább valahová ahol hatszemközt lehetnénk? - kérdezi André. - tudja az ügy rendkívül kínos és hát itt a bank közepén nem fogjuk ugye megtárgyalni...

- Oh, természetesen uram. A fiókvezető irodájában beszélhetünk. - int a kezével az egyik tisztviselőnek, majd bekísér minket az irodába.

Miután helyet foglalunk a fekete bőrrel bevont kényelmes fotelekben az ügyintéző ismét bólint egyet, hogy itt már nyugodtan folytathatjuk.

- Nem akarod mégis te elmondani? - kérdezi André, egy izzadságcseppet látok megcsillani a halántékán.

- Ám legyen. - mondom mint szent Johanna a bírái előtt

A szürke öltönyös rám szegezi tekintetét.

- Amikor Kairóban voltunk én annyira meg voltam rémülve attól a rengeteg sötétbőrű embertől, akik csak kiabáltak és az orrunk alá nyomkodták a mindenféle eladnivalójukat... És hallottam arról, hogy ilyenkor kirabolják az embert és a végén ott áll az értékei nélkül és Egyiptomban aztán nincs olyan közbiztonság mint itt Angliában! - nagyot nyelek és folytatom - tehát amikor megrémültem én elővettem a kulcsot és a nyelvem alá dugtam, mert oda aztán nem teszi be senki a kezét ugye? - mosolygok az ügyintézőre akinek a feje egyre vörösebb, szerintem sejti mi lesz a történet vége.

- Így mentünk mendegéltünk amikor egyszercsak elém ugrott egy behemót beduin és azt üvöltötte, mushbik alghasil! - kiáltok a férfi arcába, s az hátrahőköl.

- Hát én is hasonlóan megijedtem mint Ön uram és tudja mi lett a vége?

André fogja a fejét, a pasas meg kimeresztett szemmel koncentrál, hogy mi lesz a vége.

- Az lett a vége, hogy lenyeltem a kulcsot. - nézek rá pironkodva. És hát azóta, semmi..., vagyis érti, tehát hiába próbáltam, nem ment. Pedig elhiheti, hogy igyekeztem. - nézek rá tágrameredt szemmel.

- Úgy. - mondja a férfi és az íróasztal egyik sarkát fixírozza. - Tehát a kulcs madame...tehát a kulcs önnél van.

- Így van. De sajnos egyelőre nem tudom előadni. De ha gondolja este visszajövünk és lehet, hogy lesz már eredmény. - mosolygok bátorítóan.

- Nem szükséges. Nem, nem. Igazán elhagyhatjuk ezt a körülményt ebben a speciális...khm...esetben.

- Talán jegyzőkönyvbe kellene foglalni, úgy mégiscsak hivatalosabb. - mondja mellettem André.

- Neem szükséges, tényleg nem. Bankunk igazán nagyvonalú a hozzá hűséges ügyfeleivel. Tehát megkaphatom a papírt és kövessenek kérem. - áll fel a szürkeruhás az asztaltól és nagy léptekkel a páncélterem felé igyekszik. Andréval összevigyorgunk a háta mögött, ezt a sztorit nem felejti el a pasas míg él, ebben biztos vagyok.

Megkapjuk a szürke fémkazettát és az összes iratot kivesszük belőle. André nem akarja ott kibogarászni a végrendeletet. Egy borítékot kapunk a papíroknak és a szürke öltönyös mély hajlongással kísér ki minket a bank kijáratáig.

- Mit jelent a mushbik alghasil? - kérdezi André miután befordultunk a következő sarkon.

- Ruhafogas. - mondom rezignáltan és ő alig tudja tűrtőztetni magát, inkább köhögni kezd a zsebkendőjébe mert fulladozik a röhögéstől. Egy kapualjban megpihenünk, mert még mindig alig kap levegőt s én meg csak nézem, milyen jó kedvre derítettem. Néhány percig még nevet majd a végén kifulladva megszólal. - Szeretlek, tudod? - és egy csókot nyom a számra. Elakad a lélegzetem, mert még soha nem mondta ezt és ím ez után a "lenyeltem és nem tudom kinyomni a kulcsot" című sztori után derül ki, hogy ő szeret engem.

- Én is szeretlek André. - mondom én is a szemébe nézve és elfelejt tovább nevetni, csak egymás szemét fürkésszük.

- Ugye velem maradsz örökre? - fogja meg az arcom. Keze hűvös de kellemes az érintése.

- Veled maradok...örökre. - válaszolom. - Menjünk, mert még lekéssük a vonatunkat. - lépek ki a kapuból ő mellémlép, majd a kezét nyújtja, s én elfogadom.

39. A vihar

A szép tavaszi idő múltidőbe kerül mikor dél Devon felé haladunk. A viharban a vonat csak úgy dülöngél a síneken. Az eső folyamatosan ostromolja az oldalról jövő szélben a vonat ablakokat így lehetetlenség kilátni merre vagyunk. Nem arról ismernek, hogy megijedek egy vihartól de most kapaszkodom André karjába és a vonat piros bársony üléseibe. Közeledünk Teignmouth felé ahol egészen a tengerpart fölött halad végig a sínpár, de még mielőtt odaérnénk megáll a szerelvény. A kalauz az összes fülkébe bekopogtat és hamarosan hozzánk is benyit.

- Sajnos a vonat nem tud tovább menni. A síneket alámosta a tenger.

- Akkor, hogy jutunk tovább? - kérdezem Andréra nézve.

- Valószínűleg kocsit kell bérelnünk. - mondja ő, majd a kalauzhoz fordul. - Van a közelben település?

- Pont egy város előtt álltunk meg Uram. Ha kívánja szólok valakinek hogy szerezzen egy kocsit.

- Nem szükséges, köszönöm. Majd magam megyek érte. A csomagjainkról gondoskodnak amennyiben tovább halad a vonat?

- Hogyne Uram.

- Köszönöm.

- Hozok egy kocsit. Itt várj meg, rendben? - mondja miközben felveszi a kabátját.

- Te engem valakivel összetévesztesz. - állok fel és a kabátom után nyúlok.

- Felesleges kettőnknek bőrig ázni. - Fogja meg útközben a kezem és megcsókolja az ujjaim.

- Én ugyan nem maradok itt egyedül a vonatban, megyek veled, ha tetszik, ha nem...bocs.

Mondom makacsul és folytatom az öltözködést. Andrénál a végrendelet, a többi csomag csak kacatokkal, ruhákkal van tele. Felsóhajt és kelletlenül megadja magát az akaratomnak, tudja, úgysem lehet visszatartani ha egyszer eltökéltem magam.

A meredek vonatlépcsőn leemel mert magas a töltés, és nem egy állomáson állunk. Látom mások is elhagyják a vonatot. Jó lesz igyekezni mielőtt elhappolják az orrunk elől a lovaskocsikat.

Annyira sötét van, hogy az orromig alig látok el. Csetlek botlok a talpfa melletti köveken. Messziről néhány halvány fény pislákolva jelzi, ott egy település lehet. André kezét fogva gyalogolok utána, nekem sokkal nehezebb mert ez az átok szoknya percek alatt beszívja azt a temérdek esővizet amit a szél hoz felénk szinte vízszintesen. Messziről a tenger haragos morajlása hallatszik, és kiráz a hideg, pedig még nem fázom. Egyszercsak lecövekelek, André is visszafordul felém. - Mi a baj? - kérdezi.

- Csak azt szeretném mondani, hogy nagyon szeretlek! - ölelem át és megcsókolom. Arca, szája esővíztől nedves. Magához szorít. - Mi lelt? Félsz?

- Nem félek. csak, valahogy úgy éreztem, el kell mondanom. Néha rámtör ez a szentimentális hülyeség. - Próbálok mosolyogni. De remeg a szám, mindjárt sírok. Úgy utálom ezt a Taniát, de valahogy olyan rossz előérzetem támadt.

- Én is szeretlek! - fogja meg az arcom és megcsókolja a homlokom. - És még ha egy átkozott boszorkány is vagy, akkor is hazaviszlek és elveszlek feleségül. - magához ölel.

- Ez most vegyem lánykérésnek?

- Abszolút annak veheted. - mosolyodik el, és megőrzöm ezt ezt a pillanatot, mint egy képet mert hiába tombol a szél és esik az eső, én már az övé vagyok mindörökre. Nem választhat el tőle se a tizenkilencedik se a huszonegyedik század.

- Induljunk. - és nekiveselkedünk a szélnek és az esőnek.

Jó tíz perc múlva érünk egy apró településre, ahol az egyetlen közösségi helyiség egy kocsma aminek a neve The King's arms. Néhány perc múlva összecsődítik az összes valamire való négykerekű és egy vagy kétlóerős verdákat és a néhány velünk hasonló bátor vállalkozóval akik a vonatról leszálltak, elindulnak Devon közelebbi vagy távolabbi városai felé. Van aki csak szállást keres éjszakára, és vannak olyanok akiknek sürgős a hazamenetel. A kocsisokat jól megfizetjük, ha ügyesek, nem járnak rosszul ma éjjel.

Egy kis két üléses fedeles kocsit szerzünk amit két ló is húz. A termetes kocsis ügyesen kormányozza, terelgeti a lovakat a gödrökkel és pocsolyákkal teli úton.

Félóra múlva magamban káromkodok, hogy a belem kirázza ez a hülye kordé, és a fenekem feltehetőleg kék és zöld foltokkal van teli ahogy minden zökkenőnél odavágom magam a kemény üléshez. Teignmouthnál az út is a tengerpart felé kanyarodik és egyre nagyobbak a pocsolyák ahogy a tenger több méteres hullámokkal ostromolja a partot.

- A ördög vigye el! - kiált a kocsis és akkorát ránt a lovak zabláján, hogy azok úgy megállnak mintha ABS-szel lennének felturbózva.

- Mi történt? - kiált előre André, de közben már látja is, hogy egy termetes fatörzs zuhant az útra keresztbe. A kocsis leugrik és nekiveselkedik, hogy a fát arrébb tolja. André is kiszáll, hogy segítsen.

- Tudom, hogy nagyon erős vagy, de most az egyszer kérlek maradj a fenekeden Tania. - fogja meg a kezem.

- Oké. - morgom. Bár nem szívesen maradok egyedül ebben az átkozott középkori szekérben. André is nekiveselkedik a férfival és tolják a sárban a fatörzset, ami először nem mozdul de a fellazult talajnak köszönhetően lassan megmozdul. - Na végre. -mondom halkan. Ebben a pillanatban egy villám cikázik keresztül az égen melyet óriási csattanás követ. A két ló közül az egyik felágaskodik és hátraugrik és erre a másik is megrémül. A kocsi elindul hátrafelé s a lovak tolatnak egyre gyorsabban mert csúszunk lefelé ki tudja hová talán valami gödör felé. De annyira megijedek a hirtelen történt eseményektől, hogy azt sem tudom, leugorjak e vagy csak kapaszkodjak. Miközben egyre sebesebben haladunk hátrafelé azt látom, hogy André és a kocsis rohannak a kocsi felé és a lovak már nem urai a helyzetnek, íly módon most a kocsi húzza őket s nem fordítva.

- Tania! - kiabál André miközben eszeveszetten próbál utólérni minket. Fél szemmel látom csak, hogy átlendülünk a vonatsíneken és a lovak elszakadnak a kocsitól. Magamra maradtam ebben az ördögök szekerében és mintha minden lelassulna körülöttem. Majd egyszercsak a tenger hullámai közt találom magam a kocsival együtt, amit egy pillanatra felkap egy hullám és magasra emel. Annyira van időm csak hogy a nehéz kabátom ledobjam a vállamról, a szoknyámat esélytelen lenne megpróbálni levenni. Majd mielőtt a hullám a partra dobna a lovaskocsival és az apró darabokra zúzná a fejem, kiugrom jobbra és hagyom, hogy a következő hullám elkapjon. A két hullám között úszni próbálok de esélytelen. Mintha egy rossz álomban lennék és ólomsúly lógna a

lábaimon lehúz a mélység. Hirtelen néma csönd vesz körül. -
Itt a vége. - gondolom mielőtt elsötétül minden.

40. Visszatérés

Deborah Smith nehézkesen kiszállt a Toyota terepjáróból. Nyolcadik hónapban már nem olyan könnyű a magas vezetőülésből lemászni a földre. Felnyitotta a kocsi csomagtartóját és a két óriás uszkárt kiengedte. Kora reggel hét óra volt. Deb szeretett ilyenkor lejönni a tengerpartra a kutyákkal. Kevés volt az esély, hogy tele a tengerpart és a kutyákat teljesen összezavarják a szagok. Betty szépen jött mellette de Jake a szokásához híven előrerohant. A nap még épp, hogy csak kibukkant a horizonton. Szép csendes reggel volt, a tegnap esti kiadós vihar után. A Shaldon beach most tele volt a dagály hozta tengeri növényekkel és imitt amott az emberek által hozott szeméttel. Jake ide-oda rohangászott. Néha visszafutott Bettyért, aki nem volt hajlandó messzebb menni tíz méternél Debtől. Talán az anyai ösztön, hiszen ő is tudja, érzi, hogy babát vár és vigyáz rá. Elővette a telefonját és az üzeneteit pásztázta végig, aztán a Facebook posztokat nézte meg. Jake hangosan ugatni kezdett és Betty is utána szaladt. Deb leült egy nagy sziklára és a térdére támaszkodva böngészett a telefonon. Jake elhallgatott de nem jött vissza egyik kutya sem. Néhány perc múlva felnézett, mert szokatlan volt a nagy csönd. Valami rosszban sántikálnak. Jake és Betty egy nagy kupac valami mellett álltak és körbeugrálták, majd hol az egyik, hol a másik kezdte nyalogatni azt az izét a parton. Deb nehézkesen felállt és közelebb ment. Egyre gyanúsabb volt a kupac, végül a szíve felugrott a torkába mert egy női kezet pillantott meg a zöld tengeri növényzet között. Majdnem kidobta a taccsot. - Jake! Betty! - kiáltott erélyesen mire a kutyák odajöttek, de aztán azonnal visszamentek a vizihulla kinézetű nőhöz.

- Úristen! Úristen! Ne pánikolj Deb! - mondta miközben körbe nézett és hirtelen pisilnie is kellett. Előkapta a telefont és a férje számát hívta. - Tom! Tom! - kiáltott amikor a férfi felvette aki szerencsére épp ügyeletben volt a nem messze lévő teignmouth-i rendőrörsön..

- Mi baj Deb? Csak nem indult meg a szülés? - kiáltott izgatottan a férfi

- Egy hulla....egy hulla van itt a parton...- Deb már hisztérikusan zokogott a telefonba.

- Drágám! Nyugodj meg! Végy nagy levegőket...menj távolabb attól a helytől! Nézz máshova és most szépen nyugodtan mond meg hol vagy és én öt percen belül ott vagyok oké?

- Oké! oké...oké. - nyugtatta magát Deb. A két kutya őrült kergetőzésbe kezdett de végül mindig visszatértek a nőhöz.

- Itt vagyok a Shaldon beachen ... a kutyákkal. És itt van a hínár között egy nő...a kezét látom csak de nem mozdul és alig látszik ki a sok vizinövénytől...Tom ez halott érted?! - kiáltott Deb.

- Drágám, már elindultam. Mindjárt ott vagyok.

- Ne tedd le a telefont mert megőrülök érzem!

- Rendben, kihangosítom.

- Úristen! Úristen Tom! - kiáltott újra a nő.

- Mi történt?!

- Meg...megmozdult a hulla!

- Deb, szivem...nyugodj meg. Ha megmozdult akkor feltehetőleg nem hulla, hanem csak egy sérült ember. Nem halott érted? Ügyes kutyáink vannak, mert megtalálták és lehet hogy Te mented meg pont most az életét.

- Igen...igen.., Várj odamegyek. - Deb az egyik kezében még mindig a telefont fogva közelebb merészkedett a nőhöz, aki most megpróbált felülni, de Jake hirtelen odaugrott és képennyalta így visszahanyatlott a homokba.

- Jake! - kiáltott Deb. - Azonnal gyere ide!

A nő felült és megpróbálta kiszabadítani a kezét a hínárból és a fejéről is leszedegetett néhány zöld levelet.

- Helló...helló...hölgyem! - közeledett Deb.

Tania most vette észre a közeledő gumicsizmákat, fölötte óriási medicinlabda méretű hassal egy szőke nő közeledett.

- Magáé ez a két kutya? - kérdezte rekedten.

- Igen, elnézést.

- Semmi gond. Nagyon helyes kutyák. Megmondaná a mai dátumot kérem?

- Hogyne...ma február 11 szombat van. - mosolygott zavarában a nő.

- Milyen év?

- Kétezertizenhét...- nézett bizonytalanul a lányra Deb.

- A francba...- csapott maga mellé a homokba Tania. - A francos francba...

- Segíthetek valamiben? - próbált leguggolni Deb.

- Kiszabadítana ezekből a zöldségekből? És a ruhám is...kicsit megszívta magát vízzel.

Eközben odaért Tom és az úttól a partig inaszakadtából futott.

- Helló! - lihegett és a térdére támaszkodva próbált levegőhöz jutni.

- Helló biztos úr. - mondta Tania.

- Deb, hagyd majd én segítek a hölgynek. - azzal felsegítette Taniát és a zöld hínárkupacot leszedegette róla.

- Mi történt önnel? - kérdezi miután végignézett furcsa öltözetén. Valami beöltözős partin lehetett a lány, gondolta.

- Fogalmam sincs. - minek is mondana bármit. Ki hinne neki? Miért akarná, hogy higgyenek neki? Semmi értelme semminek, mert itt van a francos huszonegyedik században és André nincs többé...

Lehámozott magáról egy réteg ruhát. Még így is rengeteg maradt rajta, akár még két rétegek levehetne. - El tudnak vinni Torquay-ba?

- Ott lakik? - kérdezte Tom és a lányt a kocsihoz kíséri. Tegnap takarította az autót, most jól összevizezi, de legalább nem hulla.

- Kaphatnék egy zacskót? Ezt a ruhát elvinném de nem akarom a kezembe tartogatni.

- Van az autóban. - mondja Deb. - és van egy hosszú kardigánom is. Ha leveszi ezt a ...ezt a sok izét akkor legalább száraz ruha lesz magán. - és már megy is az autóhoz a holmikért.

Miután lehámozott magáról viszonylag mindent és felvette Deb térdig érő meleg kardigánját a ruháit gondosan egy zacskóba pakolta. Kivette a derekára kötött kis szütyőkéből a telefonját. Még szerencse, hogy vízálló. Apa akkor vette amikor épp hogy piacra dobták október elején. Azt mondta ez az elő szülinapi-karácsonyi ajándéka. Az Iphone nedvesen csillogott az épp feljövő nap sugaraiban. Az akkutöltöttség már csak három százalék volt.

- Mi a neve hölgyem? - kérdezte Tom.

- Tania...Tania Almási.

- Hogyan? A magyar lány a Living Coasts-ból? Magával volt tele az összes újság néhány hónapja!

- Igen, nagyjából így lehetett.

- Hol volt?

- Nem emlékszem. - mondja Tania. Legjobb lesz ha ehhez ragaszkodik. Mert ha emlékezne akkor mindenféle hazugságot ki kellene találnia. Így legfeljebb egy pszihoterapeutához kerül és járhat hetente egy alkalommal kezelésre.

- Úristen! Hát ez hihetetlen! - mondja Tom és a rádiójához kap.

Deb hajol be az ablakon.

- Örülök, hogy jól van! - mosolyog a lány. - Tudok még valamiben segíteni?

- Nem, de köszönöm, hogy megtalált és segített. - ereszt meg egy halvány mosolyt Tania.

- Minden jót. - mondja Deb és Tomtól elköszönve az autójához megy a kutyákkal.

Tom, miután értesítette a torquay-i és a devoni rendőrséget majd a coastguardot arról, hogy megkerült az a lány aki novemberben tűnt el, elindul Torquay felé.

- Nem haragszik ha telefonálok? - kérdezi Tania.

- Hölgyem, most elviszem a Torbay Hospitalba. Ez a kötelességem, ott majd megnézik, hogy minden rendben van e, és a továbbiakról ott intézkednek.

- Oké. Vigyen. Telefonálhatok?

- Hogyne, természetesen. - néz a visszapillantó tükörbe a lányra, akinek az arcán határtalan szomorúság és beletörődés látszik. Talán benyugtatózták...vagy kábszerezték...és elrabolták és most itt hagyták...- fene tudja, majd a kórházban megnézik.

A telefon kicsöng, majd Almási doktor izgatott hangja hallatszik.

- Halló! Tania?

- Apa...- Tania hangja elcsuklik. - Apa, ne ijedj meg...én vagyok az Tania. Nyugodj meg, semmi bajom. Most elvisznek a Torbay Hospitalba. Te itt vagy... Angliában?

- Igen, január óta itt vagyok, hogy minden üzeneted megkapjam...itt maradtam.

Tania nagyot nyel. - Rendben, gyere a kórházba, ha tudsz. Ott majd beszélünk, oké?

- Rohanok oda kislányom! Szeretlek!

- Én is szeretlek apa!- mondja Tania és az arcán patakokban folyik a forró könnye. Miért is nem haltam meg...miért is kellett visszajönni? Milyen önző is vagyok. Apával mi lenne, ha megtudná hogy meghaltam? André azt hiszi, hogy meghaltam... Soha nem láthatom többé... De miért most? Miért kellett visszajönnöm? - néz ki az ablakon, nézi a tájat. A Sainsbury's teherautóját, a villanyvezetéket, a közlekedési lámpát, a fényeket és a hangokat amit az utóbbi hónapban nem hallott és nem látott.

41. Végjáték, vagy egy újabb kezdet

A kórházban két napot töltöttem. Hiába próbálták, nem sikerült az amnéziámat kezelni, de azt mondták, lehet, hogy idővel visszatérnek az emlékek. Azt is mondták, hogy talán jobb is, hogy nem emlékszem, mert lehetnek azok az emlékek igen kellemetlenek is. Így mondták, hogy "igen kellemetlenek". Szóval ezt megúsztam. Békén hagytak végre. A helyi újságok kitárgyalták cirka egy hét leforgása alatt, hogy hol lehettem, talán az ufók vittek el, talán elraboltak és különféle kísérleteket végeztek rajtam. Voltak vicces feltevések és nagyon horrorisztikusak is. Apa két napig fogta a kezem. A Living Coasts-os kollégáim is végiglátogattak, kifejezve örömüket, hogy milyen jó, hogy élek és teleraktak a szobám lufikkal és virágokkal no meg plüssmacikkal. Mikor elengedtek a kórházból végre a Babbacombe-on lévő házhoz vitt fel minket Paul. Apának este elmeséltem mindent töviről hegyire, és igen, egyszerűen nem tudtunk magyarázatot találni az egész dologra.

Elmondtam neki, hogy nem akartam visszajönni, de ne haragudjon érte, mert Andrét nagyon szeretem. Ezt is megértette. És azt is, hogy még egy ideig szeretnék ittmaradni Torquay-ban. Lehet, hogy tovább folytathatom a munkám. Titkon azért elterveztem, hogy néha lemegyek a sziklához és hátha újra leszippant az örvény. Miért ne? Ha már egyszer sikerült? Apa visszament Magyarországra és megígérte, hogy havonta egyszer ha tud átjön néhány napra. Renata örömmel fogadta, hogy újra belevágok a munkába, és nem menekülök vissza az otthonomba. Tény, hogy kicsit furcsán néztek rám, mintha tényleg az UFO-k raboltak volna el és bármelyik pillanatban kiszakadhat a hasamból egy alien. Egy idő után ezt is megszoktam. Bármire képes lettem volna, csak, hogy itt maradhassak az örvény közelében, hogy Andrét újra lássam

A telefonomon minden kép tökéletesen megmaradt. Attól féltem majd egyszercsak eltűnik mintha nem is lett volna, de minden egyes fotót amelyet 1893-ban és az azt követő év első hónapjában készítettem hűen megőrizte. Na például ez is! Olyan szavak jöttek a számra amit itt nem nagyon használnak mint például ez a "hűen megőrizni" és "ámbátor" vagy "igazán lekötelez a kedvességed". Ilyenkor néznek rám mint a borjú az újkapura, és gondolják, hogy ez tényleg flúgos lett.

Háromszor próbáltam éjszakai fürdőzni a barlangnál dagálykor, telihold idején és isten tudja még mikor, de mind a három alkalommal sikertelenül jártam. Először sírva mentem haza, aztán káromkodva végül pedig csak végtelenül szomorúan. Elmentem Lady Thinder házához ami most egy szép kis hotel. Oddicombe Bay a neve. Bekéredzkedtem, hogy körülnézzek. Hátha maradt ott valami Georgiától. Az egész ház fel lett újítva, a szobák, a szalon és ebédlő csak onnan volt felismerhető, hogy kábé tudtam merre van. A szép parkos udvarán viszont megdobbant a szívem mert egy kedves kis szökőkutat találtam amelynek a közepén egy lehajtott fejű, hullámos hajú nőt ábrázoló kőszobor térdelt.

Az arca nem látszott a hajától, kezében kalapja. A felirat viszont a következő volt. "T.A.Szerelmem emlékére, akinek a segítsége és önfeláldozása határtalan volt! 1894. André Francis Cowper" A szobor mellett letérdeltem én is és addig sírtam amíg teljesen elapadtak a könnyeim. Úgy éreztem, soha nem szerettem még ennyire senkit. Nagyon vágytam vissza.

Egyik este Évával a barátnőmmel beszélgettem aki most a lakásomban él a macskámmal. Arról panaszkodott, hogy a Wikipedián nem talált meg valamit, pedig akit ott nem említenek az nem is létezett. Minden ember aki akár egy szalmaszálat is tett a köz érdekében vagy legalább nemesi származású volt annak biztos, hogy valamelyik leszármazottja csinált egy oldalt a Wikin. Akkor döbbentem meg, hogy eddig ez nem is jutott az eszembe. Miután letettem a telefont elővettem a laptopom és megnyitottam a Google-t. Aztán félúton megállt a kezem a levegőben. Nem akarom tudni, mikor halt meg André...és, hogy megnősült, vagy születtek gyerekei. Féltékeny és irigy lennék, pedig már szegény nem is él, de mégis. Aztán a kíváncsiságom sokkal erősebb volt, ezért a keresőbe beírtam "Andre Francis Cowper Wiki..." És megjelent az oldal a következővel:

Sir Andre Francis Cowper (sz.:1854.dec.13.) aki 1894.május 2-án csatlakozott nagybátyja Sir Valmont Ross a James Clark Ross által már 1848-ban megjárt expedícióhoz. Terveik szerint augusztus 8-ra eljutnak a céljukhoz, mely a Viktória Sziget. Hajójuk, a Terror2 egy hasonló adottságokkal rendelkező hajó volt mint anno James Clark Ross kapitányé. Azonban Valmont Ross kevésbé volt felkészülve az északi-sarkköri körülményekre, és olyan gyakorlattal sem rendelkezett mint nagyapja, ezért 1894 augusztus 20-án az északi szélesség 71 fokán hajójuk nem tudott a jég fogságából kitörni. Az expedíció hajóján megtalált feljegyzések alapján gyalogosan indultak tovább de az expedíció tagjai nem tértek vissza a hajóra többé. Utólagos számítások alapján amennyiben két héttel később értek volna Vilmos Király szigethez, úgy már a jégzajlás következtében több esélyük lett volna eljutni a céljukhoz és így életben maradni.."

Ujjaim jéggé fagytak a billentyűzeten mert szinte éreztem a dermesztő hideget amit egykor André is érzett. Miért indult útnak ezzel az expedícióval? Nagyképűség lenne azt képzelni, hogy miattam, mert lehet, hogy úgy érezte vakmerően neki kell vágni a nagyvilágnak, hogy a fájdalmát enyhítse? Én is ezt tenném legszívesebben. Ó szegény drága szerelmem! Bárcsak tudnálak figyelmeztetni, hogy várjatok még két hetet mielőtt eléritek a szigetet...

Újabb gondolat hasít át a fejemen. A legutóbb Lady Thinder segítségére voltam amikor áthúzott az örvény, tehát lehet, hogy azért kerültem át mert szükség volt rám! Mi van, ha most újra sikerül, mert Andrénak van szüksége rám? Ránéztem a naptárra. május 10.

Fogtam a telefonom és beledugtam a mentőmellényem vízhatlan zsebébe. Irány a Living Coasts barlangja...

VÉGE